Couvertures supérieure et inférieure
manquantes

MONSIEUR TRUMEAU

LIBRAIRIE DE E. DENTU, ÉDITEUR

DU MÊME AUTEUR

LA PETITE ROSE, 1 vol . . . . 3 fr.
AUGUSTE MANETTE, 1 vol . . . . 3 •

MONSIEUR
TRUMEAU

PAR

ALEXIS BOUVIER

E. DENTU, ÉDITEUR

LIBRAIRE DE LA SOCIÉTÉ DES GENS DE LETTRES

PALAIS-ROYAL, 15-17-19, GALERIE D'ORLÉANS

—

1878

MONSIEUR TRUMEAU

PROLOGUE

Depuis huit jours le vent soufflait sur les côtes de Dieppe, depuis huit jours la lame faisait crier les galets ; et hurlante et moussue, l'eau couvrait d'écume le brise-lame de l'entrée du goulet du port.

L'Océan moutonnait le matin et avait du flot le soir...

Le 19 ventôse de l'an VIII, l'horizon se perdait dans un gris sale ; il pleuvait à l'est, à l'ouest, au nord, au sud, une pluie glaciale, fine et serrée que le vent faisait fouetter.

Les matelots qui regagnaient leur cambuse, enfonçaient leur béret de laine sur leurs grandes oreilles rouges, mâchonnant avec leur chique :

— Queu chien de temps !...

C'est que la mer faisait un tapage d'enfer ; les galets roulaient sur la grève, et le vent chantait la grande chanson du désespoir.

Au plus loin où se portait le regard, tout était désert ; sur la mer pas une voile, sur la grève pas un être.

Le soldat républicain qui gardait la batterie, enveloppé d'une couverture de laine, était accroupi dans sa guérite.

Il faisait *lugubre* enfin, le 10 mars 1800 !

L'horloge de l'église Saint-Jacques avait jeté dans ce bruit, la demie de quatre heures.

Une jeune fille échevelée, nu tête et nu pieds, sortit en courant d'une rue du Polet, elle suivit les quais, et atteignit le bout de la jetée, insouciante des lames qui venaient s'écraser jusque sur elle, ses mains en auvent sur ses yeux, elle cherchait à percer l'opacité de la bruine.

Elle resta ainsi dix grandes minutes portant son regard sur tous les points.

Puis de sa poitrine comme un sanglot sortit ce mot :

— Rien !

Elle se retourna alors et regagna lentement le quai ; sur son visage mouillé, on voyait couler des larmes fumantes.

Elle tourna le bureau des douaniers, et suivit une petite rue étroite et boueuse qui conduisait au bord de la mer à l'endroit où se trouve aujourd'hui le Casino.

Là, elle se blottit sous une roche, et accroupie, les coudes sur les genoux, l'œil fiévreux fixé sur la mer, elle attendit ; penchant parfois la tête, et tendant l'oreille, croyant percevoir un appel dans l'épouvantable fracas de la tempête ; et sanglotant plus fort lorsqu'elle reconnaissait qu'elle s'était trompée.

Ses vêtements étaient trempés, ses cheveux ruisselaient, il faisait froid et cependant elle ne tremblait pas, tant la fièvre brûlait sa peau.

Ses lèvres seules s'agitaient, et c'était pour prier :

— Monseigneur Jésus, si vous me rendez mon Désiré, j'habillerai la sainte Vierge votre mère, avant la fin de l'an, je lui rendrai les beaux habits blancs que les sans-culottes ont déchirés... Si vous me rendez mon homme chéri, sainte Vierge d'Arc, je vous donnerai trois cierges en cire pure.

Et le flot terrible répondait seul par ses hurlements en la couvrant d'écume...

La nuit descendait, l'horizon se rapprochait, elle se dressa encore pour voir, rien ! rien !

Alors méprisant la lame qui pouvait la prendre, les goëmons qui pouvaient l'envelopper et l'entraîner au large, elle courut sur la grève, déchirant ses pieds nus sur les galets, s'arrêtant parfois pour faire un porte-voix de ses mains et mêler aux cris de la mer son cri déchirant :

— Eh ! Désiré... mon homme, viens-tu ?

Après une grande heure de cette démence d'amour, le cœur brisé, les pieds saignants, l'âme épuisée, la malheureuse tomba à genoux à la place qu'elle occupait et pria...

Il faisait nuit noire... le canon avait tonné pour annoncer la fermeture du port... elle était toujours là, pleurant et priant !

Tout-à-coup, un bruit épouvantable, suivi d'un déchirement, la fit se redresser.

A deux pas d'elle, une barque s'est effondrée.

Un pressentiment sinistre cloue la malheureuse à sa place, elle n'a pas conscience du danger qu'elle a couru...

Elle se traîne plutôt qu'elle ne marche, vers les épaves du bateau.

Mais il fait nuit, nuit noire, elle cherche vainement en tâtant les clairs du bateau à le reconnaître.

Le doute, la peur lui donnent une vigueur nouvelle, elle se redresse et court vers la ville en criant :

— Au secours ! au secours...

C'est un cri auquel on répond vite dans les ports.

— Venez vite, dit-elle, une barque vient d'échouer sans matelots...

De toutes les cambuses de matelots, un monde de femmes et d'enfants sortit en criant...

Des torches furent allumées, et l'on courut à la grève.

Les bambins couraient pieds nus accrochés aux jupons de leurs mères, criant et pleurant, parce qu'ils les voyaient crier et pleurer.

Arrivée près de la barque, la malheureuse n'osa plus avancer.

Les autres se retiraient en disant :

— C'est pas lui ! C'est pas la sienne !

Enfin elle fit un effort et s'avança. Le matelot qui tenait la torche éclairait le nom peint à l'arrière du bateau :

La Marie-Reine.

Quand la malheureuse eut lu, elle jeta un cri et tomba à genoux...

Tout le monde se tut, les femmes s'écartèrent, les vieux du port se découvrirent...

Puis la pauvre fille se releva, le front pâle, les yeux secs, écartant ses cheveux pour regarder la mer, elle dit en lui montrant le poing :

— Mer de chien !... si tu m'as volé sa vie, rends-moi donc son corps...

Comme si la mer eût entendu ce cri haineux, elle obéit.

Une lame immense gronda et jeta aux pieds de la malheureuse, le cadavre sanglant d'un homme de vingt-deux ans...

C'était le cadavre de celui qu'elle aimait, de Désiré Coulard, le pêcheur.

La jeune fille se jeta sur le corps défiguré de son homme, prenant la tête entre ses bras, couvrant son front, ses yeux et ses lèvres de baisers... gémissant et ne contenant plus les sanglots qui lui déchiraient la poitrine, elle était lugubre à voir.

C'était, au reste, un tableau terrible :

La mer bruyante dans la nuit opaque, le groupe d'hommes, de femmes, d'enfants, autour d'un cadavre, qu'éclairait de lueurs fantastiques la flamme de la torche.

Les vieux marsouins de matelots faisaient semblant de se lisser les cheveux, de se gratter le front ou de s'essuyer le nez pour cacher leurs larmes, chiquant tout bas :

— Pauvre petite, va !

Elle, la malheureuse, elle refusait de croire que la vie s'était retirée du corps qu'elle pressait, il lui semblait qu'à sa voix les lèvres allaient remuer, que les yeux allaient s'ouvrir, il lui semblait que la voix mâle du matelot allait lui dire :

— Embrasse-moi, ma femme ; quel chien de temps, ce soir...

Et les yeux restaient fermés et la bouche restait muette.

— C'est donc vrai qu'il est mort... mort ! Mais, voyons ! vous pourriez bien m'aider à le sauver, vous autres... Désiré, Désiré, mon homme... c'est moi qui t'appelle... moi, ta Marie. Ah ! mais, tu n'es pas mort, voyons, on ne meurt pas à vingt-deux ans ! Mon homme... mon homme... Ah ! mon Dieu ! mon Dieu !

Elle retomba presque couchée sur le corps, les lèvres collées sur les lèvres de celui qui n'était plus.

Les hommes n'osaient parler, ils firent signe aux femmes d'entraîner la malheureuse jeune fille... Celles-ci obéirent ; quand elles voulurent l'enlever, elle cria :

— Non ! non ! je ne veux pas le quitter...

Un matelot lui dit :

— Tu ne le quitteras pas, ma fine, nous allons le porter chez toi...

Alors, deux femmes la soutinrent sous les bras ; les hommes firent un brancard avec les planches de la barque brisée, y placèrent le cadavre, et le funèbre cortége regagna le Polet.

Les hommes étaient têtes nues malgré la pluie ; quatre portaient le corps, les autres, portant des torches, marchaient devant, les femmes suivaient.

La lugubre procession remplissait d'effroi les passants. Cependant, ils s'arrêtaient comme malgré eux, pour contempler la fille veuve qui, soutenue par deux femmes, marchait immédiatement après le corps.

La douleur avait bouleversé ses traits, et cependant, à la lueur des torches, elle était bien belle encore la pauvre enfant.

Elle se nommait Françoise-Marie-Reine-Chantal Lavandière, elle avait à peine vingt ans et ne paraissait pas son âge.

C'était une enfant de Dieppe, une fille de la Normandie salée.

Grande et bien faite, le nez droit et fin, le front un peu bas, la bouche petite et les yeux bleus... Ces yeux étaient singuliers, sous l'ombre des longs cils noirs et sous l'arc des sourcils bruns... des cheveux châtains encadraient admirablement l'ovale de ce visage pâle.

En somme, Marie-Reine (c'est ainsi qu'on la nommait à Dieppe) était fort belle.

Elle avait appris l'état de couturière ; mais à peine sortie d'apprentissage, elle avait un jour rencontré Désiré Coulard, un fort gars, bâti comme le mât de son bateau... les regards s'étaient croisés ; on s'était aimé :

Il faisait bon vent, ce jour; ça soufflait d'est ; après une longue promenade sur le bord de la mer, les mains dans les mains, les yeux dans les yeux, le feu dans le cerveau, ils étaient repartis en courant vers la grève, avaient sauté dans le bateau de Désiré Coutard...

Marie-Reine toute rouge s'était blottie à l'arrière.

Le gars avait saisi ses drisses.

Sitôt en mer, le bateau avait sauté comme un bouchon. Désiré avait d'abord hissé sa brigantine et son foc, pour serrer la côte le long des falaises... Une fois au large, ayant vent arrière, il avait laissé flotter le foc, avait hissé la fortune et aye donc! Les toiles goudronnées s'étaient étendues tout de grand et le petit cotre n'était plus devenu qu'un point noir à l'horizon...

La chapelle sacrée, où devant Dieu seul les deux enfants jurèrent de s'aimer pour la vie...

Il y avait quatre ans de cela, et elle s'en souvenait, et elle en pleurait, la pauvre Marie-Reine, lorsque, arrivée au Pelot, les matelots étendirent sur le lit le cadavre de celui qu'elle aimait.

Les hommes se retirèrent, les femmes s'offrirent pour rester avec elle pendant la veillée de la mort.

Marie-Reine refusa ; elle dit qu'elle avait besoin d'être seule avec son homme.

On avait allumé un cierge, un gamin avait été chercher de l'eau bénite à Saint-Jacques ; avant de sortir, femmes et hommes jetèrent quelques gouttes d'eau bénite sur le corps du malheureux... et Marie-Reine resta seule.

S'agenouillant alors, et prenant dans ses mains la main de celui qu'elle aimait, elle pria et pleura.

Elle était ainsi depuis quelques heures, lorsque la porte s'ouvrit.

Un homme entra, qui, sans qu'elle l'entendît, s'avança jusqu'à elle, lui frappa sur l'épaule et lui dit :

— Eh ! Marie-Reine, écoute donc un peu.

Marie-Reine releva la tête et à travers ses larmes

elle reconnut Baptiste Coulard, le frère de celui
qu'elle pleurait.

— Voyez, dit-elle en sanglotant, le malheur qui
vient d'arriver.

— On me l'a dit, ma pauvre fille. Que voulez-
vous ! tout a une fin en ce monde.

— Mon pauvre Désiré, mon pauvre homme !... et
elle se jeta sur le corps du malheureux.

Le frère de Coulard était visiblement embarrassé... Assurément, il avait quelque chose à dire,
et il n'osait parler. C'était, comme Désiré, un
pêcheur du Polet.

Devant le cadavre de son frère, devant la douleur
de la malheureuse fille-veuve, il était plutôt embarrassé qu'attristé ; ses yeux restaient secs, sa bouche
muette.

Faisant un effort, il dit :

— J'étais chez le frère aîné à remailler nos filets
lorsqu'on est venu nous apprendre ça... Pauvre
Désiré ! il s'était pas bien conduit sa vie durant,
pas vrai ?... mais c'était pas une raison pour que
devant le malheur on n'oublie pas tout ça...

Marie-Reine n'entendit pas, elle pleurait.

— Mon homme, qu'est-ce que je vas faire maintenant sans toi.

Baptiste tournait et retournait son mouchoir
dans ses mains... Balbutiant il continua :

— Chez le frère, quand on a su le malheur, nous
voulions tous venir, pas vrai, mais on s'est dit :
Pourtant des femmes qui sont mariées, qu'ont des
petits, peuvent pas se trouver avec une jeunesse
qu'est là... la maîtresse de leur frère.

Baptiste s'arrêta une minute pour attendre une
réponse de Marie-Reine.

Celle-ci pleurait, disant tout bas à l'oreille du
mort, comme s'il pouvait l'entendre.

— J'étais bien la seule à t'aimer mon pauvre homme !...

Le frère, plus embarrassé, continua :

— Alors, comme on pouvait pas cependant laisser là un frère... quoiqu'on n'ait pas été bien avec lui pendant sa vie... c'est pas moins un frère... on pouvait pas le laisser là tout seul, car vis-à-vis du monde... les femmes avec qui qu'on a des relations ça ne compte pas pour de la famille...

Baptiste attendit encore une réponse. Comme Marie-Reine se taisait, comme elle restait presque couchée sur le corps de Désiré, sanglotant, pleurant et couvrant son visage de baisers, il crut devoir élever la voix et il continua :

— Enfin, ma fille, voilà la chose. Il faut que les sœurs de notre frère puissent venir ici pour le veiller, pour lui dire un dernier adieu... et faudrait que vous ne soyez plus là...

Marie-Reine avait entendu cette fois. Elle se tourna, et sans répondre, son regard se riva sur celui du frère de son amant.

Celui-ci voulut soutenir le choc, mais vainement. D'abord il hocha la tête, se tourna, se retourna, regarda en dessous... enfin il baissa les yeux et balbutia :

— Comprenez, Marie-Reine, vous aimiez le frère... nous le savons bien, mais il faut faire la part de la famille... pas vrai ? La famille qui l'aimait bien, allez... quoiqu'on se voie pas à cause de vous...

Marie se leva, et demanda :

— Monsieur Coulard, où voulez-vous en venir ?

Cet interrogatoire, qui mettait Baptiste en demeure de s'expliquer, l'embarrassa à ce point qu'il ne put dire que :

— A rien... à rien... *ma sœur.*

A ce mot de ma sœur, il y eut sur les lèvres de la pauvre fille un singulier sourire.

— *Monsieur* Coulard, dit-elle en appuyant sur le mot, vous voulez que votre femme, votre sœur, vos enfants puissent venir ici sans y trouver la maîtresse de leur frère ?

Baptiste Coulard acquiesça de la tête.

— Vous pouvez les amener, je me tiendrai à l'écart ; je ne serai pour eux que la veilleuse du mort... Il y a là une autre chambre ; je m'y tiendrai jusqu'à leur départ.

Baptiste Coulard fit la grimace.

— N'est-ce pas cela ce que vous me demandez ? fit Marie-Reine, étonnée.

Nous n'avons pas dit que Baptiste Coulard était laid. Il faut cependant qu'on le sache pour s'expliquer le hideux sourire qui s'étala sur sa face lorsqu'il continua :

— Je vas vous dire, c'est ça et c'est pas ça, ma... sœur.

— Alors, expliquez-vous, *monsieur* Coulard.

Et elle regarda fixement le matelot, une vilaine chose, qu'on en juge :

Baptiste Coulard a un peu la tête du poisson : il a le nez en trompette, l'œil bleu-gris et à fleur de tête, la bouche grande à lèvres minces ; ses cheveux, d'une nuance sans nom, ne sont peignés que lorsqu'on les coupe ; ses oreilles, immenses et plates, font l'effet de voiles en ciseaux ; par les grands temps en mer, il rabat son bonnet dessus pour ne pas donner prise au vent.

Il est petit, râblé, les épaules sont larges, les mains sont dignes des épaules et les pieds sont immenses. Baptiste n'est débarbouillé que par les pluies ; son costume est des plus simple : Un tricot, une vareuse, une cotte, un bonnet et pieds nus.

Marie-Reine regarda le monstre des pieds à la tête et répéta sa question :

— Expliquez-vous, M. Coulard.

Devant ce regard, brillant de fièvre, de la maîtresse de son frère, Baptiste ne trouva rien à dire.

Alors se redressant, et écrasante de mépris, la pauvre fille lui dit :

— Je vais vous dire ce que vous voulez. *Monsieur mon frère*, comme je me suis mariée avec mon cœur, comme nous nous aimions tant, Désiré et moi, que nous n'avons pas cru avoir besoin de serment devant les hommes pour être sûrs de rester toujours fidèles l'un à l'autre ; comme enfin, étant des enfants et des amoureux, nous n'avons pas cru qu'on pouvait mourir... que, sitôt mort, les faux parents qui ne nous avaient donné que du mépris viendraient réclamer leur part de ce qui ne leur appartient pas... Comme nous n'avons pas pensé à tout cela, que nous n'avons pas d'actes à vous montrer, vous venez, vous, les ennemis de mon homme, lui prendre sa dépouille, que j'ai gagnée avec lui... voilà ce que vous voulez, monsieur Baptiste Coulard. Eh bien ! monsieur mon frère, comme vous dites, sachez et allez dire à ceux qui vous envoient que tant que mon Désiré sera là, j'y serai, que rien ne m'en arrachera... Dites-leur que, s'ils veulent venir, ils n'y viendront pas comme vous, tête couverte, pour discuter ! Quels qu'ils soient, ceux qui entreront ici, — et que je ne veux pas connaître, — y viendront tête nue et à genoux pour prier.

Confus, abasourdi, ne sachant comment se tenir, Baptiste voulut parler, mais Marie-Reine montra la porte et lui cria :

— Sortez...

Le corps ployé en deux, les yeux hors des paupières, les joues rouges, heurtant les chaises, trébuchant aux marches, Baptiste Coulard obéit.

A peine fut-il sorti, Marie-Reine tomba à genoux et pria.

Au dehors, le vent grondait toujours, la pluie fouettait les vitres de la chambre mortuaire ; on entendait parfois le bruit du rabot et du marteau.

Les pêcheurs voisins du malheureux clouaient les planches du bateau pour faire la bière de Désiré Coulard.

Baptiste Coulard était un bon enfant, mais il était Normand.

Il aimait bien son frère, il ne lui aurait pas donné seulement un assignat ; il disait volontiers :

— L'affection qu'on a pour les gens, c'est pas dans les poches, ça c'est dans le cœur.

Dès qu'il fut sorti de la cambuse de Désiré, il oublia les larmes de celle qu'il avait appelée cauteleusement sa sœur ; et comme sa peau, tannée par tous les vents, était imperméable à la pluie ; se dirigea vers la ville, se disant :

— Elle aimait mon frère, c'est bel et bon, pas moins vrai qu'elle reste dans la cabine, et qu'elle peut y prendre ce qu'elle voudra... nous tous aussi nous l'aimions notre frère... et nous n'y avions pas d'intérêt ; tandis qu'elle, qu'est-ce que c'est, elle n'a pas seulement un sou vaillant, elle n'est pas de la famille ; si encore elle avait eu des petits avec, elle pourrait encore oser rester... attends un peu, je vas arranger ça.

Le matelot avait fouillé dans sa poche, y avait pris une poignée de tabac et s'était glissé dans la bouche ce qu'il appelait une pastille, c'est-à-dire une chique grosse comme un œuf.

Il continua :

— La loi est la loi, nous sommes les héritiers légitimes de notre frère et c'est pas parce qu'une jeunesse l'aura aidé à manger son pain qu'il faut que nous laissions prendre ce qui est à nous.. Il a un filet à flotter de liége double maille et du solide, faudra voir... c'est que, avec des femmes on ne sait jamais à qui qu'on a affaire... Elle était honnête parce qu'elle était avec lui..., pas moins vrai qu'au jour d'aujourd'hui elle peut très-bien faire sa malle, mettre tout dedans et nous serions là... Les hommes d'affaires sont pas faits pour les requins, pas vrai, espère, espère, tu vas voir la petite.

Tout en monologuant seul, Baptiste, après avoir suivi le quai national, —aujourd'hui quai Henri IV, — entra dans la ruelle aux Vaches, au numéro quatre. Il s'arrêta et frappa...

Aucun bruit n'ayant répondu à son appel, il frappa une seconde fois, maugréant :

— Ah ça, ce gratte-papier il va pas bientôt venir ?... Avec ça qui tombe une pluie à ne pas mettre un Anglais dehors... Aie donc de la cambuse ; et d'un vigoureux coup de poing il ébranla la porte.

L'écho gémit deux fois dans l'escalier humide et la voix glapissante d'une femme demanda :

— Seigneur Dieu ! qu'est-ce qu'il y a pour frapper ainsi à cette heure ?

— Je veux parler au citoyen Friquet, pour affaire sérieuse.

— Attendez, alors.

Le matelot se blottit dans l'angle de la porte et attendit. Quelques minutes après, une vieille descendit, ouvrit d'abord un petit guichet et demanda :

— Qui est-ce qui est là ?

Baptiste avança la tête devant le petit grillage, la vieille femme, faisant un réflecteur de sa main, chassa la flamme du suif sur le visage du matelot et, ne le reconnaissant pas, demanda :

— Qui êtes-vous ?

— Ah ! ça, fit le matelot, est-ce qu'il faut un laisser-passer du comité pour voir le père Friquet ?

— Pour voir *maître* Friquet, répondit sèchement la vieille, il faut dire son nom.

— Allez lui dire que c'est Jean-Baptiste Coulard, du Polet, qui vient pour affaire de succession ; mais avant, ouvrez-moi : v'là une heure que l'eau me débarbouille.

— Attendez, je vais voir maître Friquet.

Et la vieille referma le guichet.

— Tripes de chien ! cria le matelot, elle veut donc me faire fondre, cette gueuse-là ? vieille limande, va !

Le matelot pressa sa chique, convaincu que l'eau qui tombait lui traversait la joue, et l'augmentant d'un tiers il la changea de côté.

Deux minutes après, la vieille redescendait. Un bruit de verroux se fit entendre, et enfin le matelot entra.

— Montez ! dit la vieille.

Baptiste obéit. Arrivé au premier, celle qui le conduisait lui dit avant d'ouvrir la porte :

— Secouez-vous au moins, vous allez tout mouiller dans l'étude.

— Espère ! espère ! dit le matelot, et il retira sa vareuse et son toquet, qu'il jeta à terre.

C'est seulement vêtu de sa cotte, d'un tricot de laine, nu tête et nu pieds qu'il entra dans l'étude, où M⁰ Friquet l'attendait.

M⁰ Friquet fit signe à son client de s'asseoir. Celui-ci allait obéir ; mais celle qui l'avait conduit retirait les siéges chaque fois que le matelot se préparait à en prendre un.

La ménagère maugréait tout bas :

— Il ne manquait plus que ça !... autant presser une éponge sur les coussins.

Baptiste n'était pas exigeant, il resta debout.

Mᵉ Friquet releva la tête, et regardant par-dessus ses lunettes, il demanda :

— Monsieur, quel est le motif de votre visite ?...

Le matelot fut très-embarrassé pour répondre ; il se grattait le front, le nez, étrillait son crâne de ses ongles, sans trouver un mot à dire.

— C'est, m'a-t-on dit, reprit Mᵉ Friquet, pour affaire de succession.

— Oui, monsieur l'avocat, dit Coulard tout rouge.

— Expliquez-vous, mon ami.

— Monsieur... Voilà la chose : Nous avons un frère qui vient de mourir, il s'est *néyé*... Notre pauvre frère Désiré...

Baptiste crut devoir faire une affreuse grimace, et passer deux fois sa manche sur ses yeux... il avait pleuré !

— Votre frère était riche ? demanda Mᵉ Friquet.

— Pas trop !... c'était un pêcheur...

— Les pêcheurs ont peu de chose.

— Oui, mais je vais vous dire... c'était un travailleur... A preuve que nous n'y avions jamais rien donné, et cependant, il s'était tout de même acheté une barque, des engins de pêche et il avait un ménage assez gentil.

— Il était jeune ?

— Vingt-deux ans.

— On l'avait aidé ?

— Non, je vas vous dire : c'est un garçon qu'avait de la tête, nous n'étions pas bien ensemble, mais je dois reconnaître que c'était un vrai gaillard ; or, voyant qu'on s'occupait pas de lui, il nous a fait la grimace. Et espère, espère qu'il s'est dit ; il a été prendre une fillette, une pas grand chose, et il s'est mis avec ; de là, il s'est fait son petit intérieur.

— Mais si la fillette qu'il a prise était une pas grand chose, loin de l'aider à gagner de l'argent, elle a dû plutôt lui faire dépenser ce qu'il gagnait.

— Ça, c'est vrai... mais faut tout dire, je dis pas grand chose, pas moins vrai qu'elle était couturière et que, pendant qu'il travaillait, jour et nuit elle était à l'ouvrage.

Et puis, elle avait de l'ordre.

— Je comprends, travaillant tous les deux, se privant de tout pour se faire une position, ils commençaient à atteindre leur but.

— C'est ça !

— Eh bien, mais c'est très-méritant de leur part, ces pauvres gens.

— Oui. Mais pas moins vrai que nous sommes les frères, nous.

— Je ne comprends pas, fit *maître* Friquet en retirant ses lunettes pour mieux voir le matelot.

Le matelot s'avança et s'appuyant sur le bureau de Me Friquet, il dit :

— Voilà, monsieur, je viens vous demander ce qu'il y a à faire : la maîtresse de notre frère est dans la maison, elle est sous le coup de la douleur, elle ne pense encore à rien, cette nuit, elle va, comme tout le monde, penser à ses affaires...

— Comme tout le monde... parlez pour vous, interrompit Me Friquet.

— Oui, c'est ça, fit Baptiste qui n'avait pas compris.

La chique lui piquait la langue et déjà la main sur les lèvres, il cherchait pour expectorer.

Mais la vieille femme se précipita et lui dit :

— Eh bien ! où vous croyez-vous ? dans la rue, s'il vous plaît.

Le matelot fit la grimace et continua.

— Pour lors, je vous disais donc, monsieur l'avocat, que la Marie-Reine peut très bien enlever cette nuit tout ce qui est dans la maison, et puis nous demain, nous serons sur le sable.

— N'est-ce pas elle qui a gagné avec votre frère le peu qu'ils ont ?

— Certainement ; mais alors il ne nous resterait rien...

— En somme vous venez, comme héritier de votre frère, me demander ce qu'il y a à faire.

— Vous y êtes.

— Mon ami, est-ce à l'homme que vous demandez un conseil ou est-ce à l'avoué ?

Le matelot crut comprendre que M° Friquet lui disait : Si vous vous adressez à l'homme, il vous dira verbalement ce qu'il y a à faire, vous l'exécuterez sans frais, et cela ne vous coûtera rien ; au contraire, si c'est à l'avoué, il va vous écrire tout ça et, dame ! ça se paye.

— C'est à l'homme, monsieur l'avocat... répondit Baptiste avec un sourire de remercîment.

— Eh bien! mon ami, voici le conseil de l'homme. Votre frère a cru digne de lui la compagne qu'il a choisie. Son choix vous oblige à la considérer comme telle, ce qu'ils ont gagné ensemble est à elle, rien qu'à elle. Aidez-la à rester honnête en lui laissant (maintenant qu'elle n'a plus de soutien) les moyens de vivre en travaillant. Laissez tout à cette fille veuve et n'entrez chez elle que pour la consoler.

Le matelot regarda fixement M° Friquet pour s'assurer qu'il n'était pas fou ; puis, faisant la moue, se grattant la tête, il reprit :

— Vous m'avez pas compris, monsieur l'avocat ; j'avais pas besoin d'être conseillé pour ce que vous dites là... Je suis pas seul, moi ; je viens au nom de ma famille, et pas moins que la loi nous donne des droits !

— Voici ce que vous auriez dû vous borner à me demander, fit sèchement M° Friquet. Alors vous avez à faire expulser immédiatement la femme de votre frère et faire poser les scellés.

2

— Très-bien. Où faut-il aller pour ça ?

— Il est trop tard ce soir, il faut attendre à demain matin.

— Mais, monsieur l'avocat, cette nuit elle va tout enlever.

— Ceci n'est plus mon affaire et faisant un signe à la vieille gouvernante, il lui dit :

— Le prix de la consultation est pour vous Babette, exigez-le et reconduisez cet homme.

Le matelot sortit, enfila sa vareuse, se coiffa et descendit.

Mademoiselle Babette mit la clef dans la serrure.

— Eh bien ! voyons, allez-vous bientôt ouvrir vous... vous avez bien entendu, je suis pressé.

— J'attends que vous me donniez les honoraires.

— Quels honoraires ?

— Pour la consultation.

— Comment, pour deux mots qu'il m'a dit... même qu'ils ne peuvent pas me servir...

— C'est un écu.

— Un écu... jamais de la vie... Ah ! ça, vieille carcasse, voulez-vous m'ouvrir ?...

— Seigneur, comment qu'il m'a appelée... Monsieur ! monsieur ! cria la vieille Babette.

— Veux-tu affaler ça, fit le matelot en mettant la main sur la bouche de la vieille fille...

— Assassin ?

— Tiens, voilà ton écu...

Et Baptiste donna à Babette affolée le prix de la consultation.

Elle ouvrit la porte et le matelot sortit, elle la referma et monta à sa chambre en faisant le signe de la croix.

— Mais, disait Baptiste Coulard en courant sur le quai, c'est une taverne de bandits... seulement j'y ai donné qu'une pièce de trente sols, je compterai trois francs à l'aîné... Ça me reviendra.

Quelques minutes après, il était au Polet ; il s'arrêta devant la demeure du malheureux Désiré, et sans souci de la pluie, il pensa à mi-voix.

— Voyons ; jusqu'à demain je ne peux rien faire, il faut être malin. On est Normand ou on ne l'est pas... faut que je reste là jusqu'à demain matin à surveiller. Cependant... Espère ! espère ! tu vas voir...

Il s'avança alors jusqu'à la porte et frappa... La voix de Marie-Reine répondit :

— Entrez !

Le matelot poussa la porte. Marie-Reine avait levé la tête et le regardait étonnée... Baptiste Coulard tenait un béret à la main, ses yeux étaient mouillés de larmes, la tête penchée, le corps courbé, les mains tendues suppliantes, il dit :

— Ma sœur, j'ai compris la vérité de ce que vous m'avez dit, je viens à genoux vous en demander pardon... Je viens vous supplier de me laisser passer avec vous près de mon pauvre frère les dernières heures que nous l'aurons encore... Les femmes et les enfants respectent votre douleur, ils ne viendront que demain. Marie-Reine ! ma sœur, voulez-vous me permettre de rester ici cette nuit ?

— Vous êtes son frère, vous vous en souvenez bien tard !... priez !

Et Marie-Reine s'agenouilla près du corps pour prier.

Le matelot, blotti dans l'angle du lit, plutôt accroupi qu'agenouillé, disait tout bas :

— Pas moins vrai que si on touche à la moindre des choses, je suis là.

Les pêcheurs voisins et amis du malheureux Désiré Coulard avaient passé une partie de la nuit pour faire, avec les débris de la barque, le cercueil du pauvre garçon.

Au jour, ils vinrent rendre les derniers devoirs à leur ami et le coucher dans son lit funèbre.

Marie-Reine n'avait plus de larmes ; elle donna le dernier baiser à son homme, et tomba anéantie sur une chaise en refusant à croire à cette mort...

Le temps s'était un peu nettoyé. Les frères et les sœurs du défunt attendaient à la porte le départ du convoi pour l'église. Baptiste avait été parler bas à son frère aîné.

L'heure venue, les pêcheurs portèrent sur l'épaule la bière, recouverte d'un long drap noir. Toutes les femmes suivaient tenant un petit cierge allumé. Immédiatement derrière le corps marchaient les deux frères et les deux belles-sœurs.

Lorsque le corps fut reçu à l'église, Baptiste se glissa derrière les piliers et sortit par la petite porte.

Après la messe des morts, le corps fut porté au petit cimetière, sur les falaises. Lorsque la terre eut recouvert pour toujours le malheureux, les assistants se retirèrent, se découvrant en passant devant la fille-veuve. Marie-Reine resta seule agenouillée sur la tombe.

Tout le jour, la pauvre fille resta anéantie dans sa douleur. Elle le sentait bien : elle n'avait plus rien au monde. Enfant perdue, sans parents, sans soutien, que sa conduite avait placée en dehors des convenances sociales, elle ne devait plus compter que sur elle-même. Or, la vie semble longue et cruelle, à vingt ans, lorsque la mort vous en montre le tableau, lorsqu'en une nuit le nid d'amoureux devient un sépulcre.

Quand le gris du soir envahit les côtes, elle se leva et redescendit à la ville. Le temps était doux,

la mer calme, une bonne brise chassait au loin
toutes les petites barques qui partaient pour la
pêche.

Silencieuse, elle regarda la petite flottille, espérant reconnaître le bateau de son homme... Puis,
le cœur serré, elle continua son chemin.

Arrivée au Polet, quand il lui fallut rentrer dans
la chambre qu'elle avait habitée avec lui, la force
lui manqua, elle s'appuya au mur. Un sanglot
roula dans sa gorge et ses yeux se mouillèrent ;
elle n'osait plus affronter la vue de ce lit, où était
encore l'empreinte de son corps, où çà et là étaient
les derniers vêtements qu'il avait revêtus : elle eut
peur enfin d'entrer dans cette chambre pleine de sa
vie et de sa mort...

Elle fit un effort cependant et avança ; devant la
porte, ne pouvant plus résister, ses jambes se déro-
bèrent sous elle, elle tomba à genoux et la tête
dans ses mains, arrachant ses grands cheveux emmê-
lés, elle hoqueta :

— Mon Désiré ! mon Désiré ! où es-tu ?... Mais
qu'est-ce que je veis faire sans toi, mon pauvre
homme !... Seigneur Dieu, pourquoi me l'avez-vous
pris ?... Sans lui, je ne suis plus rien ici, puisqu'il n'est plus là ! Est-ce que j'ai besoin de vivre,
moi... Tout le monde me hait... et cependant, notre
Seigneur, depuis qu'on a rouvert notre église, j'étais
une fidèle... Qu'est-ce que j'ai fait pour mériter ça,
mon Dieu !

Et les sanglots lui coupaient la parole.

Il régnait un silence de plomb dans la ruelle du
Polet. Marie-Reine gémissait, criait, et pas une
voix ne répondait à ses plaintes.

C'est que tous les pêcheurs profitaient de l'accalmie
pour gagner le large et se rattraper des huit jours
de mauvais temps.

Quand la pauvre fille eut pu dominer la crise douloureuse qui l'accablait, elle se leva et voulut rentrer chez elle.

La porte était fermée et la clef était retirée...

Marie-Reine regarda étonnée, et vit sur la serrure et sur les coins de la porte deux bandes d'étoffe blanche posées en croix et cachetées de cire rouge.

Ne comprenant pas, elle alla sur le quai et pria un passant de lui expliquer ce qu'étaient ces timbres.

— Ça, fit l'homme, c'est des scellés.

— Qu'est-ce que les scellés ?

— C'est probablement la famille qui a fait mettre ça, pour que vous ne puissiez pas rentrer.

— Comment, pour que je ne puisse pas rentrer, mais c'est à nous, ça, et si je brise ça ?

— Oh ! ne faites pas ça, mon enfant... Briser les scellés, c'est simplement les galères.

— Merci, monsieur, fit Marie-Reine.

Le passant s'éloigna.

Un amer sourire crispa les lèvres de la jeune fille ; elle s'assit sur la borne, les mains jointes entre les genoux, elle pensa.

Toute la scène de la veille lui repassa devant les yeux, le frère immonde qui venait réclamer sa part du cadavre ; cette famille qui profitait de sa douleur pour la mettre à la porte de chez elle.

Un instant le souvenir de celui qui n'était plus disparut, elle se demanda ce qu'elle allait faire, puisqu'elle n'avait plus rien : ni gîte, ni vêtement, ni argent.

Ses sourcils se froncèrent, ses yeux devinrent fixes ; tout à coup, se dressant comme si une idée subite lui avait traversé le cerveau, elle rit !!! et se mit à courir tout au bout du Polet.

Arrivée haletante devant une cabane de pêcheur, elle frappa.

On cria de l'intérieur :

— Entrez...

Elle entra et se trouva devant la famille de Désiré Coulard, les frères, les sœurs qui dînaient.

— C'est moi, fit-elle, avec un accent de défi.

Les deux frères se levèrent comme mus par un ressort... Baptiste, montrant la porte, cria :

— Veux-tu bien sortir d'ici, espèce de...

Mais Marie-Reine l'interrompit, en disant :

— Oh ! je ne viens pas pour rester, je suis une honnête fille, moi, et je viens vous rendre une chose qui était à votre frère et dont je n'ai plus besoin maintenant.

— Entrez donc, entrez donc... ma fine, dit Baptiste.

— Pas besoin, voici, fit-elle, et après avoir fouillé dans sa poche, elle donna au frère un petit paquet attaché par un ruban noir.

— Qu'est cela ? fit celui-ci.

— Ça, c'est des cheveux de Désiré ! vous aviez oublié d'en prendre.

Et fiévreuse, folle, elle sortit en courant du côté de la mer.

Quelques minutes après, Marie-Reine arrivait au bord de la mer; son parti était pris, elle voulait en finir avec la vie et mourir dans cette grande plaine d'eau sombre où Désiré avait trouvé la mort.

Les lames vertes écumaient sur le sable, la mer était basse, la pauvre fille descendit jusqu'au devant du flot... puis elle s'arrêta.

C'est que l'eau était froide, et qu'il fallait petit à petit marcher dans la mort !...

Quel courage résiste à cette épreuve ?

Si, au lieu de prendre la grève, Marie-Reine avait remonté la falaise, alors sous l'empire de la fièvre qui la dévorait, elle se fût précipitée. Pour cela, il ne fallait qu'une seconde de folie.

Pour se noyer à la grève, il lui fallait une heure de courage.

Anéantie par les émotions diverses qu'elle avait éprouvées depuis la veille, n'ayant pas dormi, épuisée enfin, elle s'assit sur le sable.

Décidée à la mort elle se dit :

— Dans une heure la mer va remonter, j'attendrai, et c'est le flot qui me noiera...

Alors elle s'accroupit, elle voulut prier, mais, vaincue par la fatigue, elle s'assoupit...

La brume descendait. l'horizon était rouge-pommelé, annonçant des vents pour le lendemain... la mer montait.

Marie-Reine endormie rêvait :

« Elle avait renoncée à l'idée de mourir, elle allait frapper à toutes les portes des amis de son amant pour demander un secours qui l'aidât à vivre ; tous la repoussaient. L'un lui disait :

— Va t'en, c'est toi qui l'avais dérangé de ses devoirs.

L'autre :

— Fille perdue, n'étais-tu pas honteuse d'associer ta vie à la vie honnête de Désiré.

Un autre :

— Sauve-toi, misérable, qui mets le désaccord dans les familles.

Puis un autre encore :

— C'était pour garder ce qu'il gagnait, infâme, que tu l'empêchais de voir ses frères...

Et elle cherchait à répondre pour prouver que tout cela était faux, mais sa langue s'était collée son palais.

Alors elle se mit à courir pour échapper à ces accusations. On la poursuivait, on lui jetait des pierres, et plus elle courait, plus le nombre de ses accusateurs augmentait.

Epuisée, sans haleine, ne pouvant pas continuer cette course plus longtemps, elle se retournait, décidée à se laisser lapider.

Dès que ceux qui la poursuivaient la virent faire tête... par toutes les issues, par les fenêtres et les portes des maisons de la rue, ils s'enfuirent.

— Les lâches ! fit-elle.

Et elle se retourna pour continuer sa route ; aussitôt la meute humaine recommença sa poursuite.

Elle eut peur et se sauva. Les poursuivants crièrent plus fort ; les pierres la frappèrent ; déjà des doigts crochus se griffèrent après sa robe...

Elle se retourna encore, et courant sus à ceux qui l'avaient poursuivie et qui s'enfuyaient en déroute, elle marcha droit devant elle, allant au-devant et les défiant. Aussitôt ils disparurent.

Les pavés de la rue qu'elle suivait étaient doux comme un tapis ; sur les portes des maisons, derrière les vitres, des fenêtres, elle ne voyait que visages souriants qui semblaient l'inviter à rentrer.

Elle s'adressa à une femme qui lui souriait sur sa porte, et lui dit :

— Pourquoi poursuiviez-vous cette femme tout à l'heure ?

— Cette petite faible, répondit gracieusement celle à qui elle s'adressait ; parce qu'elle ne se défendait pas ?

— Mais c'est lâche ?...

— Oui, on dit ça... mais c'est la vie.

— La vie !... c'est donc guerre aux bons ?

— Oui, puisque les méchants sont plus nombreux.

— Alors, que faire ?

— Il faut dominer les méchants ou être avec eux... ou...

— Où ?...

— Malheur aux vaincus !...

La jeune fille secoua ses cheveux, se dressa et suivit sa route...

Tout à coup, elle s'entendit appeler... elle se retourna et reconnut Désiré.

Il sembla à la pauvre enfant qu'elle ne l'avait jamais perdu.

— Où vas-tu ? lui dit le matelot.

— Je vais vivre...

— Tu dis cela comme si tu allais faire une mauvaise action.

— Il n'y a pas de mauvaise action, il faut vivre !...

— Viens avec moi, ma Marie, viens...

— Où ?...

— Où je t'attends... dans la mer immense...

Marie ne répondit pas ; elle regarda celui qu'elle aimait, et comme il lui sembla qu'il était plus pâle et qu'il se soutenait à peine, elle s'avança vers lui pour le soutenir...

Aussitôt qu'elle fut près de lui, une main de glace serra la sienne et l'attira ; vainement elle voulut résister, Désiré l'entraînait vers la mer, dont les eaux s'ouvraient pour leur livrer passage.

— Viens, disait-il, viens, ma Reine, viens !

— Non, criait-elle, lâche-moi... J'ai vingt ans... non... je ne veux pas mourir...

Il lui sembla alors que des goëmons lui liaient les pieds.

— Viens, ma Marie aimée, viens !

— Non, non ! laisse-moi. Je ne veux pas... je veux vivre... Grâce, Désiré, grâce. »

. . . .

Elle ressentit à l'épaule un choc qui l'éveilla.

La mer montait, le flot mouillait les pieds de la

malheureuse... Une minute encore, et le rêve devenait une réalité.

En voyant à ses côtés, devant et derrière les flots
mugissants, en entendant le bruit effroyable de la
marée montante, la pauvre fille, épouvantée, jeta un
cri terrible.

Folle, éperdue, encore sous l'impression du rêve
qu'elle venait de faire, ne faisant pas la part du
faux et du vrai de la situation, mais se cramponnant avec rage à l'idée de vivre, vainement elle
cherchait à se redresser : le flot roulait sur le galet.

Par un effort suprême, épuisant en un coup, dans
une dernière tentative, tout ce qui lui restait de
force, de courage et de vie, elle se dressa et cria,
implorant ciel ou terre... Puis, perdant connaissance, elle chancela sous une vague énorme...

Marie-Reine était perdue, le flot l'entraînait ;
tout à coup un homme la saisit et la porta au pied
de la falaise.

Il était temps...

Celui qui l'avait ainsi enlevée était un homme de
cinquante ans environ, tout de noir vêtu. Son chapeau est enveloppé d'un crêpe.

Il porte la redingote à pèlerine, la culotte et les
bas noirs ; sous cet accoutrement sombre est cependant une face joviale.

Le nez fin, un peu long, les yeux bleu-gris et à
fleur de tête, la bouche épaisse et souriante, les joues
rondes et fraîches, les favoris et les cheveux châtains paraissent blonds à cause des nombreux poils
blancs qui s'y montrent indiscrètement.

Après avoir déposé sur la grève le corps de Marie-
Reine, l'homme mit un genou en terre pour observer
celle qu'il venait d'arracher à une mort certaine. Il
dégrafa la ceinture de la robe et frappa vigoureusement dans les mains de la malheureuse.

Se tournant alors vers un autre individu qui l'accompagnait, il cria :

— Hé! M⁰ Friquet, venez donc m'aider à secourir cette enfant!

M⁰ Friquet, que nos lecteurs connaissent déjà, accourut aussitôt et obéit.

— Que faisait donc cette jeune fille au bord de la mer?

— C'est, répondit l'inconnu, quelque fille de pêcheur qui se sera endormie à marée basse. Si je n'avais couru, elle était immanquablement noyée.

— Mais regardez donc, elle n'en vaut guère mieux.

— Oh! que nenni, mon cher... un simple évanouissement, vous allez voir.

Effectivement, quelques minutes après, Marie-Reine revenait à elle.

— Tenez, fit l'homme en noir, la voici qui revient à elle.

— En effet!...

— Ça va-t-il mieux mon enfant?

— Oui! soupira Marie.

— Mais aussi, imprudente, que faisiez-vous à cette heure au bord de la mer?

La jeune fille tourna ses yeux hagards autour d'elle, cherchant à voir dans l'ombre du soir l'endroit où elle était.

— Au bord de la mer, fit-elle étonnée.

Puis se souvenant, elle ajouta avec un triste sourire :

— J'attendais la mort.

— Hein! firent en même temps les deux hommes, tant l'accent avec lequel ces deux mots avaient été dits était convaincu.

— La mort, à votre âge? fit l'inconnu.

— Oui, répéta naïvement la pauvre fille.

M⸱ Friquet se poncha à l'oreille de son compagnon, et lui dit très-bas :

— C'est une folle !

— Je le crains, répondit l'autre... Si jeune !... Dans tous les cas, nous ne pouvons la laisser là ; il fait froid.

— Et presque nuit.

— Oui... Pouvons-nous la mener chez vous ?

— Certainement.

— Mon enfant, demanda celui qui l'avait sauvée, il n'est pas prudent de rester ainsi la nuit, à la tombée de la brume et surtout au bord de la mer... Vous sentez-vous la force de marcher un peu ?

— Où ? fit Marie.

— Chez monsieur, qui reste sur le quai, on vous soignera et l'on vous reconduira chez vous...

— Je n'ai pas de chez moi.

— Je veux dire : où demeure votre famille...

— C'est au cimetière.

L'homme se tut, embarrassé, et se penchant à son tour vers M⸱ Friquet, il lui dit bas :

— Vous avez raison : elle est folle !

Depuis quelques instants, M⸱ Friquet avait relevé ses lunettes, et il observait la pauvre enfant, chez laquelle la vie revenait peu à peu.

— Folle, dit-il à mi-voix, ou bien malheureuse ! En tout cas, emmenons-la, il n'est pas prudent de la laisser ainsi plus longtemps.

— Attendez, fit l'homme.

Il alla chercher un manteau qu'il avait jeté à terre pour se précipiter au secours de Marie-Reine.

— Tenez, dit-il, levez-vous mon enfant et couvrez-vous de ce manteau.

Marie obéit ; comme elle chancelait, les deux hommes lui prirent le bras chacun d'un côté, et la dirigèrent vers la ville.

— Où allons-nous? fit Marie.

— A un gîte, répondit M⁰ Friquet.

Marie-Reine s'arrêta, regarda celui qui venait de
lui parler, puis l'examina, et dit avec un accent
étonné :

— Vous êtes donc bon, vous?...

— Oui, mon enfant; ne craignez rien.

— Oh! allons vite, je ne me tiens plus... je suis
sans force...

En disant ces mots, elle appuya sa tête sur l'é-
paule de celui qui l'avait arrachée à la mort.

— Je ne puis plus aller, murmura-t-elle, et ses
jambes se dérobant sous elle, elle serait tombée sans
le secours de ses deux sauveurs...

Maître Friquet la prit sous les bras, l'inconnu lui
prenant les pieds, ils portèrent la pauvre enfant
jusqu'à la demeure de l'avoué.

Quand mademoiselle Babette vit entrer dans la
maison de son maître le corps de Marie, qu'elle prenait pour un cadavre, elle crut que l'on revenait aux
jours terribles de l'an II.

— Ah! mon Dieu! fit-elle, c'est la Révolution
qui recommence...

— Silence, Babette; préparez une chambre et
faites-y grand feu.

Quelques instants après, Marie-Reine était endormie dans un lit moelleux, dans une chambre bien
chaude; elle souriait en dormant.

Les deux hommes qui l'avaient sauvée, la con-
templaient.

— Demain, disait M⁰ Friquet, nous éclaircirons
ce mystère.

— Quel qu'il soit, dit l'autre, nous avons fait
une bonne action... C'est bon de s'endormir là-dessus... Savez-vous qu'elle est très-belle enfant?

— Oui, fort belle!

Mademoiselle Babette rentra, et donnant une bougie à son maître, elle lui dit :

— La couverture est faite, monsieur.

Puis, s'adressant à l'autre :

— Monsieur Trumeau, j'ai fait un grand feu dans votre chambre.

Les deux hommes se serrèrent la main et se retirèrent.

Le lendemain dès l'aube, Marie-Reine s'éveilla; elle eut quelque peine d'abord à rassembler ses idées et à s'expliquer sa présence dans une chambre qu'elle n'avait jamais vue.

Se souvenant enfin, elle s'accouda sur son oreiller et songea; des larmes coulèrent de ses yeux, puis un amer sourire crispa ses lèvres. Le rêve affreux de la veille lui repassa devant les yeux, et, superstitieuse comme les gens que la mer a habitués aux grands dangers, elle se demanda si ce n'était pas un avertissement.

Après avoir songé au passé, il fallut bien penser au présent ..

Au présent creux, vide, sans ressources et sans espoir.

Qu'allait-elle faire? qu'allait-elle devenir?

Elle était couturière, c'est vrai; mais c'était un état insuffisant pour la faire exister. Ensuite, elle ne se sentait plus la force de vivre dans le pays où elle avait tant souffert...

Elle était seule, prête à tout risquer. De plus, elle sentait sourdre en elle une haine implacable contre la société, et Paris lui semblait la ville propre à satisfaire ses appétits de vengeance.

Une phrase revenait sans cesse sur ses lèvres :

« Il faut être avec les méchants! »

Elle pensait toujours, cherchant par quel moyen elle pourrait désormais gagner sa vie.

On frappa.

Ne sachant qui allait se présenter, elle ramena les couvertures sur ses épaules, et demanda, presque effrayée :

— Qui est-là?

— Je ne peux pas vous dire mon nom, fit une voix aigre, puisque vous ne me connaissez pas.

Reconnaissant une femme, Marie-Reine dit :

— Entrez !

C'est mademoiselle Babette qui parut, portant des vêtements de femme sur son bras, l'air rogue, regardant d'un regard oblique celle que son maître s'était permis d'amener chez lui.

— Je viens, dit-elle, de la part de monsieur, vous demander comment vous allez... Je vois que vous allez bien, c'est tout... Il faut que vous mettiez ces vêtements et que vous descendiez déjeuner.

Marie-Reine regarda Babette, tout ébahie de ce qu'elle lui disait, tandis que celle-ci maugréait tout bas :

— Des hommes de cinquante ans qui font attention à des jeunesses comme ça... Ça dit que c'est de l'humanité... Si c'était moi, t'aurais vu s'ils m'auraient ramenée... Parce qu'elle est jeune, qu'elle a la beauté du diable... On la verra à mon âge...

Babette n'avait jamais voulu admettre qu'une femme était plus jolie qu'elle l'avait été. Toutes, disait-elle, avaient la beauté du diable, c'est-à-dire la fraîcheur des vingt ans.

Or, Babette était une grande fille de cinquante ans, droite et gracieuse comme une asperge; elle aurait certainement pu prendre un bain dans un canon de fusil.

La tête eût pu servir de modèle pour une pomme de parapluie : la figure longue, les pommettes saillantes, le nez en bec de corbin pincé aux narines, les lèvres minces et le menton pointu. Elle avait très-peu de cheveux et quelques dents... l'œil était bleu

eau de savon... Avouons que si elle avait eu la beauté
du diable, elle était bien changée...

— Hâtez-vous, car ces messieurs attendent en
bas pour se mettre à table.

— Ces messieurs? interrogea Marie-Reine en sautant du lit.

— Oui, ces messieurs! et Babette détourna les
yeux pour ne pas voir les jambes de Marie... un
modèle de statuaire, en disant tout bas :

— Regardez-moi, si ça a seulement deux liards
de décence .. tout ça pour faire voir ses jambes...
Dieu merci! je peux dire que j'étais la mieux faite
de mon temps... et je n'en tirais pas vanité pour ça.

— Mais, demanda Marie après avoir revêtu une
robe, où suis-je, ici?

— Allons donc! vous le savez aussi bien que moi.

— Comment, je sais; si je le savais, je ne vous
le demanderais pas.

— C'est bien. On m'a envoyé pour vous servir;
je ne suis pas votre dupe, mais je dois répondre.
Vous êtes ici chez M° Friquet, avoué près le tribunal.

— M° Friquet, répéta Marie-Reine en cherchant
dans sa mémoire; je ne connais pas du tout.

Écoutez, ma brave dame, continuait-elle...

— Je ne suis pas plus dame que vous... Je me
nomme mademoiselle Babette.

— Mademoiselle Babette, fit en souriant Marie,
voilà ce qui m'est arrivé hier à la marée : j'allais
être entraînée par le flot, lorsqu'un homme me prit
dans ses bras et me porta au pied des falaises; là,
je perdis connaissance; je ne sais ce qui s'est passé
après. Ce matin, je m'éveille ici, dans une maison
que je ne connais pas, chez une personne dont j'ignore
même le nom... Qu'est-ce que ça veut dire?...

— Est-ce que je sais, moi... fit Babette.

Et elle maugréa tout bas :

3

— Ainsi, une rien du tout, une traîneuse, qu'ils nous ramènent ici, dans une maison honnête...

— Oh ! de grâce, mada... mademoiselle Babette, donnez-moi un mot d'explication.

— Eh bien ! il faut que vous ayez bien peu d'intelligence pour ne pas comprendre. C'est simple, pardi ! Mon maître, qui est aussi bête qu'il est bon, vous a cru sérieusement malade et il vous a fait soigner.

On sonna violemment.

— On s'impatiente en bas, si vous voulez descendre ?...

— Je descends.

Marie-Reine secoua la tête pour démêler ses longs cheveux, et les séparant en deux poignées qu'elle rattacha derrière la tête, l'œil inquiet, rouge d'embarras, elle suivit la vieille servante.

Quand elle entra dans la salle à manger, la table était dressée ; les deux hommes étaient près du feu. Dès qu'elle parut, ils se levèrent et vinrent lui tendre la main, en lui demandant comment elle allait.

Marie-Reine se trouva à l'aise devant tant d'affabilité, et demanda quel était son sauveur.

— Le voici, ma belle enfant, fit Me Friquet en présentant son ami, Augustin Trumeau, négociant à Paris.

— Monsieur Trumeau, dit Marie-Reine, voulez-vous me permettre de vous embrasser ?...

Trumeau devint rouge. Il s'appuya sur la table, et sans répondre il tendit la joue.

Quand la jeune fille l'embrassa, un bruit épouvantable ébranla la salle.

C'était mademoiselle Babette qui laissait tomber une pile d'assiettes en disant :

— Ah ! c'est trop fort !...

— A table ! cria Me Friquet, puis, s'adressant à

Babette, vous serez donc toujours aussi maladroite, vieille bête.

Babette devint blême, verte, rouge... Elle voulut répondre, mais la voix ne lui revint que lorsqu'elle fut dans sa cuisine.

— Maladroite... vieille bête... pour cette péronelle... oh! les aristocrates!

L'on s'était mis à table; tout en déjeunant, M⁰ Friquet pria la jeune fille de raconter les motifs qui l'avaient poussée au suicide.

Marie-Reine obéit. Quand il eut reconnu dans les gens qui avaient chassé la pauvre enfant le misérable qui l'avait visité l'avant-veille, il comprit, et toutes ses sympathies furent acquises à la fille-veuve.

— Mon enfant, lui dit-il lorsqu'elle eut terminé, je comprends votre situation, je connais les misérables dont vous êtes la victime; mais soyez désormais sans crainte; vous avez deux amis qui vous sauveront une seconde fois...

Pendant le récit de Marie-Reine, Trumeau était resté muet. Son œil n'avait pas un instant quitté la jeune fille, qu'il embarrassait parfois.

Comprenant qu'elle avait besoin d'isolement, M⁰ Friquet lui dit :

— Mon enfant, vous êtes ici chez vous... Allez, venez, vous connaissez votre chambre. Nous déjeunons toujours à cette heure, nous dînons, à cette époque, à la tombée de la nuit; dans quelques jours nous vous aurons trouvé une position.

Marie-Reine ayant dit qu'elle ne voulait pas rentrer à Dieppe, M⁰ Friquet ajouta :

— Tant mieux, une place est plus facile à trouver à Paris... Trumeau vous trouvera votre affaire.

— Vous pouvez compter sur moi, fit Trumeau, tout rouge.

De ce jour, Marie-Reine fut installée dans sa chambre, au grand scandale de Babette, elle ne sortait qu'une fois par jour, pour aller prier sur la tombe de Désiré.

Cinq jours après les scènes que nous avons raconté, Trumeau, en rentrant pour dîner, dit à son ami Friquet :

— J'ai à te parler particulièrement.

M⁵ Friquet releva ses lunettes et demanda :

— Affaire sérieuse ?

— Très-sérieuse.

— Veux-tu tout de suite ?

— Non, après dîner... lorsque Marie-Reine ne sera plus là.

— Bien.

On se mit à table ; après le dîner, la jeune fille se retira. Trumeau appela Babette et lui dit :

— Babette, vous pouvez aller vous coucher.

Puis il se leva et alla fermer la porte.

— Pourquoi, diable ! toutes ces précautions ? demanda M⁵ Friquet.

— Parce que ce que j'ai à te dire est tellement grave, tellement ridicule, que je veux que toi seul l'entende.

Les deux amis s'approchèrent de la cheminée. Trumeau prit les pincettes et entassa le bois dans l'âtre pour n'être pas embarrassé du regard observateur de M⁵ Friquet.

— Je t'écoute, fit celui-ci.

— Mon cher, tu sais combien j'aime peu la vie solitaire ; depuis cinq mois je suis veuf... et par conséquent seul.

— Seul ! Tu as des enfants, deux filles, l'une de vingt-deux, l'autre de dix ans !

— Justement, je suis seul parce que ma fille aînée pense à se marier, et que l'autre est trop jeune pour être avec moi... Depuis un mois, je caresse

l'idée de me remarier; tu viens de terminer les affaires de liquidation, les biens qui reviennent à mes
enfants leur sont assurés... Je suis libre! Que dois-
je faire?...

— Mon ami, voici ce que je ferais à ta place. Je
comprends que la vie solitaire à ton âge n'est pas
possible (je dis à ton âge, parce que l'on n'a véritablement que l'âge que l'on paraît, et que tu as ainsi
à peine quarante ans, quoique ta cinquantaine soit
sonnée). Je comprends que ta situation commerciale
t'oblige à n'avoir de relations que dans le mariage;
je comprends cela et t'engage à te marier.

— Très-bien.

— Mais je ne comprends le mariage que lorsque
ta fille aînée sera mariée.

— Pourquoi?

— Parce que je t'ai deviné!

Trumeau lâcha les pincettes et regarda fixement
son ami.

— Tu m'as deviné?

— Oui... Il y a ici, depuis cinq jours, une enfant
charmante à laquelle tu n'as pas dit vingt mots et
que tu adores.

Trumeau devint rouge et dit :

— C'est vrai.

M¹ Friquet reprit :

— Cette fille est sans famille, sans position. Tu
t'es dit : Je fais une bonne action... pour elle et pour
moi, en la choisissant pour femme... Ceci te regarde.
Elle est jeune ; mais un proverbe qui a fait la déso-
lation des mœurs du règne dernier te donne raison :
« L'homme doit porter l'épée avant que la femme
soit née. » Cependant Marie est plus jeune que ta
fille aînée, et ne trouves-tu pas ridiculement monstrueux de faire vivre ensemble une belle-mère de
vingt ans avec une fille de vingt-deux ans?... Ta

plus jeune sera élevée chez sa tante... Très bien ;
mais attend le mariage de ta fille aînée.

Trumeau ne répondit pas. Il pensa.

Après un silence d'un grand quart d'heure il
releva la tête et dit :

— Tu as raison... Mais j'adore Marie-Reine ; je
puis attendre, mais je ne puis renoncer à l'idée d'en
faire ma femme. Veux-tu lui parler demain ?

— Je veux bien ; mais à une condition.

— Laquelle ?

— Si elle accepte, tu pars pour Paris ce soir.

— Seul ?

— Certainement.

— Je ne comprends pas !

— Voici : tu parles à ta fille de la nécessité pour
toi d'avoir quelqu'un qui te remplace dans tes affaires quand tu es absent, ce qu'elle ne peut, ni ne
veut faire, ton commerce n'étant pas dans ses goûts.

— Très bien.

— Tu lui annonces ton projet de mariage, et ton
désir de lui voir terminer le sien depuis quelques mois
en train, les affaires de succession étant terminées.

— Très bien !

— Dans quinze jours, je vais à Paris, où tu auras
loué pour Marie-Reine un petit appartement...
Alors, complètement libre, à l'abri des bavardages
et des cancans, tu feras ta cour... et quelques semaines après tu l'épouseras.

— Tout cela est fort juste, j'accepte et merci !...
et quand ?

— Quand je verrai Marie-Reine ?

— Oui.

— Demain matin...

— Merci encore !

Les deux amis se serrèrent la main et gagnèrent
chacun leur chambre à coucher.

Le lendemain soir, M° Friquet reconduisait Trumeau jusqu'au bureau de la diligence.

Au moment de partir, Trumeau embrassa son ami sur les deux joues et lui dit :

— Oh ! je suis bien heureux... Je vous attends tous les deux dans quinze jours.

— Dans quinze jours, au revoir !

La diligence partit et M° Friquet rentra chez lui.

Il était environ neuf heures du soir lorsque l'avoué appela sa vieille gouvernante :

— Dites-moi Babette ?

— Monsieur Friquet.

— C'est aujourd'hui samedi ; ne m'avez-vous pas demandé à aller coucher chez votre sœur pour y passer la décade !

— Oui, monsieur.

— Vous pouvez y aller...

— Mais la fille de là-haut ?

— Elle dort ?

— Oui, monsieur.

— Eh bien ! elle n'a pas besoin de vous.

Babette se retira. Quelques minutes après, M° Friquet, qui écoutait, entendit la porte de la rue s'ouvrir et se refermer. Il descendit, poussa les verroux et remonta dans sa chambre. Là, il s'enferma, retira ses lunettes, sa perruque poudrée et passa un linge sur sa figure.

Ce n'était plus le même homme.

Ainsi transformé, M° Friquet paraissait au plus trente-cinq ans. Il était fort bien.

Il monta jusqu'à la chambre où dormait Marie-Reine ; à l'aide d'une double clef, il entra chez elle.

La jeune fille, éveillée en sursaut, cria :

— Qui est là ?

— C'est moi ! dit Friquet, taisez-vous.

Et il s'élança vers elle.

— Au secours ! cria Marie-Reine.

. . . .

À la même heure, la diligence arrivait à son premier relais. Trumeau, qui s'était lié avec un Dieppois, lui disait en buvant un verre de cidre :

— Ah ! vous connaissez M⁰ Friquet ? il est intelligent...

— Oh ! il n'est pas bien dans ses affaires... répondit le Dieppois ; mais c'est un malin qui se relèvera.

— Tant mieux, fit Trumeau ; car c'est un bien bon et bien honnête homme...

— En voiture ! cria le conducteur.

I

Il neigeait dru le 7 nivôse de l'an X.

La cour et le jardin des Tuileries étaient couverts de neige, le vent fouettait les flocons gelés sur les rares passants qui traversaient la place du Carrousel.

Le monument couvert de sa croûte blanche dressait sa silhouette dans le gris-blond d'une après-midi d'hiver.

Déjà quelques fenêtres du château étaient illuminées.

Un soldat de la garde consulaire, en faction devant la porte du pavillon Rohan, battait la semelle; après avoir jeté un coup d'œil autour de lui, il plaça son fusil dans sa guérite; pour combattre l'onglée, il battit ses mains en croisant les bras. Un peu dégourdi, il reprit son arme et continua sa faction, maugréant :

— Cristi, en voilà un temps! Faut-il que je sois bête de m'être fait coller là pour parler au premier Consul. Qui sait à quelle heure il rentrera!... Faut-il être bête de faire la faction pour les autres et ne pas réussir... Et dire que c'est toujours comme ça... Chaque fois que je veux lui parler, il ne revient pas.

Le soldat qui parlait ainsi était un beau gaillard de vingt-sept à vingt-huit ans, brun de peau, d'œil et de poil, élégamment et vigoureusement bâti, le torse fin sous l'uniforme, la jambe nerveuse et fine dans la guêtre.

Il avait une grâce à demander au premier Consul, et chaque fois qu'il était de garde aux Tuileries, à l'heure probable de la rentrée du chef du pouvoir exécutif, il offrait à ses camarades de faire leur faction. Mais la male-chance le poursuivait chaque fois qu'il avait volontairement pris la garde d'un autre : le premier Consul était rentré par une autre porte.

— Tonnerre, je ne sens plus mon nez, j'ai les doigts morts; voyez s'il rentrera. Je vais encore retourner au poste sans rien ce soir... Depuis trois mois que ma pétition traîne les ministères... Ah ! pardi, quand c'est la guerre, on fait attention à nous ! Mais, depuis le traité d'Amiens, va te faire voir... Nous ne sommes plus rien.

Au moment où le soldat se retournait, il vit deux hommes enveloppés de manteaux et couverts de neige qui se dirigeaient vers lui...

Les deux hommes avancèrent, montèrent les marches, et le grand prenait déjà le bouton de la porte pour ouvrir le vestibule lorsque le soldat courut à lui et dit :

— On ne passe pas par cette porte.

— Service du cabinet du premier Consul... dit l'homme.

— Monsieur, fit le soldat, j'ai ordre de ne laisser passer personne.

— Au diable! il va nous faire geler, cria l'autre.

C'était un homme jeune encore, d'une taille au-dessus de la moyenne, assez bien portant; il était vêtu d'une redingote noire boutonnée jusqu'au col, coiffé d'un petit chapeau à larges bords et botté.

Pâle, le nez busqué, les lèvres minces, l'œil gris-bleu, un peu fauve.

Il s'avança vers le soldat et dit d'une voix brève :

— Ordre du premier Consul, on t'a dit.

En entendant cette voix, en regardant celui qui lui parlait, le soldat était resté atterré.

Au premier bruit de la discussion, des laquais avaient ouvert la porte du vestibule et ils s'inclinaient en saluant les deux hommes...

Ils passèrent... Le plus petit avait le pied sur la première marche, lorsqu'il se retourna à la voix de son compagnon qui disait :

— Que voulez-vous, malheureux?

Se méprenant sur les intentions du soldat qui les avait suivis et qui cherchait à tirer la redingote de celui qui marchait le premier.

— Qu'y a-t-il? demanda celui-ci.

— Général, une grâce...

— Parle, fit celui auquel il s'adressait, en fronçant le sourcil.

— Général, j'ai adressé depuis trois mois une pétition au ministère de la guerre et je n'ai pu obtenir de réponse.

— Tu veux me lire ta pétition ?

— Mon général...

— Est-elle longue ?

— Vingt lignes...

— Que tu sais par cœur ?

— Oui, général.

— Il gèle ici... Montons, général, dit le premier Consul à celui qui l'accompagnait... Donnez des ordres pour que ce garçon monte dans mon cabinet après sa faction...

Et le général Bonaparte gagna ses appartements, tandis que le soldat joyeux sortait pour reprendre sa faction.

Il arriva juste au moment où l'on venait le relever; aussi le caporal commença-t-il par lui dire :

— Pour vous chauffer pendant le service, vous ferez un jour de salle de police.

Il s'en moquait bien, le soldat...

Dix minutes après, le caporal, étourdi, introduisait dans le poste un aide de camp qui venait chercher, de la part du premier Consul, le soldat qu'on venait de relever de faction.

Le factionnaire que nous avons vu grelottant fut aussitôt introduit dans le cabinet du général Bonaparte.

Le premier Consul, la redingote déboutonnée, tête nue, sans cravate, assis dans un fauteuil, près un bureau, fixa son regard sur le soldat et lui dit :

— Quel est ton nom?...

Le soldat, debout, une main sur la couture de la culotte, l'autre sur le front, la face rouge, l'œil fixe, les lèvres tremblantes, répondit :

— Eustache Bizot.

— Depuis combien de temps es-tu au service? demanda le premier Consul.

— Depuis que j'ai lu sur le Pont-Neuf : « La patrie est en danger! »

— Ah! ah! fit Bonaparte, enrôlé volontaire?

— Oui, mon général.

— Tu veux quitter le service?

— Pour raison majeure, mon général... Pas par dégoût, car j'ai été un militaire chançard.

Le premier Consul regarda les épaulettes et les parements du soldat, et n'y voyant aucun insigne :

— Un militaire heureux! pourquoi?

— Parce que mon régiment a toujours fait partie, depuis six ans, du corps d'armée du général Bonaparte.

Un sourire passa sur les lèvres du premier Consul; il s'étendit dans son fauteuil et considéra longuement le soldat qui lui parlait... Il aimait à constater cet amour, ce culte qu'il inspirait.

Après quelques minutes de silence, pendant lesquelles le souvenir de Bonaparte s'était plu à se rappeler son passé glorieux... parlant plutôt à lui-même qu'à Eustache Bizot, il dit :

— Tu étais à Rivoli?

— Un coup de baïonnette dans la cuisse.

— A Lodi?...

— Un coup de sabre au bras.

— Arcole...

— Mon fusil cassé.

— Le Frioul!... en disant ces mots, il redevint pensif; il se souvenait des heures terribles passées à attendre les secours de la Convention... il se souvenait qu'il ne devait qu'à un coup d'audace le salut de son armée...

Il resta quelques minutes encore silencieux.

Bizot n'avait pas bougé; droit comme un *i*, il attendait.

Le premier Consul, se souvenant enfin de la demande du soldat, lui dit :

— Et que veux-tu me demander ?

— Général, avant d'être soldat, j'étais herboriste. Ma mère tient la maison en mon absence; elle doit me la céder quand je reviendrai. Or, quand je suis parti, en l'an II, j'ai tout abandonné, même une jeunesse que j'aimais et qui avait promis de m'attendre. Tant qu'on s'est battu, j'en ai été; aujourd'hui, c'est la paix, je ne suis utile à rien...

— La paix! fit Bonaparte avec un singulier sourire... Puis plus froid : oui la paix... et...?

— Et, mon général, depuis mon départ, la femme que j'aimais a perdu sa mère; elle est restée avec son père qui se conduit mal, si bien que d'un côté j'ai ma mère qui me dit de revenir, cette jeunesse qui me supplie de la retirer de chez son père... et je...

— Voyons, explique-toi ?

— J'ose pas, parce que ça me fait de la peine de
vous quitter.

— Tu fus toujours bon soldat?

— Mon général, j'ai eu ma première punition,
depuis dix ans de service, pour vous avoir parlé tout
à l'heure... et j'ai un sabre d'honneur!

— Tu veux te marier?

— Oui, mon général... je veux prendre une femme
et puis dire à la vieille : T'as l'âge de te reposer, nous
voilà, t'occupe plus que de boire, manger et dormir.

— Bien.

— Tu te nommes Eustache Bizot ?

— Oui, mon général.

Bonaparte écrivit de son affreuse écriture le nom
du soldat sur une feuille de papier.

— C'est bien. Si ta conduite est telle que tu l'as
dit, tu auras ton congé.

Eustache s'était tourné tout d'une pièce; il allait
sortir, lorsque, se ravisant, il revint.

— Mon général, j'ai une autre grâce à vous demander.

— Qu'est-ce ? fit Bonaparte visiblement impa-
tienté.

— Je voudrais vous embrasser.

Le premier Consul rit et tendit la main à Eustache qui la couvrit de baisers.

Bizot descendait le grand escalier, lorsque l'on
introduisit chez le premier Consul le ministre de la
police.

— Qu'avez-vous? fit Bonaparte en voyant la figure
défaite du nouvel arrivant.

— Général, nous sommes sur les traces d'un nouveau complot.

— Contre moi? fit Bonaparte le front plissé.

— Oui, général.

— Républicains ou royalistes ?

— Royalistes... Les conspirateurs sont débarqués, il y a trois jours, à Féville.

Ils sont aujourd'hui à Paris.

— Vous avez vos rapports?

— Les voici.

Bonaparte lut, puis une longue discussion s'engagea, à la suite de laquelle le ministre de la police se retira.

Le lendemain, Eustache Bizot recevait l'ordre de se rendre à la Conciergerie, mandé dans le cabinet du ministre de la police.

II

Lorsque Eustache Bizot fut dans le cabinet du ministre de la police, il regarda tout effaré l'homme qui, placé devant un bureau, n'avait pas levé la tête à son entrée.

Debout, n'osant bouger, se retenant de respirer, il attendait anxieux que celui qui l'avait fait appeler lui adressât la parole; vainement il se creusait la tête pour savoir les motifs de cette semi-arrestation. Qu'avait-il fait? Il avait beau fouiller le fond de sa conscience, il ne trouvait que louables actions, il fouillait sa conduite et il la trouvait régulière.

Son infraction à la consigne de la veille n'avait pas été mise au rapport; il savait donc qu'il n'avait rien à craindre pour ce fait. Après dix grandes minutes enfin, le ministre de la police Fouché leva les yeux...

Deux minutes au moins, son regard resta fixe appuyé sur le pauvre garçon qui n'en pouvait, et qui regardait à droite, à gauche, en bas, en l'air, cherchant vainement à se donner une contenance.

L'œil de Fouché était vif et perçant; cependant le ministre de la police avait passé à travailler la nuit de septidi à octidi de la première décade de nivôse.

Avant d'aller plus loin, obligé de nous servir constamment, dans ce récit, des termes du calendrier républicain, nous demandons à nos lecteurs la permission d'en dire un mot; sans cette explication, quelques points pourraient leur paraître obscurs, tant est utile de suivre au jour le jour les péripéties nombreuses de notre drame vrai.

Les mois, au nombre de douze, se composaient uniformément de trente jours, l'année était complétée par des jours complémentaires au nombre de cinq, six les années bissextiles.

Chaque mois était divisé en trois *décades*, dont les jours prenaient les noms de *primidi, duodi, tridi, quartidi, quintidi, sextidi, septidi, octidi, nonidi, decadi.*

Les mois se suivaient ainsi, commençant le 22 septembre.

Vendémiaire, brumaire, frimaire, nivôse, pluviôse, ventôse, germinal, floréal, prairial, messidor, thermidor, fructidor.

Cela dit, nous continuons.

Fouché demanda enfin au soldat :

— Vous vous nommez Eustache Bizot?

— Oui, citoyen… et, se reprenant vite, en voyant le froncement de sourcils du ministre de la police, oui, Excellence !

— Vous vous êtes engagé volontairement à dix-sept ans, en l'an II ?

— Oui, Excellence.

— Vous avez fait toutes les campagnes d'Italie?…

— Et d'Egypte, Excellence…

— Pendant dix ans, votre conduite a été exemplaire…

— Oui, Excellence.

— Comment se fait-il que depuis les trois mois que vous êtes de retour à Paris, vos allures, vos manières aient si subitement changé ?

— Mais, Excellence, elles ne sont pas changées.

— Comment se fait-il que vous, toujours soumis, que, défenseur du bras et de la pensée, par les armes et par la parole, de votre chef, le premier Consul, vous ayez changé ?

— Moi ! moi ! fit Bizot étourdi.

— Bizot, il y a dans votre conduite des faits que nous connaissons, que vos dénégations ne pourront pas anéantir... Depuis plus d'un mois, à la caserne et en ville, à vos amis civils et militaires, vous ne cessez d'accuser le gouvernement.

— Moi ! Excellence... Je vous jure...

Le pauvre garçon était épouvanté. Adieu congé, beaux jours rêvés. Qu'allait-il devenir ?

Le ministre de la police, au contraire, tout en ne quittant pas de l'œil le soldat, avait au coin des lèvres un sourire narquois qu'il comprimait difficilement.

— Enfin, dit-il, Bizot, répondez-moi franchement, par oui et par non ; de la franchise de vos réponses dépend votre sort.

Bizot ouvrit à la fois la bouche, le nez et les oreilles.

— Bizot, dit le ministre de la police, deux fois par semaine, tridi et octidi, vous vous rendez dans une maison de la place Saint-Michel chez un sieur Trumeau, épicier.

— C'est vrai.

— C'est toujours à la nuit tombante que vous allez à ce rendez-vous... Qu'allez-vous faire en cette maison ?

— Mon Dieu, Excellence, c'est bien simple, c'est justement pour ça que j'ai demandé mon congé au premier Consul.

— Pour ça ?

4

— Oui, Excellence, je veux me marier avec la fille de M. Trumeau, marchand épicier, et je vais, chaque fois que j'ai une permission, lui faire un doigt de cour.

— C'est pour cela seulement ?

— Oh! je le jure!...

Fouché garda quelques minutes le silence, puis, mesurant chacune de ses paroles, et observant l'effet qu'elles produiraient sur le soldat, il continua :

— Eustache Bizot, vous avez été un bon et brave soldat, un patriote dévoué. Depuis quelque temps, vos habitudes ont changé : vous fréquentez des suspects.

— Moi ? se récria le pauvre garçon.

— Du jour où ces fréquentations ont commencé, vous avez, chaque fois que vous étiez de garde aux Tuileries, cherché à vous trouver sur le passage du premier Consul, avec une obstination qui cache des desseins assurément coupables.

— Moi! fit le malheureux Bizot indigné, et se prenant à plein pied et à plein bras dans la toile que lui tendait Fouché : mais je voulais voir le général pour réclamer...

— Depuis quand un bon soldat oublie-t-il assez la discipline pour ne pas faire ses réclamations par la voie hiérarchique.

— Mais puisque j'ai fait une pétition et que les tas de fainéants qui devraient s'en occuper la laissent pourrir dans les cartons.

— Vous le voyez, Bizot, même devant moi, vous insultez l'administration.

Tout rouge, tout honteux, tout déconfit, Eustache grattait sa perruque, n'osant plus dire un mot...

— Eustache Bizot, malgré les rapports faits contre vous, je veux croire encore que vous êtes un bon soldat, un bon Français, un bon patriote qui, égaré, ne demande qu'à revenir.

— Mais, Excellence, je n'ai jamais été autre chose... Qu'ai-je fait, enfin ?

— Voici ce dont on vous accuse : Vous attendiez chaque jour le premier Consul, vous le guettiez pour profiter d'un moment où, seul et sans défense, vous auriez pu attenter à ses jours...

— Moi ! cria Bizot exaspéré ; dites-moi, monsieur le ministre, qui a dit cela, et je lui arrache les intestins avec mes ongles.

— Voyez, fit Fouché, calme, vous ne pouvez contenir vos instincts sanguinaires...

— Oh ! monsieur le ministre !...

Et cherchant vainement à se contenir, des larmes coulèrent sur les joues du soldat :

— Moi !... moi ! toucher à mon général !

— Les rapports assurent que la présence de Bourrienne auprès du premier Consul a été la cause de votre inaction et de la comédie que vous avez jouée ..

— Oh !... mais c'est des misérables, des gueux, qui font ces rapports-là... Mais j'ai tout mon passé qui répond de moi.

— L'autre jour, n'avez-vous pas dit à la caserne qu'on devrait mettre de la poudre à canon dans les poêles des bureaux du ministère de la guerre ?

— J'ai dit ça, Excellence, parce que j'attends impatiemment depuis trois mois le résultat de ma pétition, et, ne voyant rien venir, je suis quelquefois exaspéré, et que je dis des bêtises que je ne pense pas.

Fouché se tut et regarda fixement le soldat.

Celui-ci, la tête en feu, craignait de devenir fou. Il était si loin de s'attendre aux accusations qu'il croyait naïvement portées contre lui, qu'il n'osait plus parler, craignant de se compromettre encore. La sueur ruisselait sur son front.

Le ministre de la police reprit :

— Bizot, je crois à vos dernières paroles, je suis

convaincu que vous ne pensez pas ce que vous dites,
et c'est pour cela que je m'intéresse à vous... Ces
rapports qui vous accusent, les voici...

Et Fouché prit une poignée de papiers sur son bureau, se tourna vers la cheminée et les jeta au feu.

— Vous voyez ce que j'en fais... Serez-vous digne
de la confiance que j'ai en vous?

— Oh! monsieur le ministre, demandez-moi ce que
vous voudrez, mettez-moi à l'œuvre... vous verrez...

— Je n'ai rien à vous demander... voici votre
congé...

— Merci, Excellence.

— Ce que je veux, c'est que vous rentriez dans
le bien... Maintenant, vous irez plus souvent chez
votre fiancée.

— J'irai tous les deux jours.

— Moi aussi, je veux vous voir ; je crois en vous.
Les jours où vous n'irez pas chez M. Trumeau,
venez chez moi.

— A quelle heure, monsieur le ministre !

— A pareille heure.

Avant que vous ne partiez, causons un peu de
la famille dans laquelle vous allez entrer. Qu'est-ce
que cette maison?

— A vous, je dois tout dire... M. Trumeau n'est
pas un méchant homme; seulement, il n'a pas pour
un liard de mœurs...

— Vraiment?

— Oui, c'est même pour ça que Rosalie... Rosalie
est sa fille aînée, ma fiancée... veut quitter la maison.

— Ah!... mais quelle est donc la conduite de ce
Trumeau?

— Voilà, il a connu une jeunesse il y a presque trois
ans, après la mort de sa femme ; d'abord il lui avait
loué une chambre dehors, et depuis quelque temps il
l'a fait venir dans son appartement ; elle reste à la mai-

son... si bien que toute la journée, c'est des scènes avec la maîtresse et les filles... et c'est que c'est une rude femme que Marie-Reine; Marie-Reine, c'est censé la bonne, mais pour de vrai, c'est la maîtresse de M. Trumeau.

— Oui, oui, je comprends, et Fouché semblait porter peu d'attention à ce que lui racontait Eustache; mais, ajouta-t-il, quels gens fréquentent ce Trumeau...

— Presque personne.

— Quand vous allez chez Trumeau, il passe la soirée avec vous?

— Pas toujours.

— La dernière visite, il était là?

— Non! Justement, il était avec un de ses amis... Ah! misère en Prusse... en v'là un que je ne peux pas voir en face...

— Il se nomme?

— Friquet.

— Friquet! Friquet? fit Fouché comme s'il cherchait à se souvenir. Je crois que je connais ça.

— Oh! ça m'a l'air d'un malin.

— Oui, je chercherai, je dois le connaître... Quand vous voudrez, nous en parlerons; je puis vous être utile en vous renseignant à son égard...

— Je voudrais bien savoir quelque chose sur lui, il est contre notre mariage.

— Eh bien! Bizot, écoutez-moi, ne dites pas un mot à personne, dans la maison de votre fiancée surtout, de la visite que vous m'avez faite, observez les faits et gestes de ce Friquet, au besoin suivez-le... Venez me raconter ça le lendemain, et je vous serai utile.

— Monsieur le ministre, à vos ordres... fit joyeusement Bizot.

— Au revoir, mon ami, donnez-moi la main...

Tout honteux, embarrassé, Eustache pressa la main du ministre, celui-ci ajouta :

— Et maintenant, prouvez que j'ai raison de placer ma confiance en vous.

— Vous m'avez fait heureux, vous verrez, Excellence, que je ne suis pas un ingrat.

Et Bizot sortit tout fier d'être l'ami d'un ministre.

Celui-ci, resté seul dans son cabinet, relut la lettre suivante qui était sur son bureau :

« Jacques Friquet, trente-neuf ans, agent de Pichegru, envoyé par lui, il y a dix jours, à Londres, est débarqué le 2 nivôse à Fives et est arrivé depuis deux jours chez un sieur Trumeau, épicier, place Saint-Michel, à Paris. On ignore le motif du voyage. »

— Dans deux jours, dit tout bas Fouché, nous le saurons.

A peine sorti du ministère de la police, son congé entre les mains, Bizot courut tout d'une traite à la caserne. Ses paquets furent promptement faits. Deux litres offerts aux camarades, il se précipita chez un fripier et acheta un habillement civil en laissant, en déduction, son uniforme.

Ce n'était plus le même homme. Embarrassé dans la redingote, à pélerine, dont le col emboîtait presque entièrement la tête, vêtu d'une culotte grise, d'un immense gilet noir à revers violet, les mollets guêtrés. L'habitude de la perruque à queue avait presque crêpé ses cheveux ; aussi, Bizot replaçait-il sans cesse son petit chapeau sur la tête, tant toutes les dix minutes l'absence de sa perruque et du bonnet à poil lui faisait croire qu'il était nu-tête.

Comme il enfonçait joyeusement la neige boueuse de ses souliers de civil !

Comme il marchait droit, aspirant l'air en bourgeois... ne pouvant se défendre pourtant d'un sentiment orgueilleux.

Il avait été militaire et il se faisait bourgeois. Il

défiait bien les pékins qui le cotoyaient de se faire militaires, eux !...

Bizot suivit les quais jusqu'au Pont-au-Change, le traversa, puis le Petit-Pont et arriva place Saint-Michel.

Là, après avoir donné un coup d'œil à sa toilette, il s'arrêta en face un magasin d'épiceries, au-dessus de la porte duquel on lisait : *Trumeau, marchand épicier.*

Il entra, personne n'était dans la boutique. Se frayant un chemin au milieu des tonneaux et des ballots, il arriva dans la pièce du fond.

Deux jeunes filles étaient assises autour d'une table et travaillaient; l'aînée leva la tête et voyant un homme dans l'arrière-boutique, demanda en se levant :

— Que voulez-vous, monsieur?

— Ce que je veux, fit en riant Bizot, vous embrasser d'abord.

— Ah ! fit la jeune fille... Eustache en bourgeois !

Après avoir embrassé les deux sœurs, le garçon dit joyeusement :

— Oui, mademoiselle. Eustache en bourgeois... C'est fini, bien fini, je suis maintenant prêt à vous conduire à la mairie.

— Vous avez reçu la réponse à votre pétition?

— Allons, ces feignants-là... c'est-à-dire non, je ne veux plus parler comme ça... Ma pétition était probablement perdue; alors je me suis dit : Vaut mieux avoir affaire au bon Dieu qu'à ses saints, et j'ai été trouver le général...

— Le premier Consul! firent en même temps l'aînée et la plus jeune.

— Oui, citoyennes, le premier Consul.

— Vous lui avez parlé?

— Comme je vous parle.

— Oh ! oh !

— C'est un homme comme un autre, allez. Faut

pas croire qu'il est autrement. Il est pas bavard, voilà tout...

— Avez-vous vu madame Bonaparte?

— Non; elle était probablement dans la salle à manger, occupée au ménage; moi, je n'ai vu qu'une pièce de son logement.

— C'est donc chez lui que vous l'avez vu?

— Mais oui, là, aux Tuileries.

— Oh! a-t-il de la chance, cet Eustache.

— Nous avons causé comme une paire d'amis... Je lui ai parlé de vous, il m'a compris, et il m'a dit que je pouvais compter sur lui... Là-dessus je me suis en allé. Ce matin, le ministre m'a fait appeler.

— Le ministre!

— Oui, mesdemoiselles, à l'heure où vous me voyez, j'en sors... On avait fait des potins sur moi au bataillon, il m'a fait venir chez lui, et il m'a dit : c'est pas tout ça, expliquons-nous. Vous êtes Eustache Bizot... On dit ça et ça contre vous. Est-ce vrai? — Ma parole d'honneur, non! que je dis... A la bonne heure, qu'il me dit, voilà ton congé, ta main? — Il m'a donné une poignée de main.

— Un ministre, une poignée de main!...

— Et il m'a dit : je suis ton ami, et quand tu voudras, tu connais la porte, viens me voir... et voilà... voulez-vous me permettre de vous embrasser encore?

— Je crois bien, fit la belle enfant en tendant ses deux joues.

Bizot embrassa la jeune fille, puis sa sœur...

— Mesdemoiselles, excusez-moi, mais faut que je coure un peu prévenir la maman. En voilà une qui va être heureuse... Au revoir, mademoiselle Rosalie.

Il embrassa encore Rosalie, et il allait partir, lorsque la plus jeune des demoiselles dit :

— Attendez un peu, Eustache, voici justement papa.

— Papa, cria l'aînée dans la boutique, viens donc.

— Qu'y a-t-il, fit M. Trumeau, en entrant dans l'arrière-boutique. Tiens, c'est toi, Eustache; comment se fait-il que tu sois ici si tôt?

— Je viens vous demander, monsieur Trumeau, de fixer le jour de notre mariage avec mademoiselle Rosalie.

— Hein! fit Trumeau vivement, est-ce que tu as ton congé?

— Le voici!

— Ah!

— Comment! tu n'es pas content, papa, demanda mademoiselle Rosalie étonnée.

— Mais si, mon enfant... si... voyons, nous ne pouvons pas fixer ça là, faut que je prenne conseil...

— Conseil de qui? fit sèchement mademoiselle Rosalie.

— De... de personne, répondit Trumeau embarrassé... Voyons, voilà une chose plus simple, tu es libre maintenant, Eustache?

— Libre comme l'air... vous voyez que je suis un pékin... un citoyen.

— Eh bien! j'ai un vieil ami qui arrive de voyage et qui passe quelques jours ici; je vais l'inviter à dîner ce soir... tu viendras... et nous causerons de ça entre nous...

— J'accepte, monsieur Trumeau.

— Etes-vous contente, mademoiselle? demanda-t-il à Rosalie en minaudant.

— Oui, père, fit celle-ci en l'embrassant.

— Eh bien! les enfants, occupez-vous du dîner... faites-le superbe... un dîner de fiançailles, et soigné surtout, car Friquet est un gourmand.

— Friquet, s'écria d'une voix singulière Bizot, l'homme de... il s'interrompit, se souvenant de la recommandation de Fouché.

— Oui, Friquet ! tu le connais ?

— Je le connais de l'avoir vu ici... un ami à vous !

— Ah ! c'est vrai !... Allons, mesdemoiselles, à l'ouvrage. Pour cinq heures... tu entends, Eustache, heure militaire.

— On y sera... Au revoir, mesdemoiselles, au revoir M. Trumeau.

— Au revoir !

Et Bizot partit en courant, pendant que Trumeau, se replaçant dans son comptoir, se disait :

— Diablo, ce mariage est bien embarrassant... Il faut que je vois Friquet.

III

Bientôt la maison fut sens-dessus dessous, les jeunes filles s'occupaient du festin du soir. Trumeau monta dans l'appartement qu'il occupait au premier, et dont l'escalier donnait dans la boutique.

Il était soucieux. Une femme que nos lecteurs connaissent était assise près de la fenêtre, occupée à coudre. C'était Marie-Reine.

Non plus la femme du pêcheur de Dieppe, mais une gracieuse fille de vingt-trois ans, élégante dans sa robe à taille très-échancrée sur la gorge ; belle à ravir sous le bonnet à grande barbe, qu'on nomma depuis à la Charlotte Corday.

Un seul changement notable s'était produit dans sa physionomie, le regard.

Il était devenu ferme, profond, presque cruel.

— Qu'avez-vous ? fit-elle en voyant Trumeau, vous semblez contrarié.

— Pardi! il y a bien de quoi.

— Que vous a-t-on fait encore en bas?

— Rien...

— Ça m'étonne!

— Vous en voulez toujours à ces enfants.

— Il me semble qu'ils me le rendent bien... Constamment ils vous montent la tête contre moi.

— Puisque je ne les écoute pas.

Marie-Reine eut un sourire de mépris.

— Enfin, qu'avez-vous? Vous êtes tout bouleversé.

— Certainement, j'ai un tracas nouveau qui m'arrive.

— Pour vos enfants?

— Oui, pour l'aînée.

— Relatif à moi? demanda d'une façon singulière la jeune fille.

— Ah! Reine! je vous en prie, cessez à la fin cette guerre de femmes qui m'assomme; la cause de mon tracas est simple, si j'y puis faire face, cela terminera les inimitiés qu'il y a ici.

— Ah!... Comment cela?

— Bizot, le prétendu de Rosalie, a son congé; ce soir il vient dîner, et nous devons fixer le jour du mariage.

— Eh bien? qu'y a-t-il là d'inquiétant?

— Ce qu'il y a d'inquiétant, ma pauvre amie, c'est que je dois à ma fille la part de sa mère, c'est que ce qui était ma part n'existe plus depuis longtemps, c'est que la part qui m'était confiée, je l'ai entamée; qu'enfin ma situation, si minime qu'elle soit, est tout à fait compromise.

— Est-ce un reproche des dépenses faites pour moi?

— Oh! fit Trumeau vivement, peux-tu le supposer...

— Alors, qu'allez-vous faire?

— Est-ce que je le sais, moi... les enfants sont

des créanciers exigeants ; de plus, ma fille est majeure, elle veut absolument se marier, ta présence ici l'a aigrie contre moi, elle exigera des comptes.

— Soyez-en sûr, il ne se passe pas un jour où l'on ne dise que je vous ruine.

— J'ai invité Friquet, il connaît mes affaires, il me conseillera.

— Ce soir on dîne?...

— Certainement, et tu descendras... tu te placeras entre moi et Friquet... Au reste, depuis quelques jours, vous êtes mieux ensemble avec mes filles.

— Oui, je les laisse faire et dire!...

— Voyons, fit Trumeau, ne sois plus méchante... si nous trouvons moyen de sortir de là, nous pourrons enfin vivre tranquilles, chez nous, et les enfants chez eux.

— Dieu vous entende... C'est plutôt pour vous que pour moi que je souffre.

Trumeau embrassa Reine et redescendit à la boutique.

Celle-ci, restée seule, s'accouda et devint songeuse. L'œil fixe, le front plissé, on sentait qu'une grave pensée lui traversait le cerveau. Enfin, se remettant à coudre, elle dit :

— Il faut que je parle à Jacques ce soir.

A cinq heures, la table était dressée dans l'arrière-boutique, et ça embaumait la cuisine de ménage.

Bizot causait avec sa fiancée, la plus jeune fille et Marie-Reine s'occupait des derniers soins du dîner, lorsque M° Friquet entra.

Bizot cligna de l'œil et se dit en voyant l'ancien avoué :

— Toi, mon bonhomme, je te quitterai tard ce soir, faudra que je sache où tu campes.

— A table! fit Trumeau... A l'occasion de cette

petite fête, j'ai dit à Marie-Reine qu'elle mangerait avec nous.

Rosalie et Bizot se regardèrent, et haussèrent imperceptiblement les épaules, tandis que M° Friquet s'avançant vers Marie-Reine et lui caressant le menton, dit :

— A la bonne heure, c'est très-bien... je vois qu'on n'est pas trop mécontent de ma protégée.

Ayant jeté un regard autour d'eux, pour voir si on les observait, Marie-Reine dit d'une voix sourde à Friquet :

— Je serai chez toi à minuit ce soir.

— Allons, allons, à table, et servez le potage, Reine.

Le dîner commença... Rosalie Trumeau était naturellement placée entre son père et Bizot, et Dieu sait si Bizot était heureux.

Rosalie Trumeau, sa fiancée, était une belle fille qui allait coiffer sainte Catherine. Dame! c'est que, presque enfants, ils s'étaient promis de se marier; Bizot avait dix-sept ans, Rosalie en avait quinze, et il y avait dix ans de ça.

Rosalie paraissait à peine vingt ans. Un peu grêle, non pas maigre, mais mince, fine d'attaches, des mains et des pieds d'enfant; les cheveux blonds, les cils et les sourcils noirs, les yeux bleu foncé, le nez un peu fort, la bouche petite et bien arquée, un teint de nacre, des joues roses, au-dessous de chacune desquelles était une fossette pleine de sourire, le col long et élégant jouait comme celui du cygne dans le fichu de tulle qui bordait l'échancrure de la robe.

On juge si, se trouvant près d'elle, Bizot cessait de l'admirer.

Rosalie se pencha à l'oreille de l'ex-soldat et lui dit:

— Comme vous regardez M. Friquet d'une drôle de façon.

— Oui, répondit tout bas Bizot. C'est un gaillard pour lequel je ne me ferais pas tuer.

— Vous ne l'aimez pas?

— C'est-à-dire que je ne peux pas le souffrir... et vous?

— Moi!... fit la jeune fille en hochant la tête et avec un accent d'horreur et de mépris, je le hais !...

Le dîner touchait à sa fin ; on causait. Bizot demanda la permission de se retirer un peu plus tôt pour ne pas inquiéter sa mère, qui l'attendait pour le premier jour où il couchait au logis.

Dès que Bizot fut parti, la plus jeune fille de Trumeau étant montée se coucher, on causa naturellement du mariage.

— Mon ami, dit Friquet, demain, je te verrai, mais permets-moi de me retirer ce soir.

— Bien, fit Trumeau ; alors nous sommes aussi avancés que ce matin.

— Mais, répondit Friquet à la porte en lui serrant la main, pour satisfaire ta fille, fixe une date; nous nous occuperons des affaires, il sera toujours temps de reculer si cela est nécessaire.

— C'est juste, au revoir, à demain.

Friquet s'éloigna, et Trumeau rentra dans l'arrière-boutique.

Rosalie lui dit alors :

— Aujourd'hui, comme hier, comme demain, on a dit : on décidera, et rien n'a été décidé.

— Mon enfant, écoute; le jour n'est rien, mais il ne dépend pas de moi...

— De qui dépend-il donc, fit la jeune fille, lançant un regard à Marie-Reine.

Celle-ci resta froide et muette.

— De qui ou plutôt de quoi?... d'affaires trop longues à t'expliquer. Je ne comptais pas sur le congé si prompt de Bizot; donc mes affaires ne sont pas arrangées, pas en ordre...

— Je ne te demande rien pour me marier.

— Comment tu ne me demandes rien... tu me demandes la part qui te vient de ta mère.

— Oui! mais c'est à moi.

— C'est à toi, c'est à toi... je le sais bien! Encore faut-il que je fasse un inventaire de ma situation, que je fasse des rentrées, je ne l'ai pas ta part en espèces sonnantes.

Rosalie n'était pas une mauvaise fille; cependant, on s'étonnera que voyant quelque embarras dans la situation de son père, elle ne lui donnât pas plus de facilités pour rentrer dans ce qui lui revenait. C'est que Rosalie voyait chaque jour la maison dépérir. C'est qu'elle voyait l'argent gâché au profit de cette fille, qui, impudemment et devant elle et sa sœur, avait pris réellement la place de la mère regrettée...

Elle haïssait Marie-Reine et elle aurait voulu pouvoir reprendre à son père tous les biens du ménage, convaincue que tout ce qu'il avait devait un jour ou l'autre passer entre les mains de celle qu'il cherchait vainement à faire passer pour sa servante.

C'est ce qui lui fit répondre aigrement :

— C'est justement pour cela que je désire que la date soit fixée très-prochainement...

— Je ne comprends pas.

— Mon Dieu, papa, je regrette d'être obligée de te le dire, mais tu es d'une faiblesse sans égale. Depuis la mort de ma pauvre mère, tout va ici à hue et à dia... Il est temps pour moi, si je veux avoir quelque chose, que je parte d'ici...

— Crois-tu donc que j'ai mangé ton bien?

— Si tu ne l'as pas mangé, tu l'as au moins compromis.

— Qu'entends-tu par là?

— J'entends dire que je sais pertinemment que tu as fait des arrangements pour hypothéquer la maison qui me vient de ma mère...

— C'est-à-dire que je suis un tuteur infidèle.

— Je ne parle pas de toi... tu es la victime... et c'est nous qui en souffrirons.

— Tu parles par énigme, je ne comprends plus!...

Trumeau répondit cela pour échapper à la situation. Il se trompait, Rosalie était lancée, elle alla jusqu'au bout.

— Je puis te l'expliquer... Il y a ici des gens qui ne sont pas à leur place, qui sont un sujet d'opprobre pour toi, de ruine pour nous, et de scandale pour le quartier, c'est ceux-là qui te conseillent, ceux-là qui t'arrachent le bien de notre mère.

— Rosalie, fit Trumeau furieux, je vous défends de parler ainsi des personnes qui valent mieux que vous... Ces accusations mal placées dans votre bouche sont un outrage pour moi... Si vous me croyez un tuteur infidèle, attaquez-moi devant les tribunaux, mais je vous défends en ma présence d'insulter la personne que j'aime et qui m'aime.

Marie-Reine s'était levée; son regard plein de mépris avait enveloppée Rosalie; celle-ci, debout, les bras croisés, la défiait bravement.

— Il est des filles trop heureuses d'avoir une famille, fit Marie-Reine, et qui payent ce bonheur en insultant leur père.

— Non, madame, elles payent ce bonheur en faisant respecter leur mère.

Marie-Reine continua comme si elle n'avait pas entendu :

— Ces filles, qui n'ont d'affection que pour l'argent que leurs parents ont gagné, enragent de voir près d'eux des amis sincères qui veillent sur leur bien.

— Mademoiselle, vous m'insultez, et je rougis pour mon père qu'il le permette devant lui.

— En voici assez, fit Trumeau d'une voix ferme. Reine, je vous défends de parler ainsi ; c'est m'insulter qu'insulter mes enfants, Rosalie, allez vous coucher ; nous ne causerons ensemble maintenant que devant un homme d'affaires.

— C'est donc moi qui ai tort, fit Marie-Reine, les dents serrées ; je sais ce qu'il me reste à faire.

Et elle sortit sans tourner la tête.

— Voici ce que tu fais constamment, dit Trumeau à sa fille, tous les jours des querelles.

— Si cette fille n'était que ce qu'elle doit être, il y a longtemps que tu l'aurais chassée.

— Je fais ce que je veux... et je te défends à ton tour de me parler de la sorte ; si la maison te semble indigne, n'y reste plus, va-t-en.

Ces paroles dites sèchement firent plus que les méchancetés dites d'abord.

Rosalie se retourna, et, la tête penchée, les yeux mouillés, elle regarda son père ; celui-ci, nerveux, fébrile, marchait dans la chambre, respirait bruyamment.

Il souffrait le malheureux !... il avait cinquante-quatre ans, et l'amour, comme dans une tenaille, lui serrait le cœur, son bonheur était fait de souffrance. Il se savait malhonnête, ridicule, et cependant il aimait.

Il aimait Marie-Reine ; mais le père aimait bien ses enfants.

Rosalie alla au-devant de son père et lui tendant les bras, lui dit :

— Bonsoir papa...

Alors, une grande minute, ils restèrent ainsi, pleurant tous les deux ; l'une toute remplie de pitié, l'autre honteux de sa faiblesse.

5

Quand Rosalie eut regagné sa chambre, Trumeau monta chez lui ; là, ouvrant sa fenêtre et s'accoudant, les dents serrées, la bouche crispée, écoutant anxieux les bruits de la nuit, il disait :

— La misérable, où est-elle allée encore pour me faire souffrir ?

Minuit sonnait au Palais-de-Justice.

IV

En prétextant le désir de ne pas inquiéter sa mère, pour quitter la table plus tôt, Bizot mentait. L'ex-garde consulaire voulait vite montrer la reconnaissance qu'il avait à Fouché, en exécutant ses ordres au delà de ce que celui-ci lui avait demandé. Il était résolu à savoir l'adresse de Friquet et à prendre des renseignements sur lui dès qu'il connaîtrait sa demeure.

Il était sorti avant tout le monde, pour ne pas donner l'éveil en sortant immédiatement après celui qu'il voulait suivre.

Caché dans l'angle d'une maison de la rue Saint-André-des-Arts, il attendait. Il gelait, et le pauvre diable sentait son nez se giveler sous la bise glacée.

Il ne pouvait battre la semelle, ne voulant pas être remarqué ; et il grelottait, soufflant dans ses doigts pour combattre l'onglée.

— Oh ! tu me le payeras, va, Friquet, grommelait-il ; quand je pense que, pendant que je me gèle les os, ce pékin-là boit chaud... le dos au feu, pendant que je me donne un rhume ;... je parie que j'en ai pour deux mois à me moucher. Est-ce que si c'était un honnête homme, il ne penserait pas à aller se coucher, est-ce qu'on reste à cette heure-ci chez le monde ;... mais tu peux rester, va, j'attendrai. On dirait que ça bouge dans la boutique...

En effet, on reconduisait Friquet, et la lumière avec laquelle on l'éclairait passait par les vitres, au-dessus des contrevents de la porte, projetant sa lueur sur la place Saint-Michel.

Bizot se blottit tout à fait dans l'angle.

Friquet sortit ; ayant serré la main à son ami Trumeau, il traversa la place et suivit la rue Saint-André-des-Arts. Il passa si près de Bizot que celui-ci sentit le vent de son manteau. Lorsque l'ancien avoué eut vingt pas d'avance, Eustache se mit en marche ; ils suivirent ainsi jusqu'à la rue Dauphine ; là ils remontèrent, prirent la rue des Quatre-Vents et gagnèrent Saint-Sulpice.

Étonné de voir quelqu'un suivre le même chemin que lui, Friquet se retourna et attendit ; les rues n'étaient pas sûres à cette époque, mal gardées, mal éclairées, les attaques nocturnes étaient fréquentes. Craignant sans doute d'être attaqué, Friquet avait prudemment tiré de sa poche un pistolet dont on voyait briller le bout du canon sous le manteau relevé sous son bras.

— Oh ! oh ! se dit Bizot, on a des armes de guerre. Nous sommes habitués à ça, mon bonhomme... Si tu crois m'embarrasser, à malin, malin, mon petit.

Et tranquille comme un honnête bourgeois qui regagne prudemment sa demeure, il continua sa route, passa à dix pas de Friquet et alla frapper à la première porte venue de l'autre côté de la place.

Ayant frappé deux fois on ouvrit. Bizot rentra comme s'il était chez lui.

Friquet qui sans bouger et toujours sur la défiance, avait suivi cette scène, tout-à-fait rassuré en

voyant disparaître l'homme qu'il soupçonnait le suivre, continua sa route.

Il traversa la place et tourna la rue Cassette.

Il n'avait pas fait dix pas hors de la place Saint-
Sulpice que Bizot, qui avait poussé la porte sans la
fermer, passait la tête pour regarder.

Le portier de la maison criait dans sa loge :

— Qu'est-ce qui est là, et qui n'a pas fermé sa porte?

— Bonne nuit, mon vieux. Bonsoir à madame
pour moi.

Et il sortit, pendant qu'un juron terrible reten-
tissait dans l'escalier.

C'est à l'ombre qu'il vit que Friquet avait tourné
la rue Cassette, il courut, la rue était vide.

— Que diable! fit-il tout déconfit, il n'a pas fondu
cependant, il doit être entré dans une des premières
maisons... Ne bougeons pas, il joue peut-être le
même jeu que moi.

Bizot attendit, caché dans l'ombre d'une porte
cochère. Rien ne bougea, la rue resta silencieuse et
sombre.

Il était là depuis dix grandes minutes, et se dis-
posait à regagner sa demeure, lorsqu'il lui sembla
percevoir le bruit d'un pas précipité; il rentra dans
l'ombre qui le cachait.

Bientôt il vit apparaître une femme qui courait,
elle se dirigeait vers lui, il crut qu'elle l'avait
vu, lorsqu'à deux pas de lui, elle tourna le dos,
leva la tête, et faisant un porte-voix de ses mains,
elle cria :

— Jacques !...

Une fenêtre s'ouvrit au second étage de la maison
en face de lui. Un homme parut qui demanda :

— C'est toi?

— Oui : jette-moi le passe-partout.

Le passe-partout fut jeté; là, Bizot n'eût plus froid:

tout son sang lui piquait la peau ; c'est presque à ses pieds que la femme ramassa la clef.

Elle ouvrit aussitôt la porte et entra.

Une heure du matin sonnait à Saint-Sulpice.

Alors Bizot s'éloigna en courant. Arrivé sur la place Saint-Sulpice, il s'assit sur les marches de l'église, respira à pleins poumons et s'essuya le front.

Il était en sueur.

— Ah ! ça, c'est trop fort, fit-il, sans s'apercevoir qu'il parlait... Comment se fait-il que la Marie-Reine n'est pas à la maison... Comment se fait-il qu'elle vient à une heure du matin chez Friquet ? Qu'est-ce que cela veut dire... Ah ! ça, qui trompe-t-on dans la maison... C'est pas tout ça, demain je verrai le ministre ! Non, au fait, le ministre n'a pas besoin de savoir les affaires de famille, je lui dirai l'adresse de Friquet, c'est tout ce qu'il lui faut. Mais celui que je vais prévenir, c'est M. Trumeau, et qu'il flanque tout ça à la porte... Avant tout, j'en causerai à Rosalie et nous arrangerons tout ça ensemble. Ce pauvre M. Trumeau... Ah ! c'est trop fort... Mais quelle canaille que ce Friquet, quel drôle de monde, bon Dieu !...

La demie d'une heure sonnait.

— Une heure et demie. Ah bien ! la mère Bizot doit être dans un drôle d'état ; allons-y.

Et prenant le pas de course, il se dirigea vers sa demeure.

En passant place Saint-Michel, il vit à la fenêtre du premier Trumeau qui, sans souci de la bise, restait accoudé immobile, écoutant tous les bruits...

Entendant le pas de Bizot, il avait levé la tête, puis, voyant que c'était un homme, son front était retombé dans ses mains.

Bizot ne pouvait voir son visage dans la nuit, mais il devina que Trumeau pleurait.

Le brave garçon reprit sa course, grommelant :

— Ah ! j'aurais pas le courage de lui dire... Pauvre homme, va !

Dès que Marie-Reine eut ouvert la porte, elle monta et entra chez Friquet qui l'attendait. L'ancien avoué occupait une chambre meublée de simple apparence. Le bois pétillait dans l'âtre ; et comme il faisait très-froid au dehors, Friquet et Marie-Reine s'assirent sur un petit canapé qu'ils avaient roulé devant la cheminée.

— Eh bien, demanda Friquet en prenant dans ses mains celle de Marie-Reine, qu'y a-t-il de nouveau ?

— Ce qu'il y a, c'est que je suis lasse de la tâche entreprise.

— Pourquoi ?

— Parce qu'au lieu d'avancer, nous reculons...

— Qu'as-tu fait ?

— Vainement depuis les quatre mois... il y a quatre mois que je t'ai vu ?

— Oui !

— Depuis les quatre mois, j'ai tout mis en œuvre pour lasser cette fille et l'obliger à quitter la maison ; mais cette petite cache sous sa frêle enveloppe une nature de fer : quand elle a vu la maison me passer presque dans les mains, elle a disputé pied à pied chaque chose... Sans cesse harcelant Trumeau qui, d'abord, tournait comme un tonton à mon souffle et au sien ; et qui enfin, lorsque je l'ai menacé de le quitter, est resté pour moi contre elle ;... qui lui a même dit plusieurs fois : Mais si la maison te déplaît, va chez ta tante...

— Enfin, je l'ai vu, tu es maîtresse souveraine ?

— Oui, toujours par le même moyen.

— Lequel ?

— A chaque querelle où il dispute contre moi et que soutient sa fille, je pars en le menaçant de ne plus revenir..., ce que je viens encore de faire ; à cette heure, il doit être à sa fenêtre, regardant s'il me voit revenir.

— Que s'est-il passé ce soir?

— Eh! c'est simple, Bizot étant libre, Rosalie voudrait se marier avant un mois.

— Pourquoi empêcher cela?

— Qui songe à l'empêcher!... Mais Rosalie exige ses comptes, elle renonce à laisser son bien entre les mains de son père, et elle a appris l'hypothèque que tu t'étais chargé de trouver.

— Ah! je vois!...

— Que faire?

Friquet réfléchit pendant que sa complice tisonnait le feu. Après quelques minutes, il se tourna vers elle et lui dit :

— Il faut aller vite, maintenant... Au reste, dans un mois je suis complétement libre, et, ainsi que nous l'avons convenu, nous partirons ensemble.

Marie-Reine approuva de la tête.

— Obtiens de lui les signatures nécessaires sur les papiers que je t'ai remis et qui me permettront de passer immédiatement à ton nom les titres de propriété... Une fois cela fait, je le conseille de brusquer le mariage et de faire à sa fille l'aveu de sa gérance incapable; pour obtenir de sa fille le silence et le pardon, je lui dis de te sacrifier momentanément et de te renvoyer.

— Il refusera.

— Non pas : il te racontera tout, tu me maudiras et à ton tour lui proposeras de partir louer quelque chose à la campagne, lui vendra son fonds et viendra te retrouver.

— Je comprends; il cède alors, je quitte la maison emportant tout ce qui est moi, et je te retrouve.

— C'est cela.

— Oui, tu as raison, mais que faire maintenant?

— Rentrer au plus tôt, reconnaître que tu as tort et accepter le mariage.

— Mais si j'accepte, on va immédiatement procéder à l'arrangement du contrat.

— Tu acceptes, toi, et par cela tu n'es plus en inimitié avec Rosalie... tu redeviens maîtresse de tout... tandis que moi, qui demain serai consulté par Trumeau, je lui démontre absolue nécessité de temporiser avec sa fille, afin que nous puissions trouver un avoir fictif à lui présenter.

— Bien. J'ai compris... je pars.

— Veux-tu que je te reconduise?

— Allons donc!... Est-ce que je suis une enfant?

— Au revoir!

— Au revoir!

Friquet la reconduisit jusqu'à la porte et remonta.

Marie-Reine regagna la place Saint-Michel, se disant tout bas...

— Quand j'étais bonne, honnête, on m'a marché sur le cœur, chacun son tour. En la saison nouvelle, je serai vengée... Je retournerai vous écraser de ma haine et de mon mépris, vous, là-bas.

Et son poing menaçait la nuit.

— Chacun pour soi, ajouta-t-elle comme répondant à un reproche de sa conscience, à qui, du reste, ai-je, dois-je de la reconnaissance... La reconnaissance ne se doit qu'à celui qui fraternellement agit dans votre intérêt, et c'est pour eux qu'ils agissent... Le monde n'est fait que d'égoïstes!

Celui qui aime, aime pour le plaisir qu'il se procure... Celui qui oblige sème son argent pour qu'il lui rapporte... Celui qui sauve son semblable, le sauve parce que la mort est toujours horrible à voir... Aidons-nous les uns les autres! voilà ce qu'ils disent... Mais chacun pour soi! voilà ce qu'ils pensent. Bonne, ils m'ont outragée, insultée ; cruelle, ils auront peur et me respecteront.

Elle tournait la rue Saint-André-des-Arts.

Trumeau était toujours à la fenêtre ; en la voyant il descendit, ouvrit sa porte et lui tendit les bras.

Marie-Reine tomba presque sur lui, grelottant ; se tenant à peine, elle pencha la tête sur l'épaule du malheureux, et fermant à demi les yeux, d'une voix éteinte elle dit, suppliante :

— Grâce, pardon !... Augustin, ah ! j'ai bien froid, va...

Et un frisson, qui glissa jusque dans les moelles de Trumeau, agita le corps de Marie-Reine.

Effrayé, inquiet, Trumeau prit la misérable dans ses bras, et se hâtant, la monta jusqu'à sa chambre.

Après l'avoir étendue sur le lit, et empli la cheminée de bois, il lui dit :

— Ma pauvre Reine ! mais tu veux mourir par ce froid, à peine vêtue, nu-tête, courir les rues... mais un homme y succomberait !...

— Pardon, pardon ! murmurait Marie-Reine.

La tenant dans ses bras, couvrant son front de baisers, Trumeau était désespéré.

Peu à peu, l'hypocrite feignit de revenir à elle.

Alors, elle descendit du lit, et, tombant aux genoux de Trumeau, elle dit :

— Pardon ! Augustin... ; j'ai été méchante avec toi et Rosalie ; pardonnez-moi, cela ne se renouvellera plus .. A toi et à elle j'obéirai comme une esclave, car je vois que vous êtes bons... et je te dois tout.

V

Le lendemain, vers dix heures, Bizot entrait dans la boutique de Trumeau.

Rosalie était au comptoir.

— Bonjour, Eustache, fit-elle.

— Bonjour, mademoiselle.

— Puisque nous sommes seuls, si vous le voulez, tout en m'aidant à servir quand il viendra des clients, nous allons un peu causer de ce que nous ferons, car vous n'en parlez guère...

— Dame! mam'zelle Rosalie, maman doit venir ces jours-ci et vous dira que c'est pas nécessaire.

— Pourquoi ?

— Parce qu'il y a dans sa maison un petit logement au second qu'elle fait arranger. Le soir de notre mariage, au lieu de rentrer chez elle, elle nous donne les clefs et nous dit : « Maintenant, mes enfants, vous êtes chez vous... » et elle grimpe à son petit logement où, la boutique fermée, nous irons la voir le soir.

— Très-bien! encore faut-il que je sache quelle sera votre conduite à vous, monsieur?

— Oh! c'est bien simple, allez! j'ai changé de régiment, voilà tout; vous êtes mon officier, vous commandez et j'obéis.

— J'espère que vous n'irez pas, comme papa, tous les soirs au café du Commerce...

— Pour jouer au piquet?... Ah! vous pouvez être tranquille; j'ai jamais pu comprendre ce jeu-là...

— D'abord, je ne veux pas que vous sortiez sans moi.

— Pardi ?... Mais vous me parlez comme si c'était maintenant fixé!....

— Dame! ça l'est presque.

— Vrai!

— Papa est allé chez le citoyen Caillau, homme de loi, pour le consulter relativement aux affaires... Vous croyez que je suis comme vous, moi!... que je ne m'occupe de rien?

— Qu'est-ce que vous voulez que je fasse?

— On tourmente papa pour qu'il se hâte. Si vous

aviez vu la scène que j'ai eu hier au soir encore...

— Pourquoi?

— Toujours à cause de cette fille.

— Hier au soir, vraiment! fit Bizot, pensant à la rencontre qu'il avait faite.

— Oui. Ah! si je pouvais la faire partir d'ici.

— Mais j'ai quelque chose à vous conter à ce propos.

— A moi!

— Oui, à vous seule. Je crois que sachant ça, vous devenez la maîtresse de Marie-Reine.

— Quelque chose sur elle?

— Oui.

— Oh! vite, venez me dire ça, fit vivement Rosalie avec la curiosité ordinaire des femmes : allons dans l'arrière-boutique.

Les deux amoureux se rendirent dans la salle à manger. Là, ayant regardé autour de lui, Bizot commença:

— Pour des raisons à moi et pour être agréable à mon ami, le ministre de la police, depuis longtemps je me dis : Il faut que je sache ce que c'est que M. Friquet.

— Mais c'est un ancien avoué.

— Je sais bien ça.

— Que voulez-vous donc savoir de plus?

— Je voulais savoir où il campait.

— Oh! ça, c'est difficile. Jamais, lorsqu'il vient à Paris, il ne le dit même à mon père, qui est son grand ami.

— Son grand ami, fit Bizot ironiquement.

— Certainement! Moi, je suis très-loyale, je n'aime pas M. Friquet : la première raison, parce qu'il ne m'est pas sympathique; l'autre est plus grave : ses mœurs dissolues lui font quelquefois oublier le respect des familles dans lesquelles il est reçu.

— Quoi! fit Bizot, il vous a manqué?

— On ne manque qu'aux femmes qui veulent bien
le permettre... Mais ne parlons pas de ça.

Bizot disait tout bas en serrant les poings :

— Oh! je te graisserai, toi!

Rosalie continua :

— Ce que je sais pertinemment, c'est qu'il est
l'ami sincère et dévoué de mon père...

Bizot regarda longuement sa fiancée, puis, avec
son bon sourire, il lui dit :

— Votre bon petit cœur se refuse toujours à croire
aux coquins.

— Que voulez-vous dire, Eustache?

— Écoutez.

La bouche demi-ouverte, Rosalie écoutait.

— Hier soir, en sortant d'ici, voulant suivre Friquet pour savoir sa demeure, je me cachai dans la
rue Saint-André-des-Arts. Au bout d'une demi-heure,
il sortit; il était temps, j'étais à moitié gelé. Je le
suivis, et je crus qu'il était entré dans la maison
numéro 4 de la rue Cassette... J'attendais pour m'en
assurer, regardant si je voyais des fenêtres s'éclai-
rer, lorsque tout à coup une femme vint qui appela
Friquet en lui disant :

— Jacques! jette-moi le passe-partout...

— C'est toi? dit Friquet, et il le lui jeta. La
femme entra. Mam'zelle Rosalie, savez-vous qu'elle
était cette femme?

— Assurément, non.

— C'était Marie-Reine.

— Marie-Reine! fit Rosalie étourdie.

— Oui, Marie-Reine. Vous voyez la jolie société
qui a les faveurs, cette femme sont...

— Oui, mam'zelle...sont des canailles, qui, dans un
but que je cherche, exploitent votre malheureux père.

— Les misérables! dit Rosalie. Puis elle ajouta,
réfléchissant :

— Que faire ?

— Que faire ? c'est bien simple : tout dire à votre père.

— Naïf ! il ne vous croira pas, et c'est à vous qu'il en voudra.

— Comment, à moi !... Alors, que voulez-vous faire ?

Rosalie, l'œil fixe, réfléchissait. Au bout de quelques minutes, elle dit à Bizot :

— Ecoutez, Eustache, ne dites à personne ce que vous avez vu, allez souvent à la rue Cassette, tâchez de savoir les heures où Marie-Reine va retrouver M. Friquet, et là alors vous y conduirez mon père.

— Tiens, tiens, mais c'est une idée, ça !... Oh ! que c'est malin, les femmes !

— Surtout, fit Rosalie, pas un mot à personne... Retournez dans la boutique, voici du monde.

— Qu'est-ce qu'il faut servir à monsieur ? dit Bizot.

Les amoureux étaient trop occupés de leur découverte, et ils n'entendirent pas, après le récit de Bizot, le bruit d'un pas qu'on faisait léger qui s'éloignait.

C'était celui de Marie-Reine. Collée à la porte, elle avait tout entendu ; dix fois elle s'était contenue pour ne pas aller éteindre dans sa gorge le récit du conteur ; enfin sachant tout, elle sortit par la porte de l'allée et courut à la rue Cassette.

Lorsque Marie-Reine frappa à la porte de Friquet on ne lui répondit pas ; cependant elle avait entendu du bruit. Elle frappa encore et écouta l'oreille appuyée sur la porte ; cette fois encore, elle entendit du bruit, elle sentit même que l'on venait et qu'on regardait par le trou de la serrure.

La porte s'entre-bâilla et Friquet, qui parut, lui demanda :

— Que veux-tu ?

— J'ai à te parler absolument...

— Je ne puis te recevoir... reviens dans un quart d'heure...

— Bien ! fit la fille.

Elle ne demanda pas d'explication, il y avait entre ces deux êtres une confiance telle que Marie-Reine descendit sans préoccupation. Elle gagna la place Saint-Sulpice, entra à l'église et pria.

Oui, elle pria ! elle pria pour être sauvée du danger qui la menaçait.

Friquet, après avoir congédié Marie-Reine, était rentré dans sa chambre. Cinq personnes d'ailleurs distinguées, vêtues avec une certaine recherche, étaient autour de la table.

— Eh bien ! fit l'une.

— Ce n'est rien, monseigneur, dit Friquet ; c'est un agent qui m'apportait un rapport.

— Bien, fit celui qui avait parlé.

Puis, comme continuant une conversation interrompue, il ajouta :

— Je continue donc, monsieur. La police est sur nos traces, toute tentative est momentanément impossible ; les conventions du traité d'Amiens, réclamées par Bonaparte, ne seront pas remplies par l'Angleterre : je n'ai reçu l'avis ce matin. Malte ne sera pas évacuée, la guerre recommence donc immédiatement : avec la guerre l'occasion se représente-t-elle d'elle-même, nous armons la Vendée, et en l'absence du chef du pouvoir nous tenterons un mouvement sur Paris avec des chances de succès... Aujourd'hui voici les ordres reçus : quitter Paris au plus tôt, car Fouché est à nos trousses ; il connaît nos noms et nos plans, il n'ignore que nos demeures, ce matin du moins... Je conseille donc à chacun de nous de ne pas rentrer chez lui et, par des chemins différents, de gagner la frontière... pour qui veut passer en Allemagne, des amis sont à Kehl ; pour qui veut reganer l'Angleterre des bâtiments anglais croisent entre Brest et Roscoff, et des amis attendent à Saint-Pol de Péan... Maintenant, séparons-nous.

Les six hommes se levèrent, causèrent encore quelques minutes et sortirent, reconduits par Friquet, qui, l'échine courbée, leur ouvrit la porte.

Celui qui avait déjà parlé dit à Friquet :

— Vous savez, mon ami, que l'avis vous concerne également : ne couchez pas ici ce soir...

— Oui, monseigneur, dans dix jours je serai à Londres.

Friquet était rentré dans sa chambre, il avait remis les siéges en place, lorsqu'on frappa, c'était Marie-Reine.

Elle ne demanda pas à Jacques Friquet quels étaient les gens qui l'obligeaient à être reçue sur le carré ; elle entra vivement dans la chambre, poussa la porte de la pièce d'entrée et dit :

— Tout est découvert !

— Quoi ? qu'est-ce que tu me dis ? fit Friquet, se demandant si Marie-Reine n'avait pas entendu ce qui venait de se dire chez lui, puisqu'elle en répétait une phrase.

— Je te dis qu'hier le soldat qui doit épouser Rosalie t'a suivi.

— Eh bien ?

— Eh bien ! il est resté à la porte et m'a vue y venir à mon tour.

— Ah ! ah ! fit Friquet le front plissé, l'œil sanglant ; pourquoi me suivait-il ?

— Je l'ignore.

— Et il a tout conté à Trumeau ?

— Non, il a tout conté à Rosalie. C'est cette conversation que j'ai entendue.

— Qui a pu lui donner l'idée de me suivre,.. Est-ce Trumeau ?

— Mais non. Voici ce qu'il a dit : « Pour des raisons particulières et pour être agréable à mon ami le ministre de la police, j'ai besoin de connaître l'adresse de Friquet... »

— Il a dit cela... il est donc de la police. Ah ! je comprends tout alors, notre arrivée ici dénoncée... les recherches dirigées contre nous... comment cet imbécile est un mouchard... oh !

Et levant les bras, marchant à grands pas dans la chambre, haussant les épaules. Friquet, se demandant s'il comprenait bien ce qu'on lui disait, répétait sans cesse...

— Ce naïf... ce grand niais... joué par lui.

— Ecoute-moi, fit Reine, ce n'est pas tout.

— J'écoute, dit Friquet, tombant sur une chaise et passant la main sur son front moite de sueur.

— Avec Rosalie, ils ont convenu ensemble de nous perdre ; Rosalie, qui est femme, a compris que son père ne croirait pas nos relations ; elle a donc dit qu'il fallait ne pas parler, mais agir.

— Comment agir ?

— Oui. Bizot doit espionner chaque jour en bas ; lorsqu'il sera assuré de l'heure probable à laquelle nous nous voyons habituellement, il doit amener Trumeau.

— Et c'est avec moi que ces sots veulent jouer ce jeu... Ah ! ah ! les enfants... mais je les briserai... comme tout ce qui se met devant moi.

Et, prenant une chaise, il la jeta et la brisa.

— Voyons, Jacques, pas de colère vaine, qu'allons-nous faire ?

Friquet se plaça devant Marie-Reine les bras croisés, et, après l'avoir regardée une grande minute, il dit :

— Reine, es-tu toujours décidée à conquérir quand même et par tous les moyens la fortune ?

Es-tu toujours mon aide et ma complice pour avoir les biens de mon ami Trumeau ?...

— Oui, fit Reine avec un accent cruel, je suis surtout décidée à me venger de cette fille qui, depuis trois ans, me marche sur l'âme et le cœur...

— Tu sais, Reine, reprit Friquet, tu sais qu'on ne me résiste pas...

Marie-Reine baissa la tête, et se jeta dans ses bras...

— Eh bien ! écoute, continua-t-il en lui parlant à l'oreille, d'une voix sourde qui aurait glacé le sang du plus brave : me dénoncer à la police, c'est me prendre ma vie, et c'est briser la tienne, et moi... je tue qui veut me tuer.

— La tuer ! fit Marie-Reine avec un regard méchant; et il y eut presque un sourire sur ses lèvres.

Friquet continua :

— En l'an II, dans la même maison, la nièce de Trumeau, Marie-Jeanne Cervenay, voulut me résister... elle avait seize ans...

— Eh bien !

— Tu sais bien, Marie-Reine, qu'on ne me résiste pas .. Elle voulut faire la même œuvre que tentent aujourd'hui ces deux imprudents...

— Et ?... fit Marie-Reine, tremblante et le regardant l'œil fixe.

— Le soir du 6 fructidor, après le dîner de famille, elle me menaça de parler à son oncle. Le lendemain, le 7 fructidor, au matin, ne la voyant pas descendre, on monta chez elle, et l'on trouva son cadavre raidi au pied de son lit...

— Oh ! fit Marie-Reine épouvantée.

— Est-ce que tu recules, Reine... Tu ne veux pas te venger de Rosalie !

— Oh! si, dit-elle, se redressant à ce nom exécré.

— Marie-Reine, le paquet d'arsenic est dans le

6

tiroir près l'escalier. Charge-toi de Rosalie... Moi,
je me charge de l'homme... Au revoir, fit-il, et il
poussa la misérable en disant :

— En revenant du cimetière, nous causerons de
nos affaires... Au revoir, et maintenant occupons-
nous de Bizot.

Le soir du 9 nivôse, Eustache Bizot revenait chez
Trumeau savoir si le jour du mariage avait été
fixé. Il ne trouva que Rosalie et sa sœur Marie.
Elles lui dirent que Trumeau n'avait encore rien
décidé et que c'était maintenant à lui de le presser.

— Eh bien ! fit Bizot décidé, ça ne sera pas long.

— Qu'allez-vous faire.

Bizot fit signe de l'œil que l'enfant était de trop.
Rosalie comprit et se tut.

Un quart d'heure après, Marie Trumeau alla
dans l'arrière-boutique , s'occuper des soins du
ménage. Rosalie demanda :

— Que comptez-vous faire, Eustache ?

— Voici, m'amzelle, fit celui-ci, après avoir jeté
un regard autour de lui. Vous pensez bien que
depuis ce matin, je n'ai pas perdu mon temps, est-ce
pas... J'ai été remuer le quartier par là. Je me suis
informé et je sais maintenant...

— Quoi ?

— Que tous les deux jours, de dix heures à onze
heures du matin, Marie-Reine va chez Friquet.

— A l'heure où soi-disant elle est au marché.

— Tout juste... Il s'agit donc de prévenir votre
père .. que, demain, je viendrai le chercher pour
lui faire voir ce petit tableau-là...

Rosalie réfléchit quelques minutes, puis elle dit :

— Non, je ne puis pas faire cela.

— Comment il ne faut pas faire cela ? demanda
Bizot étonné.

— Je ne vous dis pas cela... je dis que ce n'est

pas à moi de parler à mon père de semblables
choses ; au contraire, il est bon que mon père croie
que j'ignore toutes ces infamies, et que ce soit vous
seulement qui le lui disiez.

— Ah ? je veux bien, mais c'est que j'ai promis à la
maman de revenir tôt, et je ne pourrai pas l'attendre ..

— Ah ! mais tant mieux, il ne faut pas lui dire
ce soir, il ne pourrait pas se contenir et tout serait
manqué demain.

— Vous pensez à tout, m'amzelle Rosalie. Eh
bien ! que dois-je faire ?

— Écrivez-lui une lettre, qui l'inquiète et qui ne
lui dise rien... qui l'oblige à ne pas manquer de se
trouver ici quand vous viendrez le chercher.

— Oui, c'est ça.

Rosalie se retira du comptoir, offrit sa place à
Bizot et, lui donnant une feuille de papier, lui dit :

— Voyons, écrivez.

Bizot était très-embarrassé. On lui avait appris à lire
et à écrire à peu près, il savait bien s'expliquer, mais
il était incapable de coucher une phrase sur le papier.

Il prit une plume, la tailla, la retailla, regarda
le bec, se gratta le nez, la tête ; enfin, accoudé, le
menton sur la paume de la main, tous les doigts
dans la bouche, il chercha.

— Eh bien ? fit encore Rosalie, se jouant mali-
gnement de l'embarras du pauvre garçon.

— Eh bien !... eh bien !... c'est le commencement qui est difficile à trouver... Pardi, si j'avais
le commencement ça irait tout seul.

— Je vous le dicte, dit en riant Rosalie.

— J'écoute.

— « Monsieur Trumeau. » Voilà...

— Ah ! vous vous moquez de moi... J'avais
trouvé ça...

— Allons, je continue, fit-elle.

Et elle dicta :

« Monsieur Trumeau,

» Je vous ai vainement attendu pour vous parler d'une affaire grave.

» Soyez là demain matin ; je venais vous prévenir de ce qui se trame autour de vous...

» N'y manquez pas, au nom de Dieu.

» Votre,

» EUSTACHE BIZOT. »

Nonidi de nivôse an XI.

— Voilà qui est fait... C'est lisible et il montra la lettre à Rosalie.

— Oh oui, fit celle-ci en souriant.

Il avait raison, Bizot, son écriture était lisible, sa lettre avait quatre lignes et elles tenaient toute la page.

— Maintenant, à demain.

— C'est ça... et soyez là de bonne heure.

— On y sera... Au revoir.

Bizot avait fait déjà dix pas hors de la boutique, il revint.

— Que voulez-vous ? demanda Rosalie.

Tout confus, les yeux baissés, le grand garçon balbutia, plutôt qu'il ne dit :

— C'est bête comme tout... j'ose pas... et au point où nous en sommes...

— Quoi donc ?... fit Rosalie, qui rougissait.

— Je ne sais pas pourquoi je voudrais vous embrasser ce soir.

— Embrassez-moi, Eustache.

Les deux jeunes gens s'embrassèrent ; quand leurs lèvres se touchèrent, comme malgré eux de grosses larmes coulèrent sur les joues...

Bizot se sauva, essuyant ses yeux et disant :

— C'est-il bête, ça... c'est-il bête !

Rosalie appuyée sur la porte, laissant ses larmes

couler, suivit son fiancé des yeux ; quand il eut tourné le quai, seulement elle rentra, et pendant dix bonnes minutes, elle chercha vainement à pouvoir retenir ses sanglots.

Bizot s'était dirigé vers le ministère de la police.

Quand il demanda son ami le ministre, on l'adressa à un bureau.

L'employé lui dit que ce soir-là le ministre le priait d'écrire les renseignements qu'il pouvait avoir sur la personne en question, ne pouvant le recevoir.

— Ça tombe bien, fit Bizot ; je suis justement pressé, donnez moi du papier.

Quand on lui en eut donné, de sa grande écriture il écrivit :

« Jacques Friquet demeure rue Cassette, 4, au deuxième étage. »

L'employé prit l'adresse et dit :

— M. le ministre aura ce papier demain.

— Oui, oui... Bien des choses à Son Excellence en même temps.

— Je n'y manquerai pas, fit en se retenant de rire l'employé.

Bizot, tranquille, courut chez sa mère.

Le soir, lorsque Trumeau était rentré, il avait lu la lettre ; quand Marie-Reine le vit, elle lui demanda, tant il semblait préoccupé :

— Mais, qu'avez-vous donc ?

— Encore une nouvelle affaire sans doute relative au mariage, et à laquelle je ne comprends rien... C'est une lettre d'Eustache. Tiens, lis.

Marie-Reine devint pâle en la lisant, mais Trumeau ne le vit pas.

Elle garda la lettre... Trumeau se mit au lit.

Dès qu'il fut endormi, Marie-Reine courut tout d'un trait à la rue Cassette.

Ayant lu la lettre, Friquet eut un méchant sourire.

— Tu vois qu'il est temps, Reine... Je garde cette lettre... Il n'y a plus à reculer. Es-tu décidée ?

Marie-Reine s'enveloppa dans son manteau, et prête à partir elle embrassa Friquet en lui disant bas :

— Elle sera morte demain.

Marie-Reine étant partie, Friquet, resté seul, se promena dans la chambre.

Fébrile, impatient, il se fouillait le cerveau pour échapper à la mine creusée sous ses pas. Il fallait au plus tôt sortir de la situation où on l'avait acculé.

Friquet était depuis trois ans activement recherché par la police. En venant à Paris, amenant Marie-Reine, sa complice, il avait vendu sa charge d'avoué; le produit, grevé et hypothéqué, avait été anodin, et, pour attendre le résultat du plan criminel dressé contre Trumeau, il était au service des émigrés. C'était un agent utile, brave et intelligent, sans scrupules, ne reculant devant rien, et considérant l'assassinat comme un moyen tout naturel.

Il avait été dénoncé à la police comme un homme dangereux, ayant participé à l'affaire de la machine infernale...

Friquet n'ignorait pas que tous les moyens étaient employés pour le prendre; il avait, dans les bureaux de la police même, un homme qui le tenait au courant des renseignements reçus sur lui et sur ceux qu'il recevait.

Il s'arrêta tout à coup et chercha sur la table; parmi les papiers, il prit une carte sur laquelle étaient ces mots :

« Demain, avant le jour, ordre de vous arrêter, rue Cassette, 4. »

— Oui, dit Friquet, c'est cet imbécile qui aura été me dénoncer. Allons, il n'y a pas à hésiter... il faut que je me défasse de cet homme...

En disant ces mots il s'assit et, s'accoudant sur la table, la tête dans sa main, il pensa.

Quelques minutes après il se leva; un sourire infernal s'étendait sur son visage.

— Ah! ah! dit-il, je vais le tuer avec ses armes!

Friquet fit alors chez lui une longue perquisition dans laquelle il ramassa tous les papiers dangereux à garder, et les jeta au feu. La cheminée en était pleine. Reprenant sa place à la table, il prit la lettre de Bizot et que Marie-Reine lui avait donnée, et la plaçant devant lui pendant une grande heure, il la copia, la recopia, en en imitant l'écriture. Quand il fut sûr que le plus habile expert ne pourrait pas reconnaître la lettre vraie de la fausse, il jeta encore au feu tous les papiers qu'il avait griffonné et prit la lettre de Bizot, et écrivit entre les lignes.

« Monsieur Trumeau,

» Je vous ai vainement attendu pour vous parler d'une affaire grave. *Je voulais vous dire qu'il ne faut pas que vous* soyez là demain matin, je venais vous prévenir de ce qui se trame autour de vous. *On doit venir vous arrêter; tout est découvert. Brûlez tout.*

» N'y manquez pas au nom de Dieu *et du Roi...*

» Votre chef,

» BIZOT.

» Nonidi de nivôse, an XI. »

Quand il eût terminé, Friquet regarda son œuvre, il sourit, il était satisfait, et, en effet, il était absolument impossible de voir deux écritures dans la lettre.

A la flamme de la bougie, il brûla tout le haut de la lettre, de façon à ce que le nom de Trumeau fût enlevé.

La lettre, noircie et brûlée, restait ainsi conçue:

« Mon

» Je vous ai vainement atten... vous parler d'une affaire grave. Je voulais.. ..... qu'il ne faut pas que vous soyez là demain matin.......... ce qui se trame autour de vous; on doit venir vous arrêter, tout est découvert.

» Brûlez tout........ Dieu et du roi.

                   » Votre chef,

                         » BIZOT.

    » Nonidi de nivôse, an XI. »

Friquet alla à la cheminée, où tous les papiers brûlés formaient un tas énorme; il glissa dessous la lettre de Bizot. Ceci fait, il enferma ses vêtements dans une valise, et il partit en disant :

— Mon œuvre est faite; maintenant à Reine de s'occuper de l'autre.

Il remonta la rue de Vaugirard; presque arrivé à la barrière, il entra dans une maison; au-dessus de la porte, on lisait :

« Lait chaud soir et matin. »

Une heure après, la porte cochère de la maison s'ouvrait. Friquet, habillé en roulier, le fouet sur le cou, conduisait une charrette dans laquelle deux hommes étaient couchés sur des sacs de grain.

— Hue là, fit Friquet.

La charrette descendit la rue de Vaugirard et prit la rue Cassette; il était dix heures et demie du matin.

Un rassemblement nombreux stationnait devant la maison du numéro 4, les uns parlaient d'une bande de faux monnayeurs qu'on venait d'arrêter; les plus renseignés disaient qu'il s'agissait simplement de l'arrestation d'un assassin caché dans la maison.

Friquet, qui savait à quoi s'en tenir, n'alla pas aux informations; il prit la rue des Quatre-Vents et la rue Dauphine; lorsqu'il fit tourner le cheval par la rue Saint-André-des-Arts, un des hommes couchés dans la voiture lui demanda :

— Quel diable de chemin prenez-vous donc?...

— J'ai quelqu'un à voir place Saint-Michel.

— Dépêchez-vous : j'ai hâte d'être hors Paris.

Friquet obéit et fouetta les chevaux pour aller plus vite.

Arrivé place Saint-Michel, Marie-Reine était sur la porte; à un signe de Friquet, elle vint vers lui

Friquet prit un chou dans sa voiture et le tendit à Marie-Reine; celle-ci feignit de le marchander, et elle lui dit :

— Tu pars pour longtemps?

— Non, pour un mois au plus... Et Rosalie?

— Elle a bu la première potion... Et Bizot?

— Dans une heure, il sera arrêté.

— Arrêté?

— Oui; Trumeau regarde où tu es... prends le chou, va-t-en. Il faut que Rosalie meure.

— Ce soir, répondit fermement Marie-Reine, et elle retourna à la boutique sur la porte de laquelle était effectivement Trumeau.

— Hue-là!... hue donc toi... beugla Friquet en zébrant les chevaux de coups de fouet...

VI

Au petit jour, Bizot s'était levé; depuis son retour à la maison, c'est lui qui était de corvée, comme il disait. Il obligeait sa vieille mère à rester couchée, et la pauvre bonne femme enrageait, tant l'habitude a de féroces exigences. Une fois six heures sonnées, elle avait beau faire, se tourner ou se retourner, elle ne pouvait plus retrouver le sommeil.

Mais elle savait qu'elle faisait plaisir à Eustache,

en lui laissant croire qu'elle avait trois heures de repos de plus, et elle ne bougeait pas. Elle faisait semblant de ronfler lorsqu'elle entendait le pas de Bizot devant la porte ; le bon garçon marchait pieds nus pour ne pas éveiller sa mère.

La mère Bizot tenait un petit commerce d'herboristerie et d'épicerie, rue Saint-Paul, n° 48.

Debout dès l'aube, Bizot avait ceint le tablier blanc, le devant de sapeur, ainsi qu'il l'appelait ; il avait ouvert la boutique, astiqué le comptoir, les balances, les mesures, et avec son fusil à poil (le balai), il achevait le ménage.

Il était neuf heures environ, le nettoyage terminé, Bizot avait été au buffet, il avait pris la miche de pain, en avait coupé une immense tartine et l'avait couverte d'une épaisse couche de raisiné, et il s'était placé sur le pas de la porte pour se livrer à l'engloutissement de ce déjeuner sommaire.

Tout à coup, il vit se diriger vers la maison trois hommes à mine singulière.

— Qu'est-ce que ces gens-là? fit Bizot ; à qui diable en veulent-ils?

Les trois hommes, après avoir regardé le numéro de la boutique, s'avancèrent vers Bizot. L'un, qui paraissait commander aux autres, demanda :

— Le citoyen Eustache Bizot, ex-garde consulaire?

— C'est moi, messieurs ; si vous voulez entrer...

Les trois hommes entrèrent. Bizot demanda alors :

— Qu'y a-t-il pour votre ministère?

— Nous avons ordre, citoyen, de nous emparer de votre personne.

— Moi!... fit le pauvre garçon abasourdi ; mais pourquoi?

— Je l'ignore.

— Mais qui me fait arrêter?

L'agent, croyant que Bizot demandait à voir le

mandat d'amener, le lui montra. Bizot lut et vit qu'il était signé Fouché.

— Ah! très-bien, fit-il, je comprends... C'est pour ce que j'ai été dire hier!... Oui; c'est mon ami le ministre qui me demande.

Les trois hommes se regardèrent. L'accent simple avec lequel Bizot avait dit cette phrase, l'air avec lequel il semblait envisager sa situation les assurèrent qu'il avait peut-être raison.

— Messieurs, dit Bizot, ma mère est là-haut, c'est l'heure de son lever, je ne voudrais pas l'inquiéter, vous savez ce que c'est que les femmes, les mamans surtout; voulez-vous, à deux, aller prendre une goutte d'eau-de-vie en entendant que je la prévienne? l'un de vous restera ici.

Cette dernière phrase montrait que Bizot n'était pas absolument assuré que son arrestation n'avait pas un motif plus sérieux qu'il ne le voulait faire croire.

Après s'être consultés du regard, celui des trois agents qui avait déjà parlé dit aux deux autres :

— Allez en face, je reste... Faites avancer une voiture et nous allons vous retrouver.

— Merci, monsieur, fit Bizot.

Les deux agents obéirent. Eustache retira son tablier, et monta chez sa mère; l'agent le suivit jusqu'à l'entrée de la chambre.

La mère Bizot était habillée depuis une heure; elle ne descendait pas, pour faire croire à son fils qu'elle dormait.

— Eustache, fit-elle vite en le voyant, je viens seulement de me lever.

— Bonjour, maman !

Et le grand garçon appliqua sur les joues de sa mère deux gros baisers sonores.

— Bonjour, mon fleu.

— Dis donc, maman, tu sais ce que je t'ai dit

hier; faut que je sois chez Trumeau vers dix heures... Il est neuf heures et demie, je vais partir...
J'ai justement là un ancien ami du régiment qui
venait me dire un bonjour...

— Eh bien ! mais, fais-le donc entrer, cet homme !

Et la mère Bizot ouvrit la porte et dit à l'agent :

— Entrez donc, entrez donc, mon petit... les amis
de mon fils sont toujours bien reçus ici.

L'agent rougit; la mère Bizot continua :

— Mais avant de partir, vous allez déjeuner...

— J'ai déjeuné, maman.

— Mais ton ami a peut-être faim, lui.

— Merci, madame, fit l'agent.

Bizot était très-embarrassé; sa mère reprit :

— Alors, mes enfants, vous allez prendre un petit
verre; j'ai là un petit cruchon de cassis que mon fils
m'a rapporté de Dijon en revenant d'Italie... Vous
y étiez avec lui en Italie?

L'agent ouvrit de grands yeux, ne comprenant
pas, et regardait la mère Bizot et son fils. Celui-ci
dit vivement :

— Oui, oui, il y était... Nous sommes pressés,
maman ; ça sera pour une autre fois.

Malgré l'instance de madame Bizot, Eustache
refusa; il avait hâte d'échapper à cette embarras-
sante situation.

Les deux hommes attendaient chez le marchand
de vin indiqué, Bizot offrit les petits verres et l'on
monta en voiture.

Le pauvre garçon, blotti dans le coin, se creusait
la tête pour trouver le motif de son arrestation. Il
ne trouva de probable qu'une demande d'explications
relative aux renseignements sur Friquet donnés par
lui la veille.

Mais alors pourquoi ces trois agents? Un avis
était absolument suffisant.

Il était inquiet et il regrettait d'être obligé de manquer le rendez-vous donné à Trumeau. Qu'allait penser Rosalie?

Deux grosses larmes silencieuses coulèrent le long de ses joues.

Bientôt la voiture s'enfonça sous les voûtes de la Conciergerie.

On fit descendre Bizot, puis un agent le conduisit au greffe. Là, le greffier lui demanda :

— Vos nom et prénom?

— Eustache Bizot.

— Votre âge?

— Vingt-sept ans.

— Où demeurez-vous?

— Où je demeure, rue Saint-Paul, 48.

— Bien!...

Le greffier s'adressant au geôlier, lui dit :

— Conduisez-le au numéro 8.

L'agent prit Bizot par l'épaule et lui dit :

— Allons, venez.

Pauvre Bizot! Un brouillard passa devant ses yeux. Arrêté! il était arrêté!... Il pâlit, et un frisson courut ses veines et ses os et glaça ses moelles, quand les verroux se fermèrent sur lui.

Seul entre les quatre murs de sa cellule, ne voyant le ciel qu'à travers les quadrilles d'une grille de fer, le malheureux Bizot ne put pas plus longtemps contenir ses sanglots. Vainement il fouillait sa conscience, il ne trouvait rien ni dans sa conduite passée, ni dans sa conduite présente.

Assurément l'accusation qui pesait sur lui était grave, il le sentait à l'isolement dans lequel on le laissait.

— Quoi! se disait le malheureux, depuis dix ans je traîne mes guêtres au profit de mon pays; cent fois j'ai risqué ma peau pour ceux qui me commandaient; j'ai toujours été un honnête citoyen et un brave soldat, et le jour où je quitte l'uniforme, la récompense de mes services passés et présents, c'est la prison... Oh! misère!...

Et la colère crispait le malheureux.

— Mais quel ennemi intime ai-je donc?

Tout à coup, se souvenant de son entrevue avec Fouché, il se dit :

— Déjà on avait fait des potins sur moi, est-ce qu'aujourd'hui ça reviendrait? Mais, non! on n'aurait pas envoyé trois hommes pour m'arrêter ce matin, on ne me fourrerait pas ici dans un cabanon, comme le dernier des criminels... Il doit y avoir quelque chose de grave.

Toute la journée, le malheureux chercha vainement le motif de son arrestation.

A l'heure du repas, lorsqu'on lui apporta sa nourriture, il voulut interroger son gardien; celui-ci ne lui répondit pas.

Bizot ne mangea pas; il s'étendit sur sa couche et, furieux et agité, chercha s'il n'était pas un moyen d'informer sa mère et Trumeau de sa situation.

Vers quatre heures, on vint le chercher; le geôlier le mena dans une petite chambre à peine éclairée par une étroite fenêtre donnant sur le bord de l'eau.

Le naïf Bizot, qui avait un instant espéré se retrouver en présence de Fouché, fut encore trompé dans son attente.

Celui qui l'attendait était placé devant un grand bureau, sur lequel Bizot vit nombre d'objets lui appartenant et qu'on avait dû prendre chez sa mère.

Les larmes vinrent aux yeux du pauvre garçon, en pensant à la douleur de sa vieille mère lorsqu'elle avait vu les agents faire chez elle une perquisition.

— Bizot, fit l'homme, il n'y a plus aujourd'hui à feindre en nous assurant hypocritement de votre dévouement. Nous avons la preuve que vous conspirez contre ceux que vous aviez juré de servir.

La bouche ouverte, l'œil fixe, Bizot regarda l'individu qui lui parlait, sans trouver une réponse.

— Dites-nous quel était le plan de vos complices, en débarquant il y a dix jours à Fives.

— Monsieur, fit Bizot, je ne comprends pas un mot à ce que vous me dites.

— Vos négations et vos murmures n'auront d'autres résultats que d'augmenter la sévérité avec laquelle vous devez être traité.

Bizot, tout ahuri, répondit :

— Monsieur, je vous jure que je suis prêt à répondre à tout ce que vous me demanderez, je vous jure que je ne demande qu'à vous servir... Mais, sur ma vie, je ne comprends pas un mot à ce que vous me dites.

La figure de Bizot était si pleine de franchise en disant ces mots, que l'agent réfléchit quelques instants et se demanda — car il était convaincu de la complicité de Bizot — si le malheureux n'était un agent subalterne ignorant les moyens employés par les chefs.

— Vous connaissez Friquet? demanda l'homme.

— Oui, monsieur.

— Vous alliez souvent chez lui ?

— Jamais, monsieur.

— Vous avez déclaré y avoir été avant-hier.

— Ah! oui, monsieur, mais pas chez lui.

— Comment cela?

— Je l'ai suivi, le soir, après minuit, pour savoir où il demeurait.

— Ah! fit l'interrogateur avec un sourire narquois, vous ignoriez sa demeure?

— Oui, monsieur.

— Et quand vous l'avez connue, vous y êtes allé?

— Non, monsieur, je n'aime pas M. Friquet, et je n'ai jamais mis les pieds chez lui.

L'homme consulta quelques rapports, et, relevant la tête, dit à Bizot :

— Dans la seule journée d'hier, deux fois vous avez été vu rôdant autour de la maison n° 4 de la rue Cassette, à midi et à quatre heures. Nierez-vous encore ?

— Pour ça, c'est vrai ! fit Bizot étonné qu'on connût si bien l'emploi de son temps.

— C'est heureux que vous reconnaissiez cela ! et qu'alliez-vous faire à cette heure chez Friquet ?

— Mais, monsieur, je vous répète que je n'allais pas chez Friquet...

— Vous vous promeniez par hasard rue Cassette ? dit l'homme en haussant les épaules

— Non, monsieur, voici la chose : j'avais un intérêt à savoir ce que faisait M. Friquet et qui venait chez lui...

Celui qui interrogeait Bizot se tourna vers le greffier qui écrivait et lui dit :

— Soulignez cette phrase, nous y reviendrons... Puis à Eustache : Continuez.

— Alors je guettais dans la rue, mais je n'entrais pas, bien au contraire, c'est que si je l'avais vu sortir, je me serais sauvé.

— Mais enfin, dans quel but cette surveillance ?

— M. le ministre m'avait dit que quelques renseignements sur M. Friquet lui seraient agréables.

— Et c'est ainsi, pour lui être agréable, que vous avez en même temps prévenu M. le ministre et Friquet... Vous donnez les possibilités de l'arrestation et vous prévenez l'autre une heure avant pour lui donner le temps de fuir.

— Moi !

— Vous lui avez écrit une lettre.

— Moi ! Ah ! je voudrais la voir.

L'homme chercha dans ses papiers, et, présentant à Bizot la lettre un peu brûlée, lui dit :

— La voici.

Bizot regarda la lettre qu'on lui présentait ; la reconnaissant, il dit :

— Tiens ! comment avez-vous cela ? c'est la lettre que j'ai écrite pour M. Trumeau.

— Cette lettre a été trouvée au milieu des cendres de cent autres qui encombraient la cheminée de Friquet.

— De Friquet !

— Quelque brûlée, il en reste assez pour que nous ayons pu en retrouver le sens.

— Le sens est simple : je demandais pour ce matin un rendez-vous à M. Trumeau, et mon arrestation m'a empêché de m'y rendre ; c'est une lettre concernant des affaires toutes de famille.

— Vous cherchez vainement à nous tromper, je vous répète que le feu n'a fait qu'altérer l'écriture, et que nous en avons reconstruit le sens.

— C'est justement pour cela qu'elle ne laisse aucun doute.

— Voulez-vous que je vous la lise ?

— Oui, monsieur, certainement.

— Le feu a détruit les premiers mots qui disent : Monsieur Friquet.

— Pardon ! Monsieur Trumeau.

— N'insistez pas avec ce système ridicule que la lettre détruit...

— C'est trop fort ! fit malgré lui Bizot ; lisez, alors.

— Je lis :

« Monsieur Friquet,

» Je vous ai vainement attendu pour vous parler d'une affaire grave. Je voulais vous dire qu'il ne faut pas que vous soyez là demain matin. Je venais vous prévenir de ce qui se trame autour de vous.

7

On doit venir vous arrêter; tout est découvert.
Brûlez tout.

» Au nom de Dieu et du roi.

      » Votre chef,

        » BIZOT. »

— Moi, j'ai écrit ça, fit Bizot, étourdi... moi...

— Nous avons deux lignes écrites par vous hier;
confrontées avec cette écriture, le doute n'est pas
possible.

— Ah! monsieur ce n'est pas sérieux ce que vous
m'avez lu.

— Est-ce votre écriture?

— Oui, monsieur... mais il n'y a pas tout ce que
vous avez dit.

— Comment cela? voici la lettre.

L'homme montra à Bizot la lettre; celui-ci la
regarda, la lut et devint pâle. Par quel moyen
cette lettre s'était-elle augmentée de tant de choses?

— Eh bien!

— Mon Dieu, monsieur, la lettre est de moi, mais
je n'y comprends rien, je vous le jure... C'est à
croire que je suis fou, jamais je n'ai écrit ce que je
viens de voir, et cependant c'est bien ma signature,
c'est bien le papier sur lequel j'ai écrit hier!

— Trêve de bavardage... vous niez encore, même
devant l'évidence?

— Mais, monsieur, sur la vie de ma pauvre
mère, je vous jure que je n'ai pas écrit cela.

Et Bizot s'arrachait les cheveux.

— Mais quels sont donc les gens qui m'en veulent
assez pour faire ces choses?... Tenez, si je ne le
suis pas déjà, je crois que je vais devenir fou.

— Vous n'abandonnez pas votre système. Cette
lettre est apocryphe?

— Je ne sais pas, monsieur, si elle est comme vous
dites, mais je vous jure qu'elle n'est pas de moi,

c'est une imitation de mon écriture, et voilà tout.

— Très-bien ! vous aviez un moyen d'adoucir les peines que vous avez méritées, vous le refusez, ne vous en prenez qu'à vous de ce qui arrivera.

— Mais, monsieur, je suis prêt à faire tout ce qu'on voudra de moi.

— Alors, arrivons franchement au but : quel était le plan des conjurés et quels sont-ils ?

— Plaît-il ? fit le malheureux ne comprenant plus du tout.

— Je vous demande quel était le plan et le nom de ceux qui l'avaient conçu ?

Bizot arracha sa cravate qui l'étranglait, respira bruyamment, tourna et retourna la tête, cherchant autour de lui... Le pauvre garçon se demandait s'il n'était pas fou. Que lui voulait-on ? que lui demandait-on ? que signifiait cette comédie dans laquelle, malgré lui, il jouait un rôle si malheureux ?

Voyant que tout ce qui se passait était bien de la vie réelle, qu'il n'était pas sous le coup d'un rêve ou d'une hallucination, le pauvre diable épuisé, sans force, sans énergie, dit d'une voix suppliante :

— Ecoutez, monsieur, je ne sais ce que vous voulez faire de moi ; à ce que vous dites, à ce que vous demandez, je ne comprends rien, je vous le jure, rien ! rien ! rien ! Vos conjurés, mes complices, le complot, tout cela me bat la cervelle, sans que je sache ni pourquoi, ni comment... M. Friquet est mon plus grand ennemi, donc je ne lui ai jamais écrit... Cette lettre, soi-disant de moi, dit des choses auxquelles je ne comprends pas un mot... Je sens que je suis sous le coup d'un grand malheur... ou je suis victime d'une erreur, où je suis victime d'ennemis inconnus... je l'ignore ; ce que je sais, c'est que vous me frappez avec des armes que je ne vois pas ; c'est que je suis sans force et sans pouvoir de répondre.

Maintenant, monsieur, faites ce que vous voudrez ;
mais, je vous en prie, faites vite, car, je le sens,
je deviens fou... Oui, monsieur, je deviens fou !

Et Bizot étrillait ses cheveux de ses ongles durs,
se grattait le crâne comme s'il voulait arracher à
sa cervelle le secret de toutes les douleurs mysté-
rieuses qui le tuaient.

L'homme qui l'interrogeait fut quelques instants
pris de pitié, puis, avec la force de l'habitude, qui
rend tous les hommes cruels, il leva les épaules en
disant :

— C'est un adroit gaillard !... Puis tout haut :
Vous ne voulez rien dire ?

— Monsieur, je vous jure que je ne sais rien.

— C'est bien, fit sévèrement l'homme...Quand vous
serez disposé à parler, vous nous ferez demander.

— Il sonna ; deux gendarmes vinrent et s'empa-
rèrent du pauvre Bizot, qu'ils reconduisirent à sa
cellule.

Pendant que Bizot se débat vivement dans l'accusation portée contre lui, Rosalie, souffrante, va
toutes les dix minutes à la porte de la boutique de
la place Saint-Michel, pour voir si elle n'aperçoit
pas son fiancé.

La pauvre enfant ne s'explique pas le malaise
subit qui l'a saisie ; elle s'est levée le matin comme
chaque jour, se portant bien, la tête légère, et depuis
qu'elle a déjeuné, c'est-à-dire pris une tasse de café
au lait, un engourdissement singulier l'a envahie ;
son front est brûlant, son cerveau est comme frappé
sans cesse par un invisible marteau, et des maux de
cœur constants lui soulèvent la poitrine.

Vers onze heures, voyant que Bizot ne venait
pas, elle dit à son père :

— Si tu ne sors pas, père, je me sens mal, j'irai
me coucher.

— Mal sérieusement ?

— Non !... Je ne sais pas ce que c'est... Depuis ce matin, j'ai des maux de cœur, l'estomac me brûle et je ne peux me tenir.

— Ta sœur va aller chercher le médecin.

— Oh non ! attendons, ce n'est pas assez grave.

— Qu'est-ce que ça fait ?

— Non, non, je ne veux pas.

— Va toujours te coucher, on va te faire du thé, tâche de dormir ; si ça va plus mal, appelle et l'on ira au médecin.

— Oui ! au revoir, père.

Elle embrassa Trumeau et monta dans sa chambre.

A peine fut-elle sortie, que Trumeau appela Marie-Reine.

— Rosalie est malade, occupez-vous-en...

— Rosalie ! qu'a-t-elle donc ? fit celle-ci surprise.

— Une indisposition... Cependant elle a mauvaise mine. Faites-lui du thé. Si elle va plus mal, vous enverrez chercher le médecin.

— Bien !

Marie-Reine chercha dans la boutique pour prendre le thé ; puis, revenant vers le comptoir, elle dit d'un air indifférent à son maître :

— Je vais faire le thé, mais vous le monterez vous-même.

— Pourquoi cela ?

— Nous sommes si mal avec Mademoiselle Rosalie que, vous le savez, elle n'aime pas que je mette les pieds dans sa chambre.

— Des enfantillages... Faites toujours, sa sœur ou moi lui porteront.

Marie-Reine disparut dans la cuisine...

Une demi-heure après, Trumeau montait à sa fille une tasse de thé.

La pauvre enfant se tordait sur le lit.

— Oh ! dit-elle, ça me brûle, ça me dévore là, et elle montrait sa poitrine.

— On va aller chercher un médecin.

— Non ! non ! fit-elle, attendez encore... tantôt nous verrons... Bizot est-il venu ?

— Non, mon enfant.

— C'est étonnant, et ça m'inquiète ; est-ce qu'il serait malade aussi ?

— Es-tu folle maintenant de te tourmenter... Comprends que ce garçon, qui est rentré chez sa mère depuis quatre ou cinq jours, n'y est pas resté seulement deux heures. Sa mère lui aura dit de s'occuper un peu de la maison. Il viendra tantôt.

— Sitôt qu'il viendra, tu monteras avec lui.

— Oui, ma mignonne, je te le promets... mais bois ce thé, couvre-toi bien et essaie de dormir ; si tu dormais, je suis sûr que cela te ferait un bien énorme... c'est la migraine probablement que tu as.

— C'est possit'   j'ai tant d'ennui...

— Tu n'en auras plus, mon enfant... Voyons, dors. Quand Bizot viendra, tantôt, nous fixerons votre mariage.

— Bien vrai ?... fit la pauvre fille avec un sourire.

— Bien vrai, répondit Trumeau en l'embrassant.

Il redescendit à la boutique. C'était l'heure de la vente ; il ne pouvait plus quitter le comptoir. Marie-Reine était à la cuisine. Marie Trumeau de temps à autre, allait s'informer de l'état de sa sœur.

Le soir, vers six heures, Rosalie fit demander son père. Celui-ci monta.

— Qu'as-tu ? demanda-t-il ; qu'as-tu, mon enfant ?

— Ça ne va pas bien ; je souffre horriblement... Eustache n'est pas venu ?

— Non.

— Cela n'est pas naturel !

— Il est retenu chez lui ; les affaires sont les affaires.

— Notre mariage est une grave affaire.

— Il viendra passer probablement la soirée avec toi.

— Envoyez toujours chez lui.

— S'il ne vient pas, on enverra... Occupons-nous plutôt de toi !

— Moi, je souffre.

— Toujours la poitrine ?

— Oui ! ça me brûle...

— Et tes maux de cœur ?

— J'en ai moins maintenant... Mais je ne sens plus ma tête.

— As-tu dormi ?

— Non, je ne peux pas dormir.

— Vois-tu, tu n'as pas voulu que l'on aille chercher le médecin, et peut-être maintenant tu n'aurais plus rien... Je vais l'envoyer chercher.

— Oui, je ne croyais pas que ça durerait.

— Ne t'inquiètes pas, mon enfant, quand le médecin sera venu, j'enverrai chez Bizot ; il m'a écrit hier et probablement il viendra ce soir...

— Oui, je sais.

— Tu sais qu'il m'a écrit ?

—. Oui

— Sais-tu ce qu'il veut me dire ?

— Oui

— Dis-le moi !

— Non, il vous le dira.

— C'est grave ?

— Oui.

— Tu m'inquiètes... mais je te fatigue, on va courir chez le médecin.

— Oui.

Trumeau descendit.

Marie-Reine était dans la boutique.

— Eh bien ! demanda-t-elle, est-ce qu'elle est toujours malade ?...

— Oui, ça va plus mal.

Et comme il sortait, elle demanda encore :

— Que faites-vous donc ?

— Je vais envoyer chercher un médecin.

— Ah !

Marie-Reine devint extrêmement pâle.

Vers sept heures, le citoyen Caron, officier de santé, était au chevet de la malade ; après l'avoir attentivement observée, il ordonna une potion et rassura Trumeau en lui disant :

— Ce n'est rien... maladie de jeune fille ; demain il n'y paraîtra plus.

Quand Trumeau eut reconduit l'officier de santé, Marie-Reine se précipita vers lui et demanda anxieuse :

— Eh bien, que vous a-t-il dit ?

— Il a dit que ce n'est rien.

— Ah ! et Marie-Reine exhala un long soupir.

— Il a dit même que demain il n'y paraîtra plus.

— Il a raison, fit la fille, les dents serrées... demain, il n'y paraîtra plus... Donnez-moi l'ordonnance, je vais aller faire la potion.

Trumeau donna le papier et Marie-Reine sortit.

Lorsque Marie-Reine revint, Trumeau, rassuré par la visite du médecin, plaisantait avec des clients. Il dit aussitôt à sa fille de lui donner la potion, et il monta lui-même la verser à sa fille.

— Prends ça. Rosalie ; maintenant que tu as vu le médecin, tu dois être rassurée ?

— Oui, fit la pauvre enfant, mais je voudrais voir Eustache, son absence n'est pas naturelle.

— Tu peux être tranquille, j'y envoie tout de suite... Tu as bu la potion, tâche de faire un petit somme par là-dessus, et en t'éveillant, tu verras Bizot.

La jeune fille remercia son père d'un bon sourire; celui-ci l'embrassa, et se frottant les mains redescendit, se disant :

— Je voudrais bien voir ce matin de Friquet ce soir; il me renseignerait sur ce que j'ai idée de faire pour le mariage de ma fille. Je lui laisse la maison et lui paye la rente des fonds placés dans mon commerce, comme si elle me commanditait; de cette façon je concilie tout....

La petite Marie voyant son père redescendre, monta près de sa sœur, car il ne fallait pas laisser la boutique sans quelqu'un pour servir.

Quand l'enfant entra dans la chambre, elle vit Rosalie à moitié sortie du lit, hocquetante et cherchant à respirer, les bras tordus, les mains crispées, le visage contracté, cherchant vainement à crier.

En voyant sa sœur, elle se laissa retomber sur son lit en disant d'une voix à peine perceptible :

— Marie... à boire... à boire... Ah! ça me brûle la gorge...

Et elle râla...

Marie, épouvantée, descendit bien vite, et son père lui donna un verre de vin et d'eau tiède qu'elle monta aussitôt.

Rosalie s'assit sur son séant et le but d'un trait... Respirant alors plus facilement, elle s'étendit et dit à sa sœur :

— J'ai cru que j'allais mourir... Ça va mieux. Que je voudrais donc dormir! C'est drôle, il me semble que le sang se fige dans mes veines et que je m'éteins... C'est à peine si je distingue.

Comme la malheureuse parle en ébauchant un sourire, sa sœur lui répond tranquillement :

— C'est la fatigue, vois-tu, petite sœur... dors... tu devrais encore reprendre de la potion... voilà

presque un quart d'heure... le médecin dit tous
les quarts d'heure... comme ça on te laisserait dormir...

— Je le veux bien, répond-elle d'une voix faible.

Marie présenta alors la cuillerée de potion à la
malade ; celle-ci est sans force, et c'est vainement
qu'elle cherche à se mettre sur son séant... sa sœur
est obligée de l'aider à lever la tête... elle boit sans
que la même crise se produise... Alors, elle s'étend
et ferme les yeux en disant à sa sœur :

— Redescends maintenant, Marie ; je vais dormir, va dîner....

— Dors bien, petite sœur...

Et Marie redescend ; sitôt dans la boutique, son
père lui demande :

— Comment va-t-elle ?

— Elle est très-fatiguée ; je crois qu'elle va dormir.

— Il faudra l'éveiller pour lui donner la potion.

— Non, elle l'a prise.

— Ah ! bien... qu'elle dorme. Maintenant occupes-
toi du dîner.

— Oui, père.

Derrière la porte de l'arrière-boutique, Marie-Reine
écoutait attentivement les paroles échangées entre
Trumeau et sa fille. Elle répéta comme malgré elle :

— Ah ! la deuxième potion, et elle s'endort...

Marie-Reine regarda autour d'elle, la jeune Marie
était à la cuisine, Trumeau était occupé avec des
clients ; personne ne s'occupait d'elle. Elle se glissa
derrière des ballots et grimpa au premier.

Elle ouvrit, sans faire de bruit, la chambre de
Rosalie... se traînant à genoux jusqu'au lit, elle regarda. La malade dormait. Alors, toujours rampant,
elle prit les vases qui avaient été employés pour la
faire boire, et versa ce qui restait de liquide dans le
feu, puis le rinça.

Ceci fait, elle se redressa et s'accouda sur le bateau du pied du lit.

Elle était épouvantable à voir ainsi, la fille Françoise-Marie-Reine Chantal-Lavandière !

Son œil brillait d'une lueur fauve, ses sourcils bruns étaient froncés, sa bouche était contractée par un rire diabolique, qui serrait les dents et les faisait grincer, ses mains se dilataient, comme les mains du chien qui sent le gibier. Elle était horriblement belle, la Marie-Reine !

Dix grandes minutes se passèrent ainsi.

La chambre était éclairée seulement par la flamme des bûches qui brûlaient dans la cheminée, le silence n'était troublé que par la respiration à peine perceptible de Rosalie et par le battement du balancier de la pendule.

Tout à coup la respiration cessa... la bouche de la malade se contracta... Alors Marie-Reine avança à la tête du lit et se pencha pour regarder Rosalie ; celle-ci avait les yeux fermés.

— Rosalie, fit-elle bas à son oreille...

La jeune fille ouvrit à demi les yeux ; le regard, trouble déjà, eut un éclair ; la bouche se crispa comme pour crier, mais le râle seulement sortit de la gorge.

Alors, froidement, la misérable, voyant la malade dans l'impossibilité d'appeler, lui prit la tête et la releva sur l'oreiller, de façon à ce qu'elle fût bien en face d'elle, obligée de la voir, puis avec un accent que rien ne peut rendre, elle dit :

— Eh bien, idiote, tu as voulu lutter contre moi... tu as voulu me chasser de la maison !... Qui est-ce qui en sort aujourd'hui ?... Quand j'avais du cœur et de la pitié, on a été pour moi sans miséricorde... Je n'ai plus de cœur, je n'ai que de la haine, de la haine pour toi, entends-tu ; Rosalie, toi qui chaque jour m'a insultée, entends-tu ?... Pendant qu'ils sont

en bas, tranquilles sur ton sort, meurs donc, sans
prière, sans pardon !... Meurs ! mais il faut que tu
saches la fin de l'histoire pour laquelle tu meurs...
Oui, nous sommes deux qui voulons tout ce qui est
à toi et à ton père... et nous l'aurons... tu entends,
Rosalie, ma maîtresse, tu entends? Ton fiancé est
perdu, il savait, il devait mourir !...

D'abord, des soubresauts convulsifs avaient agité
le corps de la mourante, son visage s'était contracté,
puis ses yeux s'étaient éteints. Elle ne voyait plus,
mais elle entendait encore. Dans son râle, parfois,
on entendait comme :

— Grâce ! pitié !...

Quand Marie-Reine entendit ces mots, elle se redressa plus terrible, et avec un ricanement sauvage
elle répondit :

— Grâce ! pitié !... Allons donc, lâche, qui demande grâce à celle qu'elle haïssait ! est-ce que tu
m'as fait grâce, toi?... Rien, meurs, comme je le
veux, injuriée jusque dans ton cercueil... meurs en
chienne que tu as été, sans pitié, sans grâce, sans
pardon, sans prière. Je redescends, Rosalie, et je
vais rire avec ton père pendant que tu vas mourir !

Et Marie-Reine quitta la chambre, descendit l'escalier, se glissa derrière les ballots et vint reprendre sa place près du secrétaire, où elle feignit de
dormir en attendant le dîner.

VII

Marie Trumeau était dans la cuisine, occupée du
dîner.

Trumeau entra dans l'arrière-boutique, et voyant Marie-Reine endormie, il alla vers elle, lui caressa le menton pour l'éveiller, disant :

— Qui dort dîne, il paraît, mais c'est que j'ai faim, moi... Tu n'as donc pas d'appétit ce soir ?

— Oh ! que si, fit Marie-Reine.

— Eh bien, Marie, cria Trumeau, vas-tu bientôt nous faire à dîner ?

— Tout de suite, si tu veux, papa.

— Bien ; allons, Reine, dressez le couvert.

Marie-Reine obéit ; quelques minutes après, ils étaient à table tous les trois, et Trumeau disait :

— Je suis content d'avoir fait venir le médecin ; au moins, je suis tranquille ; ça m'étonnait tant de voir Rosalie indisposée, elle qui se porte toujours admirablement, que j'étais très-inquiet.

— Elle va bien maintenant ? demanda Reine.

— Oui, elle doit dormir, répondit Marie.

— Quand tu auras fini de manger, dit Trumeau à sa plus jeune fille, tu iras voir si elle a besoin de quelque chose.

— Oui, papa !

— Ah ça, fit tout à coup Trumeau, a-t-on envoyé chercher Eustache ?

— Oui, répondit Marie-Reine ; la boutique était fermée, et il n'y avait personne chez eux.

— C'est singulier qu'il ne soit pas venu aujourd'hui.

Le dîner s'acheva sans incident ; pendant que Marie-Reine débarrassait la table, la jeune Marie monta à la chambre de sa sœur.

Dans la demi-obscurité de la chambre, ne voyant pas si sa sœur dormait, elle s'avança jusqu'au lit sur la pointe du pied.

Là, il lui sembla que sa sœur avait l'œil à demi-ouvert.

— Rosalie, tu ne dors pas?

Comme Rosalie ne répondit pas, elle n'insista pas et écouta si sa respiration était régulière.

N'entendant rien, l'enfant eut peur.

— Rosalie! fit-elle plus haut, Rosalie!

Et elle lui mit la main sur le front, mais elle la retira aussitôt en jetant un grand cri.

Le front était froid... ce froid moite qui semble laisser de la glace après les doigts...

Marié se précipita dans l'escalier en criant.

— Qu'y a-t-il? demanda Trumeau.

— Papa, monte, monte; Rosalie ne répond pas, elle ne respire plus!

— Hein! que dis-tu là? fit Trumeau épouvanté.

Et il grimpa vivement l'escalier; arrivé au lit de sa fille :

— Rosalie! Rosalie! mon enfant... ah! mon Dieu!...

Il prit la tête de la malheureuse; en sentant le froid de la mort, il gémit...

— Ah! mon Dieu! mon enfant! et les sanglots déchirèrent sa gorge. Oh! mais, ça n'est pas possible. Rosalie! Marie, cours, cours vite chercher le médecin.

Marie courut.

Trumeau, seul, cherchait en pleurant à ranimer son enfant, se persuadant que Rosalie n'était pas morte, croyant à une syncope; mais le corps était glacé, les membres étaient roides.

Bientôt le citoyen Caron arriva; il regarda Rosalie, et à la vue de son œil terne, il dit :

— Elle est morte.

La chambre retentit alors des cris de la sœur et du malheureux père. C'était un tableau lugubre que la vue de ces deux malheureux à genoux devant la couche mortuaire.

— Mais, dit Trumeau, quand vous êtes venu, il y a une heure, vous n'avez donc rien vu?...

— Monsieur, dit l'officier de santé, je ne comprends absolument rien à ce qui s'est passé.

— Mais vous êtes médecin, monsieur, vous devez savoir.

— Aussi, monsieur, suis-je convaincu que votre fille a succombé à un accident tout différent du malaise pour lequel elle s'était mise au lit.

— Mais quel accident?

— C'est ce qu'il faut savoir.

— Que faire?... ne pouviez-vous le prévoir...

— Monsieur, cette mort m'effraie à ce point que, sortant de chez vous, je vais aller chez le magistrat de sûreté faire ma déclaration.

— Quelle déclaration?

— Cette mort subite dont il est utile de rechercher la cause.

— Que croyez vous donc?

— Je ne crois rien, la démarche dont je vous parle est nécessaire, et je crois de votre devoir même de la faire avec moi.

— Ce soir?

— Immédiatement.

— A quoi tout cela doit-il aboutir. Croyez-vous que le malheur n'est pas assez grand ?

— Il faut cependant que cette mort s'explique.

— Que fera-t-on ?

— On fera l'autopsie.

— On ouvrira le corps de mon enfant?

— Il le faut.

— Jamais !... et puis, que penserait-on de nous, un scandale semblable?

— Je vous répète, monsieur, que l'honneur vous commande impérieusement de venir avec moi.

— C'est affreux, tout cela... c'est dire que je crois à un crime... c'est des frais énormes à faire, et nous

ne sommes pas riches... Mon Dieu! quel malheur!...
ma pauvre enfant...

— Croyez-moi, monsieur Trumeau, il faut faire
cette déposition... il est tard, je reviendrai demain...
songez-y.

L'officier de santé partit.

Et ayant fait mettre une garde près de sa fille,
Trumeau descendit fermer sa boutique.

Cette maison, si subitement passée de la gaieté
au deuil, était pleine de la vie de Rosalie. A
chaque clou de la salle à manger, dans chaque
meuble était un vêtement placé la veille par la
pauvre enfant. Aussi, malgré lui, dès qu'il n'était
plus dans la chambre mortuaire, Trumeau se refusait à croire à la mort de sa fille.

Il avait envoyé, dès le soir, sa plus jeune fille
chez une parente, et il restait toujours dans l'arrière-boutique.

Le lendemain matin Marie-Reine était pâle, mais
ses paupières rouges indiquaient qu'elle avait beaucoup pleuré... Trumeau l'avait remarqué, et il lui
savait gré de cette affection pour la pauvre morte.

— Ma pauvre enfant, disait-il, juste au moment
où elle allait se marier, oh! c'est horrible... et s'il
faut maintenant que la justice vienne ici!..

— Pourquoi la justice viendrait-elle? demanda
Marie-Reine.

— N'as-tu pas entendu M. Caron?

— Mais vous savez bien que Rosalie n'a pas été
assassinée.

— Oui, je le sais.

— Vous avez alors le droit de repousser tous ces
gens-là : un père ne laisse pas faire l'autopsie de
sa fille pour le plaisir des cancans de commères.

— Comment des cancans de commères?

— Oui.

— Que veux-tu dire ?

— Je dis que ce sont les commères qui bavardent là-dessus.

Trumeau se leva étonné, et essuyant ses yeux, il demanda :

— Les commères bavardent ?...

— Vous ne le savez pas ?

— Et que disent-elles, enfin ?

— Pardi ! elles disent que cette mort n'est pas naturelle, que vous aviez des intérêts à vous débarrasser de votre enfant.

— Moi !

— Qu'elle est morte empoisonnée.

— Empoisonnée !...

Trumeau, épouvanté, se tenait à la cheminée pour ne pas tomber... Tout ce qu'il avait d'honnête en lui se refusait de croire que des gens pussent porter une semblable accusation.

— Empoisonnée !.. empoisonnée !... répétait-il. Mais par qui ?...

— Je vous le dis... ces gens disent que tous deux nous avions un intérêt commun à ce que cette enfant n'existe plus.

— Nous ?... alors c'est...

— C'est nous !

— Grand Dieu... moi ! moi !... tuer ma fille ! Oh les monstres !

— Voilà ce qu'ils disent.

— Oh ! alors, on fera l'autopsie...

— Comment pour des cancans... vous céderez, vous vous ferez la fable de ces gens... et la pauvre chère morte sera martyrisée ! Est-ce bien un père qui dit cela ? est-ce qu'au-dessus de votre personnalité attaquée vous n'avez pas l'amour saint et sacré de votre fille ! et vous souffrirez qu'on la tue deux fois... qu'on lui ouvre le corps !

8

— Oh, non ! non ! dit Trumeau en plaçant ses mains sur ses yeux.

Vers dix heures, l'officier de santé Caron se présenta chez Trumeau et demanda à lui parler particulièrement. Marie-Reine se retira ; seul, Caron dit à Trumeau :

— Je vous ai dit hier qu'il était nécessaire que vous veniez avec moi chez le magistrat de sûreté du onzième, et je viens vous chercher à cet effet.

— Mais, dit Trumeau, pourquoi, monsieur Caron, cette prolongation de tourments et de douleurs ?

— Parce que le monde s'étonne de cette mort subite et réclame une enquête.

— Et de quel droit ces gens veulent-ils augmenter mes peines ?

— Vos refus ne servent qu'à augmenter leur accusation.

— Mais ma conscience tranquille est au-dessus de leurs propos.

— Vous refusez toujours...

— Oui, M. Caron, chez moi il n'y a que d'honnêtes gens ; je suis convaincu qu'aucuns d'eux n'a pu commettre un crime, et je ne veux pas voir faire l'autopsie de mon enfant.

— Monsieur Trumeau, j'ai le regret de vous déclarer que j'irai seul chez le magistrat.

— Mais pourquoi ?

— Parce que je tiens à constater que j'ai soigné ainsi qu'elle devait l'être la victime...

— La victime !

— Oui, monsieur, la victime ! car ma conviction est que la malade a succombé à une cause violente en dehors de sa maladie.

— Oh ! mon Dieu !...

— Je me retire, monsieur, pour faire mon devoir... Adieu...

Et le médecin se retira après avoir salué.

Trumeau était épouvanté, non de ce qu'il faisait le médecin, mais de ce qu'il lui avait dit. Sa fille était une victime, elle était morte d'une cause absolument en dehors de sa maladie. Enfin, il y avait crime. Qui avait intérêt à tuer sa fille?... Il se creusait le cerveau, lorsque, relevant la tête, il vit devant lui Marie-Reine.

— Oh! non, fit-il, comme se répondant à lui-même.

Marie-Reine comprit; depuis la sortie du médecin, elle était entrée dans la salle à manger, et elle étudiait ce qui se passait en son amant. Elle vit qu'il cherchait qui accuser, et elle sentit que c'était pour elle qu'il disait :

— Oh non !

— Vous n'avez pas été adroit, dit-elle.

— Comment cela ?

— Vous avez été faible, et la police va venir chez vous.

— Eh bien ?

— Eh bien ! c'est votre maison perdue...

— Mais cependant, s'il y a crime, je veux qu'on en punisse l'auteur.

Une rougeur fugitive passa sur les joues de Marie-Reine.

— S'il y a crime, il ne peut être commis que dans votre maison.

— Que veux-tu dire ? dit Trumeau la regardant fixement.

— Je veux dire, fit celle-ci embarrassée, que c'est vous et votre fille jeune qui seuls avez soigné Rosalie ; je ne l'ai pas vue depuis le jour où elle montée se coucher.

— C'est vrai !

— Tout cela est donc de la folie... Ce n'est ni vous ni Marie...

— Raison de plus pour laisser faire alors.

On frappa à la porte de la rue. Marie-Reine devint pâle et gagna la cuisine.

Trumeau alla ouvrir la porte, quatre hommes entrèrent ; parmi eux était Caron qui avait soigné Rosalie et qui dit en entrant :

— Monsieur Trumeau je vous présente le citoyen Saunay, magistrat de sûreté du onzième, mon collègue Bérard et le citoyen... qui accompagne le commissaire.

— Entrez, messieurs, fit tristement Trumeau ; monsieur le commissaire, veuillez vous asseoir.

En disant ces mots, le pauvre homme présenta des siéges, et resta debout appuyé sur le comptoir.

Le commissaire regarda fixement Trumeau, et lui dit :

— La mort subite de votre fille a obligé l'officier Caron à me requérir pour la constatation d'un décès qui lui paraît devoir être attribuée à une autre cause qu'au mal qu'il soignait.

— M. Caron m'a fait déjà cette observation.

— Pourquoi avez-vous refusé d'accompagner le citoyen Caron au bureau ?

— Parce que, Dieu merci, je ne crois pas à un crime.

— Votre fille était malade depuis combien de temps ?

— Un jour ! monsieur le commissaire. Et Trumeau ne pouvant plus contenir ses larmes, pleura en répondant.

— Comment ce malaise s'est-il déclaré ?

— Mon Dieu, monsieur le commissaire, Rosalie s'est levée hier à la même heure que d'habitude ; sitôt son premier déjeuner elle a éprouvé des envies de vomir ; lors du déjeuner de midi, elle a à peine mangé ; voyant cela je lui ai fait faire du thé. Mais ça n'a rien fait, alors elle s'est couchée ; voyant qu'elle n'allait pas mieux, j'ai envoyé chercher le médecin, M. Caron, qui a ordonné une potion qu'on a fait faire immédiatement, elle en a bu deux cuillerées et...

Là, Trumeau éclata en sanglots.

— Et ? reprit le commissaire.

— Et trois quarts d'heure après elle était morte.

— Il y a là un mystère étrange que je ne m'explique pas... Citoyen Caron, avez-vous examiné cette jeune fille après sa mort ?

— Non, monsieur le commissaire.

— N'y aurait-il pas suicide ?

— Comment, suicide ? fit Trumeau étonné.

— N'avait-elle pas de motifs de chagrin ?

— Non, monsieur le commissaire, au contraire, prochainement elle devait se marier de son plein consentement, de son choix même.

— Elle n'avait pas reçu d'avis, de lettre sur son fiancé ?

— Non, monsieur le commissaire ; pendant toute la journée d'hier, au contraire, elle n'a cessé de désirer sa présence.

Le commissaire se leva et dit :

— Messieurs, vous allez voir le corps, et s'il est possible, découvrir la raison de cette mort subite.

Trumeau guida les quatre hommes, qui montèrent et entrèrent dans la chambre.

Rosalie était étendue comme au moment où Trumeau était monté, le corps raidi dans le lit dont les draps et les couvertures étaient bien bordés et bien arrangés. La tête était tournée du côté du mur.

Sur la table de nuit brûlait une bougie. Près le corps inanimé une femme veillait.

— Monsieur Trumeau, veuillez vous retirer avec la garde et nous laisser seuls...

Trumeau, fondant en larmes, se retira en gémissant.

— Oh ! mon enfant ! ma pauvre enfant !

Quand le magistrat, un agent et les officiers de santé furent seuls, le commissaire demanda au citoyen Caron :

— Avez-vous quelques observations à faire ?

— Oui, monsieur le commissaire.

— Bien ! Frelin, écrivez !

Frelin était le grand gaillard qui accompagnait le commissaire ; il était maigre et long comme une latte ; sa tête en lame de couteau avait l'aspect d'une tête de fouine ; son œil petit, mais plein d'éclairs, était protégé par une paire d'immenses lunettes ; quoique paraissant âgé de vingt-cinq à trente ans, il était atteint d'une calvitie qui ne lui laissait de chaque côté de la tête que deux mèches rousses, semblables à des oreilles de chien.

Vêtu de vêtements trop courts, ses pieds et ses mains paraissaient immenses ; les mains surtout avaient de gigantesques proportions. Quand le commissaire lui dit d'écrire, Frelin mit simplement un cahier de papier dans la main ouverte, et s'en servant comme d'un pupitre, il écrivit :

— Qu'avez-vous à dire ? demanda le commissaire.

— Voici, dit le citoyen Caron : lorsque je vins voir la première fois la malade, la chambre était en désordre, le lit à moitié défait.

— Peut-être la malade a-t-elle demandé qu'on mette un peu d'ordre dans sa chambre et qu'on refasse son lit.

— Permettez, monsieur le commissaire... lorsque l'on m'envoya chercher une seconde fois...

— Alors qu'elle venait de mourir ?

— Oui, monsieur le commissaire.

— Qui vint vous chercher ?

— La plus jeune fille de Trumeau.

— Quel âge ?

— Environ dix ou onze ans... Elle me dit qu'elle craignait que sa sœur fût morte : étonné, et pendant que je me disposais à la suivre, je m'informai de l'état où elle était : elle me raconta que lorsqu'elle était montée pour donner une potion à sa sœur, celle-ci était dans un tel état que le lit était complètement défait, tant elle s'agitait ; qu'un moment abattue, elle était retombée la tête sur l'oreiller, tournée de ce côté... Quand je vins, le lit était en ordre, comme il est là, bien bordé... et la tête de la pauvre fille, ainsi que vous la voyez, tournée du côté du mur... Tous les vases qui étaient dans la chambre avaient été enlevés.

— C'est assez singulier, fit le commissaire regardant Frelin.

— Oui ! acquiesça Frelin de la tête.

— Avez-vous parlé de cela à M. Trumeau ?

— Non, monsieur le commissaire. J'ai cru devoir vous faire juge...

— Vous avez eu raison... Que pensez-vous de cela, Frelin ?

— Je prie monsieur le commissaire, dit celui-ci, de faire rechercher la cause apparente de la mort aux médecins, et je lui ferai part de mes observations après cette constatation.

— Messieurs, fit le commissaire, veuillez procéder.

Les deux officiers de santé tirèrent le lit au milieu de la chambre et découvrirent le cadavre.

En bas, dans la boutique, le père hurlait de douleur et sanglotait en entendant le craquement lugubre du lit mortuaire déplacé.

Rosalie, encore embellie par la mort, — si cela était possible, — avait le visage calme et doux d'une vierge endormie. Les couvertures enlevées, le corps démentait ce calme apparent.

Les bras et les mains étaient raidis, la contraction
s'étendait jusqu'aux doigts; la cuisse droite, ren-
versée, était violemment portée sur la gauche du
ventre; le corps était comme coupé.

L'officier de santé Caron plaçant sa main sur l'estomac, y sentit encore une certaine chaleur, l'ayant
fait observer à son collègue, il lui dit :

— Que pensez-vous ?

— Je crois utile, fit celui-ci, de procéder à l'autopsie.

— C'est aussi mon idée, si M. le magistrat nous
y autorise.

— Faites, dit celui-ci.

Avec ce calme froid que donne l'habitude, les deux
médecins retroussèrent leurs manches, et le commissaire s'accouda sur le bateau du lit pour assister à
cet épouvantable tableau.

Prié par les médecins, Frelin se disposa à écrire
sous leur dictée.

Caron dicta :

« La poitrine et le ventre prouvent entièrement une
phlogose (ou inflammation), le foie plus volumineux,
les poumons sont flasques et légèrement adhérents.
L'estomac, qui ne contient rien de particulier exté-
rieurement, contient environ trois demi-setiers de
liquide noirâtre, comme du sang décomposé, dans
lequel est une très-grande quantité de matière comme
cuivreuse et d'une espèce grisâtre, paraissant métal-
lique et ressemblant sous les doigts à du sable. »

On plaça toutes ces matières dans un vase cacheté
et scellé du sceau de Trumeau.

L'estomac était, dans son intérieur, totalement
dénué et complétement enflammé, ses membranes
nerveuses entièrement détruites, et toutes les parois
considérablement chargées des mêmes substances dé-
létères et corrosives.

Le tout fut enlevé et renfermé dans un second vase scellé comme le premier.

Enfin, Caron, après avoir consulté son collègue, dit au magistrat :

— Ayant consulté mon collègue, nous certifions tous deux que Rosalie Trumeau est morte parce qu'elle a mangé ou bu une substance délétère quelconque.

Le magistrat fit alors remonter Trumeau qui, à une demande déjà faite, avait refusé d'assister à l'autopsie, s'en remettant à la constatation faite par les officiers, celui-ci monta tout en larmes, pâle et les yeux rouges.

On avait recouvert le corps de la malheureuse enfant, dont le visage doux et calme, en dépit de l'horrible opération, semblait sourire au ciel.

— Que me voulez-vous, messieurs ! fit celui-ci, détournant les yeux du lit.

— Monsieur Trumeau, le résultat des constatations est que votre fille est morte empoisonnée.

Trumeau regarda le magistrat, l'agent, les médecins, son regard exprimait :

— Voyons, vous me parlez sérieusement ? vous n'êtes pas fou ?...

— Empoisonnée...cria-t-il. Mais par qui, monsieur !

— Nous avons mission de le rechercher... Ditesnous, avez-vous du poison. chez vous ?

— Du... du poison, répondit Trumeau abruti, pleurant, sans voir, et ne sachant pas ce qu'on lui disait... du poison... non, non... je ne vends pas ça .. empoisonnée... ah ! mon Dieu ! mon Dieu ! mais je suis donc maudit !

Puis se jetant à genoux au pied du lit de sa fille, il s'écria sanglotant :

— Rosalie, mon enfant, mon Dieu, tu entends ce qu'on dit... toi si bonne, si douce, entends-tu... mais

tu n'avais pas d'ennemis, ma pauvre enfant... On se
trompe, voyons... Rosalie, Rosalie, ah ! mon Dieu,
ma fille...

Comme abattu, sans force, vaincu par la douleur,
il retombait sur le lit. Frelin et Caron le prirent
chacun par un bras, le relevèrent et le conduisirent
jusqu'à l'escalier, lui disant :

— Allons, monsieur Trumeau, du courage, voyons,
du courage !

— Ah ! vous ne savez pas ce que c'est, vous, que
de perdre ses enfants à cet âge-là ! Vous...

— Allons, venez...

On le descendit dans la boutique ; là, il s'assit, et
après quelques instants, redevenu plus calme, le
magistrat lui dit :

— Plus le malheur est grand, plus il faut du
courage pour le supporter. Trumeau, soyez homme;
les praticiens viennent de vous déclarer que la mort
de votre enfant doit être attribuée à un crime...
Quel motif pouvait pousser ceux qui l'ont commis?...
Voilà ce qu'il faut rechercher. Peut-être n'est-ce
qu'une première victime; de nouveaux crimes sont-
ils prémédités ? Il faut, monsieur Trumeau, être
homme et nous aider à rechercher les criminels...
Votre enfant ne peut avoir de vous aujourd'hui
qu'une chose, le châtiment de ceux qui l'ont tuée.

— Oui, monsieur le commissaire, dit Trumeau
d'une voix hoquetante de sanglots et essuyant ses
yeux du revers de sa manche.

— Voyons, procédons lentement...

— Je suis à vos ordres.

— Avez-vous ici de l'arsenic ?

— Oui, monsieur.

— Tout à l'heure, vous avez dit ne pas avoir de
poison...

— Je n'ai pas la tête à moi !

Le magistrat et Frelin se regardèrent. Frelin
cligna de l'œil.

— Où est cet arsenic ?

— Voici.

Trumeau grimpa sur un comptoir, atteignit un
tiroir dans lequel il prit un petit paquet qu'il remit
au citoyen Caron.

Frelin regarda le paquet, et d'une voix d'enfant
observa :

— Le papier qui l'enveloppe a été très-récemment
ouvert.

— Oh non ! fit Trumeau, je n'ai pas permis d'en
vendre, et je n'en ai servi à personne.

— Comment se fait-il, demanda le magistrat de
sûreté, que vous en ayez alors ?

— J'ai demandé l'autorisation d'en acheter, il y
a déjà quelque temps, pour détruire les rats qui me
ravageaient tout. Comme ça n'a rien fait, j'y ai re-
noncé, et je l'ai mis dans ce tiroir, que l'on n'ouvre
jamais.

Pendant que Trumeau expliquait la possession de
l'arsenic, l'officier de santé Burard comparait le grain
de cet arsenic à un grain trouvé dans l'estomac de
Rosalie Trumeau ; il dit :

— Mais remarquez donc !... Cet arsenic est semblable à celui trouvé dans l'estomac de la victime...

— Ah ! fit Trumeau indifféremment.

Cette fois encore, le magistrat regarda Frelin ;
celui-ci hocha la tête.

Le citoyen Saussay, le magistrat de santé, demanda alors aux deux médecins :

— Vous déclarez donc, messieurs, que la victime
a été empoisonnée ?

— Pardon, monsieur le commissaire, fit Burard,
nous *croyons*, nous *supposons* qu'elle a été empoisonnée, mais, nous demandons à ce que les matières

recueillies et scellées par nous aujourd'hui soient soumises en notre présence à l'analyse des professeurs du laboratoire de l'École de médecine.

— Vous ne pouvez affirmer !

— Mon collègue Burard, reprit Caron, désire ne pas prendre sur nous seuls la responsabilité d'une pareille affirmation.

— Néanmoins, votre conviction est telle ?

— Oh ! absolument, firent en même temps les deux officiers de santé.

Se tournant vers Trumeau, le magistrat Saussay lui dit :

— Je reviens, M. Trumeau, sur une question que je vous ai déjà faite. Vous êtes sûr que votre fille n'avait aucun motif de chagrin assez grave pour lui faire concevoir l'idée de se débarrasser de l'existence.

— M. le commissaire, je ne puis y croire... cependant j'y croirais plutôt qu'à un crime commis.

— Quelle cause alors croyez-vous capable d'avoir poussé la pauvre enfant à une odieuse extrémité ?

— L'état de nos affaires, monsieur le commissaire; depuis quelques années, le commerce est moins florissant, et nous sommes dans une position moins fortunée.

— Ce ne sont point là des motifs suffisants pour pousser une jeune fille au suicide...

— La chère enfant n'en avait pas d'autre.

Frelin prenait toujours des notes, il se pencha à l'oreille de son chef et lui parla bas. Le magistrat hocha la tête comme pour approuver son dire, et demanda à Trumeau :

— Vous vivez seul avec votre enfant ?

— J'ai une autre fille.

— Quel âge a-t-elle ?

— Treize ans.

— Vivant en bonne intelligence avec sa sœur ?

— Les deux enfants s'adoraient.

— Où est cette enfant ?

— Sitôt que le malheur est arrivé, je l'ai immédiatement envoyée chez une parente.

— Qui a soigné votre fille ?

— M. Caron, fit Trumeau désignant le médecin.

— Je le sais, ce n'est pas ce que je vous demande; qui préparait les tisanes, les médicaments ?

— C'est moi, monsieur... ou la petite...

— Et personne n'est venu chez vous, personne n'est entré, ou n'a visité votre fille ?

Trumeau réfléchit quelques instants.

— Non monsieur !

— Votre enfant était pour se marier ?

— Oui monsieur.

— Qu'est-ce que son futur ?

— Il se nomme Eustache Bizot, c'est un garde consulaire qui a son congé depuis quelques jours.

— Est-il venu visiter la malade ?

— Non, monsieur.

— Quand est-il venu ici la dernière fois ?

— Il y a trois jours.

— Votre fille n'a pas eu de scène avec lui ?

— Au contraire, monsieur le commissaire.

— Il y a trois jours, c'est juste la veille de la mort.

— Oui, monsieur.

— Eh bien, mais c'est très-important.

— Mais, monsieur le commissaire, mon enfant n'a été malade que hier soir...

— Cela n'est pas possible.

En disant ces mots, le magistrat se tournait vers Caron.

— Oui, monsieur le commissaire, répondit celui-ci, j'ai vu la malade hier au soir à sept heures, et la jeune fille n'avait rien.

— Cependant, il n'y a pas à sortir de ce cercle.
Un crime a été commis ; la victime n'est pas sortie
hier ; personne ne l'a vue que vous et votre fille,
l'assassin, quel qu'il soit, est donc ici.

— Pourtant, monsieur le commissaire, je ne puis...

Puis tout à coup, ouvrant démesurément les yeux,
pâlissant, Trumeau s'interrompit en disant :

— Ah mon Dieu, mais non, c'est impossible.

— Que voulez-vous dire, firent en même temps
le magistrat et les médecins.

Frelin clignant des yeux observait le visage de
Trumeau, celui-ci reprit :

— Je vous disais que nous étions ici seulement
ma fille et moi et il y a aussi Marie-Reine.

— Marie-Reine ! qui soignait votre fille.

— Non, mais qui est à la maison.

— Qu'est-ce que Marie-Reine ?

— C'est une jeune fille de vingt-deux ans.

— Votre bonne...

— Ma bonne... c'est plus.. dit Trumeau rou-
gissant.

— Que voulez-vous dire ? demanda le magistrat.

Comme Trumeau était embarrassé, qu'il baissait
les yeux et semblait vouloir éviter une explication,
la curiosité du magistrat fut éveillée.

C'est que la situation immorale dans laquelle le
malheureux vivait était difficile à avouer, surtout à
des agents de l'autorité. Dans la maison sacrée, dans
le temple saint de la famille, il n'avait pas craint
d'amener une femme, sa maîtresse ! Lorsque l'amour
fougueux qui l'avait étreint lui avait assez brûlé le
cerveau pour lui faire perdre tout respect humain,
n'ayant compte à rendre de sa conduite qu'à lui-
même, il s'était facilement persuadé que lui seul
savait le titre réel de Marie-Reine dans son intérieur. Marie-Reine était sa bonne. En ce moment il

comprenait l'étendue de son immoralité : il ne savait
que répondre.

Le commissaire renouvela sa demande en lui
disant :

— Que voulez-vous dire ?

— M. le commissaire doit me comprendre, dit-il
en grimaçant un sourire plein de confusion.

— Voulez-vous dire que vous entreteniez des
relations avec votre bonne ?

Trumeau acquiesça par un silence.

— Comment, chez vous, dans le logis habité par
vos enfants ?

Le pauvre diable sentait trop en ce moment combien il avait été coupable pour oser parler, tant est
vrai cette maxime :

« Ne fais jamais ce que tu n'aimes pas avouer. »

— Croyez-vous cette femme capable...

— Elle ! interrompit Trumeau, oh ! jamais monsieur, je réponds d'elle comme de moi, depuis hier
la pauvre fille est en larmes.

— Votre fille savait-elle ce qu'était pour vous
cette Marie-Reine ?

— Je le crois, monsieur, fit Trumeau tout rouge.

— Il n'en était pas résulté entre ces deux femmes
une certaine antipathie...

— Non, monsieur.

— Elle vivait toujours en bonne intelligence ?

— Pas toujours, vous savez que c'est presque
impossible entre femmes... mais le plus souvent.

— Ces jours derniers il n'y avait rien eu ?

— Non, monsieur le commissaire, elles s'étaient
fâchées ces jours-ci ; mais Marie-Reine était revenue
la première...

Frelin, qui s'était penché sur le commissaire, demanda de sa douce voix :

— Monsieur le commissaire, il faudrait savoir

quelle est cette femme, depuis combien de temps
elle est ici.

— C'est vrai... dites-moi depuis combien de temps
cette fille est-elle à votre service.

— Depuis trois ans... non, depuis un an...

— Pourquoi cette reprise, demanda Frelin.

Trumeau était embarrassé, il hésitait, enfin prenant un parti, il dit :

— Je suis veuf depuis trois ans, à cette époque,
j'allais chez un ami avoué à Dieppe pour lui demander conseil dans mes affaires qu'il connaissait parfaitement. C'est alors que je connus Marie-Reine

— A Dieppe?

— Oui, monsieur le commissaire, à Dieppe, son
pays.

— Quel est son nom véritable, ce n'est pas un
nom, ça ?

— Si, monsieur, elle se nomme Marie-Reine-
Françoise Chantal-Lavandière... elle était couturière de son état, m'a-t-elle dit.

— Vous l'amenâtes avec vous ?

— Non, monsieur le commissaire, deux mois seulement après mon retour elle vint à Paris, je lui louai
alors un petit logement rue du Four-Saint-Germain.

— Vous la voyiez là !

— Oui, monsieur.

— C'est ce que vous auriez toujours dû faire... il
est incroyable qu'un père ose amener sa maîtresse
dans la maison de ses enfants.

Trumeau ne répondit pas.

— Quand vint-elle se fixer chez vous ?

— Il y a un an environ.

— Est-ce vous ou elle qui l'avait désiré ?

— Oh ! c'est moi, elle ne voulait pas, au contraire.

— En disant cela, le malheureux Trumeau le
croyait.

— Elle craignait d'avoir des raisons avec ma fille.

— Cela ne se réalisa-t-il pas ?

— En effet, monsieur le commissaire, dans les premiers temps c'étaient des reproches de ma fille...

— Elle avait raison...

— Quelquefois, elles se sont chamaillées ensemble, mais ça n'avait pas de fond. Marie-Reine a le meilleur cœur du monde... et ma fille était la bonté même...

— Et récemment, il n'y a rien eu entre elles ?

— Non, monsieur le commissaire, depuis un mois elles vivaient en bonne intelligence, au reste, je vous le répète, Marie est une honnête et brave fille qui a souffert, et n'est ma position avec mes enfants et la différence d'âge, je l'épouserais.

— Quel âge a-t-elle ?

— Vingt-trois ans...

— Mais elle est plus jeune que votre fille...

Trumeau se tut et baissa les yeux.

Frelin tendit le nez et demanda :

— Cette fille n'est-elle pas ici ?

— Si, monsieur.

— Appelez-là.

Trumeau alla ouvrir la porte de l'arrière-boutique. Marie-Reine était dans le fond de la salle, la tête dans les mains, comprimant ses larmes. Pour un observateur, il était évident que, depuis une minute à peine, la fille avait quitté l'entre-bâillement de la porte où elle avait tout entendu. Trumeau ne vit pas cela.

— Reine, mon enfant, venez une minute, dit-il.

Marie-Reine se leva, du revers de ses mains fines, elle essuya ses yeux et vint dans la boutique.

Elle fut accueillie des trois hommes par un murmure flatteur. Nous disons des trois car Frelin ne fit que cligner de l'œil, c'était sa façon de mieux voir.

9

Elle était très-belle Marie-Reine, tout en écoutant ce qui se disait dans la boutique, elle n'avait pas perdu son temps. Elle savait que tout dépend de la première impression, et elle voulait que cette impression fût bonne. Pour nous servir de l'expression juste des gens de théâtre, elle s'était fait une tête. Tête de Madeleine en larmes qui à première vue mit tout sens-dessus dessous le cerveau des trois hommes... Frelin est toujours excepté.

— Que demandez-vous, messieurs ? fit-elle.

Après l'avoir considérée pendant quelques minutes, M. Saussay dit à Marie-Reine :

— Mon enfant, nous avons besoin de renseignements précis sur les derniers moments de la fille de votre maître, pouvez-vous nous aider ?

— Mon Dieu, monsieur, j'étais si loin de me douter de ce qui arrivait, que je ne me suis pas du tout occupée d'elle...

— Vous viviez en bonne intelligence avec elle ?...

— Oh ! oui, monsieur, nous nous étions fâchées il y a deux jours, mais pas sérieusement.

Le commissaire regarda Trumeau et lui dit :

— Mais, vous nous aviez caché ce détail.

Trumeau, embarrassé, ne savait que répondre ; c'était pour éloigner de Marie-Reine, qu'il aimait, tout soupçon, qu'il avait à dessein omis de parler de la scène que Marie-Reine avouait effrontément.

— C'est vrai... je l'avais oublié, c'était si peu important...

Le naïf ne voyait pas le jeu terrible de Marie-Reine. Cachée derrière la porte, elle avait entendu l'interrogatoire du commissaire ; elle sentait qu'il fallait au plus tôt éloigner d'elle les soupçons. Le crime était découvert ; il fallait trouver l'auteur... et Marie-Reine avait des raisons pour craindre la vérité.

Trumeau, convaincu d'abord que Marie-Reine

n'était pas coupable d'un crime aussi odieux, était prêt à la servir, à la défendre.

Reine, au contraire, voulait se défendre, et était prête à accuser.

Le magistrat reprit :

— Quand votre maîtresse est tombée malade, vous avez dû cependant vous occuper d'elle, vous avez dû préparer ses tisanes.

— Non, M. Trumeau s'y est opposé.

— Comment cela ?

— Il a voulu les préparer lui-même.

— Ne montiez-vous pas à sa chambre ?

— Non, monsieur, c'est Marie, la sœur de Rosalie, qui montait.

— Connaissiez-vous à Rosalie quelque ennemi ?

— Non, monsieur.

— Personne n'est venu ici dans la journée d'hier ?

— Personne !

Frelin avança encore sa tête de fouine jusqu'à l'oreille du commissaire et lui dit bas :

— L'instruction faite ici ne servira à rien.

— Pourquoi ?

— Pour savoir il faut les interroger séparément. Surtout être renseigné par la plus jeune sœur qui vous mettra au courant des habitudes de la maison.

— Vous avez raison. Mon enfant, dit plus haut le commissaire en s'adressant à Marie-Reine, vous pouvez retourner à votre ouvrage.

— Monsieur Trumeau, nous allons nous retirer, vous aurez ce soir l'autorisation d'inhumer ; nous vous prions, sitôt ce douloureux devoir accompli, de chercher, de fouiller, de nous aider dans l'enquête que nous allons commencer. Vous n'avez, vous, un doute ni une probabilité...

— Mon Dieu, monsieur, je n'aurais pas voulu y croire, et cependant cette idée que je vous ai entendu émettre est la seule qui pourrait être, et j'en cherche vainement le motif.

— Quelle idée ?

— Le suicide.

— J'y crois peu, monsieur Trumeau. Nous nous retirons ; demain vous serez cité chez le substitut du commissaire du gouvernement près le tribunal criminel. Sortons, messieurs.

Les officiers de santé sortirent ; le commissaire les suivit... Frelin marchait derrière, clignant de l'œil, la tête constamment tournée du côté où était allée Marie-Reine.

Celle-ci, cachée derrière la porte de l'arrière-boutique, écoutait et observait. Elle vit le mouvement de Frelin, et dans un ironique sourire elle dit :

— Celui-là pourra me servir.

Trumeau avait reconduit les quatre hommes à la porte lorsque Frelin se retournant demanda :

— Nous n'avons pas vu votre plus jeune fille.

— Elle est chez une parente.

— Ah ! où donc ?

— Chez sa marraine, madame Mallandier, rue Saint-Jacques, 21.

— Mallandier, rue Saint-Jacques, 21, répéta Frelin, très-bien, au revoir, M. Trumeau.

Les quatre hommes s'éloignèrent, Trumeau ferma la porte et se retira dans l'arrière ; là, accroupi plutôt qu'assis, il pleura.

Le 24 nivôse, les quatre hommes se trouvaient encore réunis dans l'arrière-boutique, deux professeurs de chimie s'étaient joints à eux. Les deux vases contenant l'un l'estomac du cadavre ouvert la veille, l'autre les substances et matières extraites lors de cette ouverture, leur furent remis ainsi que le reste de la potion.

Ayant soigneusement opéré sur le tout, les deux

professeurs déclarèrent que la matière trouvée sous la forme du petit grain dans l'estomac, et qui tapissait une partie de son intérieur, était un véritable acide arsenical, connu dans le commerce sous le nom d'arsenic blanc ; qu'une semblable matière formait le sédiment trouvé au fond du liquide extrait de l'estomac, que la quantité de cette matière trouvée tant dans l'estomac que dans le liquide qu'il contenait était plus que suffisante pour produire l'empoisonnement et la mort de Rosalie Trumeau.

Que la potion ne contenait rien d'étranger à l'ordonnance prescrite par l'officier de santé et rien de préjudiciable à la position où se trouvait alors la malade, qu'il manquait environ à cette potion une once de fluide équivalant à deux cuillerées.

La conclusion était terrible, il n'y avait plus de doute : Rosalie Trumeau avait été empoisonnée par l'arsenic semblable à celui contenu dans les paquets trouvés chez Trumeau.

Après ces constatations, les officiers de santé, les professeurs, le commissaire et Frolin se retirèrent.

En gagnant le palais de justice, le magistrat demanda à ce dernier :

— Eh bien ! que pensez-vous de cette affaire ?

— Moi, fit Frolin de sa voix tranquille, sitôt que nous serons dans votre bureau je vais vous conter le crime.

— Vous connaissez le coupable, fit le commissaire stupéfait.

— Les coupables, oui... hâtons-nous, car il est prudent de s'en assurer.

Le commissaire connaissait assez son agent pour avoir confiance en sa parole, car obéissant, il hâta le pas sans répliquer.

Dès qu'ils furent arrivés dans le cabinet du commissaire, celui-ci dit à Frolin :

— Maintenant que nous sommes seuls, je vous écoute.

Comme Frelin ne craignait pas la flamme du regard du commissaire, il retira ses lunettes, puis plaçant une chaise tout à côté de celle de M. Saussay, il s'assit.

— En deux mots, voici la chose, fit-il : la victime a été empoisonnée par son père et sa concubine, Marie-Reine Chantal.

— Vous le croyez ?

— Je ne crois pas. La logique parle. Trumeau n'est point un méchant homme, c'est un imbécile de cette classe appelée les bons garçons. Faible comme tous les hommes qui, à son âge, rencontrent une femme assez éhontée, étant jolie et jeune, pour accepter le ridicule amour de leurs cheveux blancs. Honnête, il est persuadé que, sitôt sa fille mariée, il épouserait Marie-Reine ; toujours devant Rosalie il a voulu faire croire que cette fille n'était que sa bonne. Les privautés prises par cette fille ont choqué les enfants. Rosalie s'est déclarée carrément contre cet envahissement. Femme, elle luttait en femme, c'est-à-dire, sourdement, sans jamais dire un mot à son père, et toujours écrasant de sa supériorité d'honnête fille cette... rouée amenée par son père chez eux. Trumeau n'a rien vu, alors que la guerre était inerte, il a cru à la paix. Il s'est dit : « Allons, les enfants s'entendent, Dieu soit béni ! » La jeune fille, par son mariage prochain, complotait le renvoi de la fille... et celle-ci qui sentait que, l'heure des comptes venue, elle était perdue, n'a pas hésité...

— Vous la croyez coupable alors ?

— Ecoutez-moi... Chaque jour, elle a dit à Trumeau « Tu es perdu, ta fille va te demander des comptes, l'argent dissipé tu ne peux le lui rendre... tu es perdu, déshonoré... Que faire, a dit Trumeau?...

Alors avec le travail lent de la haine, elle a raconté chaque soir, chaque nuit, des plaintes, des reproches, des menaces de la fille contre son père... Trumeau a cru, un jour il a dit : Si je n'avais cette enfant, que je serais heureux ; de ce jour... Rosalie a été condamnée...

— Vous concluez ?...

— Je conclus que Marie-Reine a préparé le poison que Trumeau a donné à sa fille en feignant de ne rien savoir.

— Alors, les deux sont coupables.

— Oui !

— Je vais immédiatement les faire arrêter.

— Gardez-vous en bien, laissons-les ensemble quelques jours encore, ils vont bâtir leur système de défense.

— C'est justement pour ça !

— Mais nous avons une enfant de treize ans qui n'est plus chez eux... qui ne dira que la vérité et qui nous guidera dans leur déclaration.

— Vous avez vu cette enfant ?

— Oui.

— Que dit-elle ?

— Elle accuse son père.

— Vraiment, mais il faut la faire venir et l'interroger.

— C'est fait.

— Et le résultat ?

— C'est ce résultat qui me fait vous déclarer ce que je viens de dire. Trumeau nous cache beaucoup de choses, Marie-Reine nous mentait.

— Mais que savez-vous ?

— L'enfant m'a dit que sa sœur redoutait et présageait la mort cruelle qui devait bientôt la frapper. Elle a dit à différentes personnes devant l'enfant qui l'a entendue :

— « Si je ne préparais moi-même les aliments qui

me nourrissent, je craindrais d'être empoisonnée. »

— Elle a dit cela !

— Ce n'est pas tout, monsieur le commissaire...

— Continuez.

— Marie Trumeau assure que son père était beaucoup refroidi pour sa sœur, parce que celle-ci, depuis la mort de sa mère, lui reprochait souvent sa conduite... Quelquefois, furieux, il la maltraitait.

— C'est l'enfant qui vous a dit cela ?

— Oui et très-naïvement, la pauvre petite... Elle comme sa sœur ne pouvait sentir Marie-Reine, celle-ci étant souvent comblée de présents, pendant que toutes deux manquaient des choses nécessaires.

— Elle hait Marie-Reine ?

— Elle en a peur, surtout, car celle-ci, forte et vigoureuse, et surtout sûre de l'appui de Trumeau, se portait envers elle à des violences autorisées, car le père donnait toujours tort à sa fille.

— Tout ceci est d'une gravité énorme et jette un jour nouveau... cet homme m'avait semblé le plus bon homme du monde.

— Voici un fait : ces jours derniers, la fille Marie-Reine Chantal poussa ses violences jusqu'à traîner la petite fille par les cheveux, parce qu'elle avait voulu s'opposer aux fureurs qu'elle exerçait à tort sur Rosalie qu'elle menaça en lui disant :

« Tu passeras par mes mains.

— Vous avez écrit toutes ces déclarations ?

— Oui... Ce n'est pas tout... Marie-Reine a dit à un commis que j'ai vu hier soir : « C'est Trumeau qui a fait le coup sur sa jeune fille... Je ne peux pas être soupçonnée, je ne savais pas même qu'il y avait de l'arsenic dans la boutique, où je n'allais presque jamais.

— Ces paroles sont-elles vraies ?

— Elles m'ont été répétées par une femme du voisinage. Marie-Reine ajouta que quatre jours avant la mort de Rosalie, Trumeau fit éclater contre elle une grande colère, parce qu'elle exigeait des comptes sur les biens de sa défunte mère, et parce qu'elle lui témoignait son mécontentement de ce qu'il avait pris des arrangements pour hypothéquer une maison qui faisait partie de son bien. Il la traita de fille dénaturée qui ne songeait qu'à elle ; il lui donna encore plusieurs noms injurieux. Depuis cette scène, il ne lui parla pas, si ce n'est la veille de sa mort, qu'il l'embrassa en s'allant coucher.

— Mais tout cela est très-important... et vous ne voulez pas qu'on s'en empare ?

— Si, monsieur le commissaire, mais demain seulement ; je suis convaincu de la culpabilité de Trumeau, je le suis moins de celle de la fille Chantal... je veux aujourd'hui demander une place à la prison où elle sera enfermée pour la faire parler.

— Je vous comprends... Vous allez au ministère de la police porter les rapports.

— Oui, monsieur le commissaire.

Les rapports copiés et signés, Frelin partit. Marchant seul sur les quais, son hideux sourire sur les lèvres, il disait bas :

— Oh ! je la verrai cette fille...

Le lendemain, Henri-Augustin Trumeau était arrêté et incarcéré à la prison de la Force... Marie-Reine Chantal-Lavandière était conduite et enfermée aux Madelonnettes.

VIII

Nous avons laissé Bizot dans sa cellule, le jour où se commettait l'empoisonnement de sa fiancée. Après avoir vainement cherché à correspondre au dehors, c'est-à-dire à faire parvenir à sa mère une lettre de lui, le pauvre diable, découragé, s'était jeté sur la paillasse qui servait de lit. L'interrogatoire qu'il avait subi, la lettre qu'on lui avait présentée, et à laquelle il n'avait plus rien compris, avait fatigué son cerveau. Après quelques minutes de repos, il s'endormit. Il s'endormit le pauvre Bizot, avec deux grosses larmes sur les yeux, un nom sur les lèvres : Rosalie.

Il dormait depuis deux heures à peine lorsqu'il fut réveillé par le bruit des verroux et par le pas de deux hommes.

— Holà ! levez-vous, lui dit le geôlier.

— Qu'est-ce qu'il y a ?... Venez-vous me mettre en liberté... Oh ! l'air !

— Oui, oui, vous allez en avoir de l'air...

En disant ces mots, le geôlier regarda en riant les deux hommes qui l'accompagnaient. Ceux-ci rirent.

Comme Bizot ne comprenait pas, il fut debout, et plein d'espérance il dit :

— Je suis à vos ordres, messieurs.

Les deux hommes se mirent chacun d'un côté de Bizot, le geôlier marcha devant lui et l'on se rendit au greffe ; là, le pauvre diable signa le registre d'écrou, et on sortit.

Il était joyeux Bizot, il allait revoir sa mère, sa fiancée, il bouillait d'être dehors, il voulut courir... mais une main nerveuse le saisit au col.

— Qu'est-ce que c'est, fit un des hommes, déjà on veut jouer des mollets.

— Attends, attends, dit l'autre et il glissa une corde aux bras et aux jambes du prévenu.

— Mais voulez-vous me laisser, criait celui-ci, puisque je suis libre ; à moi, au secours.

— Des cris, reprit le premier, on va faire taire le citoyen.

Un foulard roulé fut appliqué sur la bouche et

solidement noué derrière la tête du malheureux.
Ceci fait, les deux hommes le hissèrent dans un
cabriolet. L'un des deux hommes prit les rênes et
la voiture se dirigea vers Saint-Sulpice, en passant
place Saint-Michel. Quand Bizot vit les fenêtres de
sa chère Rosalie, un sanglot roula dans sa gorge.

Pauvre garçon, il ne se doutait pas du drame
qui se passait derrière les rideaux blancs.

La voiture passa devant Saint-Sulpice vers neuf
heures ; une demi-heure après elle s'arrêtait à la
barrière Vaugirard ; là, un des hommes descendit
en disant à l'autre :

— Nous avons dix minutes à attendre.

Effectivement, dix minutes après, la diligence du
Mans s'arrêtait, un homme passait la tête à la
portière du coupé.

L'agent qui était sauté du cabriolet allait vers
lui et disait :

— Il est là.

— Bien, faites le monter.

— Nous allons le porter.

— Pourquoi ?

— Oh ! c'est que c'est, ainsi qu'on nous l'a dit,
un gaillard dangereux. Nous avons été forcés de le
bâillonner et de lui lier bras et jambes.

— Diable, alors, je vais vous aider.

L'homme descendit à son tour et Bizot fut porté
dans le coupé de la diligence.

— Rendez-moi le foulard, vous entrez dans la
campagne, il peut crier à son aise.

— Vous avez raison...

On débâillonna ce pauvre garçon qui étouffait.
Brisé, épuisé, abruti, il s'affaissa dans le coin du
coupé et pleura.

— Au revoir, surveillez-le bien, vous savez, déjà
il a voulu se sauver.

— Merci !

— Mon reçu ?

— Le voici.

— Vous l'avez préparé d'avance ?

— Oui...

— Merci, au revoir. En disant ces mots les agents remontèrent dans le cabriolet... L'homme du coupé cria au conducteur : Allez-y, Jean, et bon train.

— Hue là !

La voiture s'ébranla et se mit en route. L'homme du coupé se tourna vers son prisonnier et lui dit :

— Écoutez, mon ami, voici les précautions prises ; deux chaînettes aux portières, de plus ordre de vous tuer à la première tentative ; de fait, vous le voyez, j'ai ce qu'il faut pour cela.

En disant ces mots, l'homme tira de dessous le coussin de la voiture une paire de pistolets.

— Et vous voyez qu'ils sont prêts, ajouta-t-il.

Puis à la lueur de la lanterne il lui montra les bassinets pleins de poudre.

Bizot ne sourcilla pas, on aurait pu croire qu'il n'avait pas entendu.

— Écoutez, mon cher, nous avons un long voyage à faire ensemble, si vous voulez être raisonnable et abandonner des projets impossibles à réaliser avec moi, nous ferons le voyage gaiement, je ne suis pas homme à manger seul l'argent qu'on me donne pour moi et mon prisonnier .. Au premier relai, à Versailles, je ferai porter dans le coupé quelques victuailles, mais pour ça il faut faire une chose... Vous ne voulez pas me répondre...

— Que me dites-vous ? demanda Bizot.

— Vous ne m'avez pas entendu ?

— Si, confusément.

— Je vous demande de renoncer à vos projets de fuite.

— Mais je n'ai pas l'intention de fuir.

— Vous l'avez déjà essayé.

— Hélas, je ne croyais pas fuir, je croyais qu'on me libérait.

— Alors, vous promettez d'être sage.

— Oui, et Bizot souriait sous ses larmes.

— Mais je veux des arrhes pour ça.

— Comment cela ?

— Nous en avons pour trois jours et trois nuits de voyage.

— Hein !...

— On est mal à son aise dans ses bottes, on est serré dans ses vêtements ; si vous voulez retirer vos bottes et me faire cadeau de vos bretelles, je vous détache les mains.

Bizot regarda celui qui lui parlait pour s'assurer qu'il n'était pas fou...

— Vous ne comprenez pas, c'est bien simple... Si vous avez l'intention de fuir, votre culotte ne tenant plus et étant pieds nus... vous ne ferez pas dix pas sans que je vous aie remis la main sur l'épaule.

Bizot sourit... puis il se déchaussa et donna ses bretelles à l'agent...

— Ah ! vous êtes un bon gas, vous, fit celui-ci.

— Êtes-vous homme à me parler sérieusement ? demanda Bizot.

— Parler sérieusement, c'est-à-dire causer... Causer ! ah mon cher monsieur, rien que j'aime comme ça, un causeur... les émigrés, quels gens charmants pour ça, on ne cessait pas une minute...

— Et bien causons, voulez-vous ?

— Je veux bien.

— Et vous me répondrez franchement.

— Je vous le promets, causons donc.

Bizot, les bras et les mains déliés, se sentit plus à son aise. Il ne pensait pas du tout à se sauver, convaincu que son innocence ne pouvait tarder à être reconnue. Une chose cependant le tourmentait : où diable le menait-on ?

Il se demandait s'il n'était pas le jouet d'un cauchemar. En deux jours sa vie était si complètement changée. Cette conjuration de laquelle on lui avait parlé, dont il était un des chefs principaux, tout cela lui semblait si extravagant, si insensé, qu'il cherchait vainement à comprendre. Cette lettre qui était bien celle qu'il avait écrite et qui contenait des choses auxquelles il ne comprenait pas le premier mot. L'isolement dans lequel il vivait depuis deux jours : tout cela troublait le cerveau du pauvre garçon et lui faisait se demander s'il avait bien toute sa raison.

L'homme qui l'accompagnait paraissait plus serviable que ceux qui l'avaient approché depuis son arrestation. Bizot reprit courage, se blottit dans un coin, et regardant son gardien lui dit :

— Pour que vous soyez bien à votre aise, je vous donne ma parole d'honneur que je n'ai pas, que je n'aurai pas l'idée de fuir.

— Eh bien ! c'est d'un brave homme, ça... Vous verrez, en revanche, que vous ne ferez pas un mauvais voyage.

— Je vous demande en grâce de me renseigner seulement sur tout ce qui se passe autour de moi.

— Comment, vous renseigner ?

— Oui, il ne vous sera pas défendu de me parler ?

— Pas le moins du monde.

— Savez-vous pourquoi je suis ici ?

— Pardi !

— Ah ! enfin ! pourquoi ?

— Mais pour vous rendre au fort... là bas.

— Non, ce n'est pas cela que je demande. Quel est le motif de mon arrestation ?

— Allons, farceur, vous le savez mieux que moi.

— Je vous jure que non.

— Comment diable, alors, voulez-vous que je le sache.

— Mais cependant, je ne suis pas un criminel.

— Pour ça, je le sais.

— Alors, si je ne suis pas criminel, pourquoi suis-je ici ?

— Voyons, monsieur Bizot, vous savez bien qu'il y a crime et crime.

— Je ne vous comprends pas.

— Vous n'êtes pas un voleur... pas un assassin... c'est vrai, mais pas moins que vous avez d'autres idées...

— Comment cela.

— Oui, enfin, vous êtes un politique.

— Hein !

— Le gouvernement avec qui vous n'êtes pas bien, quoi !

— Moi, c'est comme conspirateur contre le gouvernement que je suis arrêté.

— Mais oui !

— Mais je suis ami avec le ministre...

— Justement.

— Mais je ne me suis jamais occupé de politique.

— Voyons, voyons, écoutez, je ne veux pas vous être désagréable, monsieur Bizot, on n'arrête pas les gens pour rien dans notre pays... et j'ai lu sur votre écrou, « faire très attention à lui, homme dangereux. »

— C'est de moi qu'on dit cela.

— Mais oui.

Bizot resta deux grandes minutes sans trouver autre chose qu'un long soupir, tant cette révélation l'avait étourdi.

— Mais, on va me juger, reprit-il.

— Juger, je ne crois pas... il paraît que vous ne voulez pas avouer.

— Mais, puisque je ne sais rien.

— Je sais bien, vous dites tout ça, monsieur Bizot, je ne sais rien, je n'ai rien fait, je suis innocent... Mais vous comprenez bien, pas vrai, que l'on ne vous a pas arrêté sans avoir des renseignements précis... on en sait autant que vous.

— Mais plus que moi, puisque je ne sais rien.

— Voyons, écoutez, monsieur Bizot, je ne vous demande rien, dites-moi, ne me dites pas ce que vous avez fait, ça m'est égal. Je ne suis pas chargé de vous faire parler, je suis chargé de vous conduire, voilà tout.

— Mais, tonnerre, à la fin, qu'est-ce que ces gens-là savent donc !

— Ne vous mettez pas en colère, fit tranquillement l'agent, la colère aveugle, double la force, on fait des choses qu'on ne voudrait pas... et auxquelles je serais forcé de répondre par des choses pas agréables... restons dans une aimable causerie...

— Vous avez raison... Bizot passa la main sur son front moite de sueur.

— A la bonne heure... Voyez-vous, monsieur Bizot, ne vous brisez pas la tête à dire cependant je ne sais rien, d'autres sont plus coupables... cherchez dans vos amis les plus intimes s'il n'en est pas un capable de vous rendre ce service.

— Mais on n'arrête pas les gens sur des potins, sur des cancans.

— Excusez-moi, on ne les arrête que là-dessus.

— Ce qui m'étourdit, c'est cette lettre que j'ai écrite et que j'ai adressée à Friquet.

— Friquet ! fichtre, un malin, celui-là... Voilà dix jours qu'on le cherche.

— Je suis certain que ce n'est pas à lui que j'ai écrit.

— Ah ! si vous connaissez, celui-là.

— Oui, je le connais.

— Vous comprenez, qu'ayant des amis comme ça, c'est déjà compromettant.

— Mais, ce n'est pas mon ami... Je ne peux pas le sentir.

— Puisque vous dites que vous correspondiez...

— Mais, pas du tout.

— Enfin, ces jours-ci, vous l'avez vu.

— J'ai dîné avant-hier avec lui.

— Eh bien, mais alors vous n'avez pas à chercher plus longtemps... Nous savons tous que Friquet ne voit à Paris que les affiliés...

— Mais quels affiliés ?

— Les affiliés du complot.

— Quel complot encore...

— Allez, vous êtes un farceur, c'est pas la peine de jouer au plus fin avec moi ; sur ma parole, je ne suis pas chargé de répéter ce que vous me direz.

— Ah ! tenez, ne parlons plus de tout cela, je deviens fou.

— Oui, n'en parlons plus, ça vaut mieux...

— Dans quelques jours, je l'espère, on me relâchera.

— Dans quelques jours... hum, hum, fit en souriant l'agent.

— On ne va pas me fusiller, au moins ?

— Non mais, c'est très grave votre affaire.

— Très grave.

— Mais oui, vous devenez prisonnier d'État...

— Qu'est-ce que c'est que ça... Où me menez-vous...

— A Belle-Ile...

— Belle-Ile-en-mer... s'écria Bizot.

— Oui.

— Ah mon Dieu ! mon Dieu ! je suis perdu ! et le pauvre garçon ne se contenant plus fondit en larmes,

10

On était arrivé à Versailles, le premier relais, l'agent se retournant vers son prisonnier :

— Ne vous étonnez pas de mes précautions, mais que voulez-vous, j'ai des ordres très-précis. En disant ces mots, il prit ses pistolets qu'il glissa dans ses poches, sauta de la voiture et en referma la porte au cadenas. Il entra à l'auberge, prit deux bouteilles de bon vin et quelques victuailles.

L'agent chargé de conduire à Belle-Ile le terrible conspirateur Bizot était un spécialiste en déportation. Les plus dangereux individus, confiés à ses soins, étaient devenus immédiatement doux, en se trouvant sous sa garde ; l'agent Chauvard avait un secret pour en faire ce qu'il voulait. Sa méthode était, au reste, bien simple, et nos lecteurs vont pouvoir en juger.

Nous avons dit que Chauvard avait demandé du vin et des victuailles ; il tira de sa poche un foret et déboucha avec précaution une des bouteilles, il prit dans une petite boîte deux pincées d'une poudre brune qu'il introduisit dans la bouteille. Cela fait, il reboucha et passa sur le feu le goulot couvert de cire.

Il solda sa dépense, remonta dans le coupé, et s'étant installé et débarrassé de ses pistolets, il dit :

— Allons, mon cher monsieur Bizot, vous avez en moi moins un gardien qu'un compagnon ; causons et mangeons.

Certainement, l'ex-garde consulaire était bien malheureux de la situation qui lui était faite ; il souffrait, mais il était à l'âge où l'estomac exige autant que le cœur... Il avait faim.

Il pleurait en mangeant ; mais il mangeait.

— Voyons, dit Chauvard, buvons, voici votre bouteille, voici la mienne.

— Merci !

— Si vous avez quelque chose à demander, ne vous gênez pas.

La voiture partit.

— Tenez, dit Bizot, j'ai quelque chose à vous demander de très-utile, de très-important pour moi.

— Je suis à vos ordres... à la vôtre.

Et l'agent tendit sa bouteille ; machinalement,
Bizot trinqua avec la sienne, on but.

— Ce que je veux vous demander est bien peu de
chose.

— Voyons, parlez, j'écoute.

— Un matin on m'a enlevé de chez moi...

— Comment enlevé ?

— Oui ! on m'a arrêté enfin.

— Ah bien !

— Je dis enlevé, parce que je ne pouvais croire à
une arrestation, et que, convaincu que j'allais bien
vite revenir, je n'ai rien dit à ma mère.

— Je vous comprends, vous voudriez lui faire
savoir où vous êtes.

— Plus que cela.

— Comment, plus que cela ?

— Je voudrais lui assurer que le motif qui m'a
fait arrêter est illusoire.

— Illusoire !

— C'est vrai, vous me croyez un conspirateur ?

— Mon cher Bizot, ne discutons pas ça.

— Vous avez raison.

— Tenez, buvons un coup...

— A la vôtre... Écoutez-moi, monsieur, je voudrais faire parvenir à ma mère un petit mot.

— Je vous le promets.

— Où l'écrirai-je ?

— Nous avons un relais bientôt, mais le vrai relais
c'est demain matin, à Chartres.

— Et vous me permettrez d'écrire ?

— Tout ce que vous voudrez, donc vous pouvez
être tranquille.

— Ce n'est pas tout.

— Quoi encore... ne vous gênez pas, parlez.

— J'ai été arrêté huit jours avant de me marier.

— Vraiment !

— Le lendemain je devais aller voir ma fiancée.

— Naturellement vous n'avez pu vous y rendre... et vous désirez que...

— Une lettre... Non.

— Que voulez-vous ?

— Que vous alliez vous-même dire que je suis arrêté.

— Ça est difficile.

— C'est donc défendu ?

— Ce n'est pas défendu.

— Eh bien ?...

— Eh bien !... Ce n'est pas permis, non plus.

— Je ne vous demande que bien peu de chose...

— Dites toujours, on arrangera ça.

— Vous iriez place Saint-Michel, chez M. Trumeau, épicier.

— Trumeau... place Saint-Michel... bon.

— C'est drôle, comme j'ai la tête lourde, fit Bizot, passant la main sur son front.

— Buvez un coup, ça le fera passer.

— A la vôtre !

— A la vôtre ! Chauvard choqua sa bouteille à celle de Bizot et but.

— Vous disiez donc... Trumeau, épicier, place Saint-Michel ?

— Oui.

— Et puis !...

— Vous expliquerez que pour des raisons peu importantes...

— Peu importantes !

— Il faut leur dire ça.

— Oui, je comprends.

— Je suis provisoirement empêché... Vous entendez bien, empêché de venir les voir.

— Je dirai cela...

— Que l'on ne soit pas inquiet .. Mon Dieu, que c'est drôle, je ne peux plus parler...

— C'est l'émotion, la fatigue...

— Ah ! c'est drôle, mes yeux se ferment malgré moi.

— Dormez un peu, mon cher Bizot... A Chartres je vous éveillerai. Bizot n'entendit pas ces derniers mots, il retomba dans l'encoignure du coupé et s'endormit.

— Me voilà tranquille jusqu'à Chartres, pensa l'agent.

Tirant son mouchoir, il s'en fit une marmotte, et, blotti dans l'autre coin, il s'endormit. On était au relais de Rambouillet.

Bizot et son gardien dormaient ; la diligence dévorait l'espace ; au relais de Chartres, on réveilla l'agent, il faisait petit jour. Il prit à l'auberge quelques provisions et la voiture repartit.

Le surlendemain matin, on était à Saint-Nazaire. Bizot ne se rendait pas compte de la torpeur de laquelle, depuis son départ de Paris, il ne pouvait se débarrasser. Il était las, sans énergie. La force, pour réagir contre sa situation, lui manquait absolument.

A l'auberge où Chauvard descendit avec son prisonnier, celui-ci lui rappela sa promesse de donner de ses nouvelles à sa famille.

— Vous pouvez écrire. Chose promise, chose due.

Ayant demandé de quoi écrire, de sa belle grande écriture il couvrit tout une page.

» Chère Rosalie,

» Je suis victime d'une erreur qui, je pense, va être bientôt rétablie ; arrêté le matin, je n'ai pu me trouver chez vous, ainsi que je l'avais promis. Soyez sans inquiétude, bientôt je serai là. Pressez toujours M. Trumeau pour notre mariage.

» A bientôt.

» Votre fiancé qui vous aime pour la vie,

» BIZOT. »

Cette lettre pliée et cachetée...

— Voici pour la place Saint-Michel.

— Je me souviens, Trumeau... épicier.

— C'est ça !

La seconde lettre était pour sa mère.

« Chère maman, il y a eu sur mon compte des potins et des commérages, on m'a fait arrêter ; ne te tourmente pas, je vais éclaircir tout ça, et je reviendrai à la boutique ; paye le tailleur pour mes habits de noce, et vois le notaire, pour les affaires, que tout soit prêt à mon retour. Ton fils, qui t'embrasse à pleine bouche.

EUSTACHE BIZOT. »

— Voilà qui est fait.

— Ça, c'est pour la maman !

— Justement... Vous vous en chargez ?

— J'ai promis.

— Rue Saint-Paul, 48, veuve Bizot, épicerie et herboristerie.

— Bien, je vois ça d'ici.

— Je compte sur vous.

— Comme sur vous-même.

— Vous êtes un brave homme, vous, fit Bizot, puis, sautant au cou de l'agent et l'embrassant, et vous l'embrasserez, la pauvre femme, comme ça.

Et comme le pauvre garçon avait des larmes plein les yeux... l'agent pleura aussi.

— Ah ! vous serez bien reçu, allez... la pauvre femme depuis quatre jours, doit-elle être dans un état ; elle serait capable de tomber malade ; vous savez, ne dites pas un mot de l'endroit où je suis, qu'elle croie que je suis toujours près d'elle... là-bas, que, du jour au lendemain, je puis revenir chez

elle... Ah ! surtout ne parlez pas de Belle-Ile, de
politique, la pauvre vieille croirait qu'on va me
guillotiner... encore une fois, merci..

A ce moment deux gendarmes entraient dans la
salle. L'agent se leva et leur dit :

— Voici le prisonnier.

Un des gendarmes mit la main sur l'épaule de
Bizot, et l'autre signa le reçu que lui tendait Chauvard qui dit : C'est un pas méchant homme...

Lorsque les deux gendarmes allaient emmener
Bizot, le pauvre garçon se retourna, tendit la main
à Chauvard, et lui dit :

— Merci, monsieur, de vos bontés, et je vous en
supplie, aussitôt que vous serez à Paris, mes lettres.

— C'est entendu, adieu.

Les gendarmes emmenèrent Bizot.

Dès qu'il fut seul, Chauvard s'assit près la haute
cheminée, et décachetant les deux lettres, il les lut.

— Rien d'utile pour nous, inutile de les emporter,
et il les jeta au feu... Il appela, une servante vint.

— Que voulez-vous, monsieur.

— Je veux que l'on chauffe une bonne chambre,
que l'on m'y serve à déjeuner et qu'on dise au pos-
tillon que je ne repars que demain.

— Bien.

Pendant ce temps, les deux gendarmes avaient
conduit leur prisonnier au bord de la mer, une barque
attendait, dès qu'ils arrivèrent, deux matelots sautèrent dans le bateau et saisirent les avirons, un gen-
darme se plaça à l'avant, l'autre se plaça à l'arrière,
fit placer Bizot près de lui, et saisit le gouvernail.

— Avant, dit-il.

La barque dansa comme un bouchon sur la mer
moutonneuse.

Bizot pleurait; il sentait bien qu'il était la victime
d'une erreur difficile à rétablir, il sentait bien que

pour longtemps, sinon pour toujours il était séparé de
ceux qui l'aimaient et qu'il aimait. Et puis un secret
pressentiment lui faisait craindre un autre malheur.

Quelques heures après, la barque atterrissait dans
une petite anse au pied du roc, les deux gendarmes
conduisirent le prisonnier au fort. C'est le gouverneur qui vint lui-même recevoir Bizot...

Un des gendarmes lui donna la lettre que lui avait
donnée Chauvard en échange du reçu. Le gouverneur l'ayant lue, regarda Bizot et lui dit vivement :

— On les dompte ici, les dangereux...

— Plaît-il, fit Bizot.

— Je dis qu'on les dompte...

Bizot abruti, regarde les gendarmes, le gouverneur,
le guichetier, ne comprenant pas ce qu'on voulait dire.

— Vous le mettrez dans le 4.

— Bien, fit le guichetier.

Le gouverneur se retira, pendant que le guichetier
inscrivait les noms de Bizot sur son livre d'écrou ;
quand il eut terminé, il dit au pauvre garçon :

— Allons, venez.

Il prit ses clefs, sa lanterne et marcha. Bizot le
suivit, précédant les deux gendarmes. On suivit un
long couloir, au bout duquel on descendit vingt-deux
marches ; là était encore un étroit couloir, tout suin-
tant d'humidité ; c'est dans ce couloir qu'était le
cachot dans lequel Bizot fut enfermé.

C'est à la même heure,. qu'à Paris, Trumeau et
Marie-Reine étaient arrêtés.

IX

Lorsque Bizot eut entendu s'éloigner le pas de
ceux qui l'avaient amené, lorsqu'il eut regardé le

trou noir et humide dans lequel on l'avait jeté, lorsqu'il eut senti avec les gouttes d'eau qui tombaient
du plafond, l'humidité lui glisser dans le sang, dans
les os et lui geler les moelles, un grand décourage-
ment le saisit. Il se coucha sur le lit, et la tête dans
ses mains, il pleura.

Tout le jour, il resta ainsi, renonçant à l'espoir de
voir jamais ceux qu'il aimait, comprenant qu'il était
pour toujours condamné à cette vie de criminel.

Le soir, lorsque le geôlier vint, il était dans la
même position, il plaça près de son lit un pain, une
cruche et une gamelle pleine de légumes.

— Voilà le dîner... le pain est pour deux jours.

Comme Bizot ne bougea pas, le geôlier se retira
en disant :

— Ça se fera.

Toute la nuit, la fièvre le secoua ; au matin, la
tête perdue, il se leva, et se mit à crier... L'écho
seul répondit.

— Mais qu'il vienne donc quelqu'un, que j'aie à
qui parler un peu... Vous m'enfermez sans raison,
sans droits... c'est parce que j'ai été bon et doux que
vous me tenez là comme une bête fauve... Je suis
un soldat, moi, si j'ai des ennemis, c'est au grand
jour que je me bats avec eux... je ne les fais pas
arrêter par des argousins, en leur mentant... je ne
les jette pas dans des trous pour qu'ils y pourris-
sent... Qu'un homme me réponde, au moins...

Et les yeux en feu, la face rouge, les lèvres bor-
dées d'écume, il allait et venait, se heurtant aux
murailles de son étroit cachot...

Tout à coup, il entendit du bruit... il saisit alors
sa cruche, et se blottit dans un coin. C'était le geôlier qui venait lui apporter à manger... Dès que la
porte s'ouvrit, Bizot se redressa, jeta sa cruche sur
le geôlier, et bondit pour ouvrir sa porte...

La cruche avait frappé sur la porte et s'était brisée. Et c'est un homme vigoureux qui reçut Bizot ; terrassé d'abord, il cria... Bizot le tenait sous un genou, lui serrant le cou de ses mains nerveuses. L'ex-garde consulaire ne voyait plus, ne pensait plus, c'était trop de souffrances imméritées en si peu de temps, la fièvre l'avait presque rendu fou, il agissait sans avoir conscience de ce qu'il faisait.

Le geôlier était presque étranglé, c'en était fait de lui si le cri qu'il avait poussé n'avait été entendu...

Deux de ses collègues s'étaient avancés et avaient demandé du haut de l'escalier : Qu'y a-t-il ?.

On n'avait naturellement pas répondu, mais ils avaient entendu les hurlements de rage de Bizot qui, acharné sur son geôlier, criait :

— Ah ! gueux ! canaille ! tu en es, toi, tu en es... tiens ! je t'étranglerai.

Les deux hommes s'étaient alors précipités, et à coups de poings, à coups de clefs, ils avaient délivré le malheureux. Bizot avait été abîmé de coups ; enchaîné des pieds et des mains, il avait été rejeté dans son cachot, où il était tombé comme une masse inerte et sans connaissance.

Quand il était revenu à lui, il était sanglant, déchiré, sans force... souffrant de tous ses membres. Il s'était alors traîné jusqu'à son lit où il s'était étendu.

On lui laissa dix jours les fers, et une seule fois par jour seulement, on lui apporta sa nourriture.

Quand le geôlier était revenu, les premières fois, il n'avait plus parlé à Bizot, et c'est par le grichet qu'il lui passait ses aliments. Le pauvre diable était fort embarrassé de ces précautions prises contre lui. Il en était arrivé à dire un jour au geôlier :

— Monsieur, voulez-vous m'écouter une minute ?

— Parlez, dit celui-ci sèchement.

— Vous m'en voulez, de l'autre fois ?

— Je n'ai rien à vous dire, si ce n'est qu'à la première rébellion, j'ai autorisation de vous tuer...

— Vous agiriez justement, fit Bizot, c'est pour cela que je veux que vous m'écoutiez.

— Qu'avez-vous à dire ?

— Je souffre horriblement depuis que l'on m'a arrêté, j'avais passé une nuit terrible, j'avais la tête perdue, j'étais comme fou, je ne savais plus ce que je faisais, je ne m'explique même pas comment j'ai pu faire une chose pareille, car je ne suis pas un méchant homme, allez.

— C'est bon ! c'est tout ce que vous avez à me dire ?

— Non, ce n'est pas tout.

— Dites, alors il faut que je remonte.

— Je vous demande pardon.

— C'est tout ?

— Oui.

— Votre pardon est au bout des dix jours de fer.

Bizot se tut.

Après les douleurs et les angoisses des premiers jours, le calme revint dans l'esprit de Bizot, et il envisagea plus froidement sa situation. Une chose cependant l'embarrassait et le gênait. C'était de ne pas savoir l'époque exacte à laquelle on était.

Un jour, ayant cherché un moyen de redevenir libre, il se souvint d'une phrase de l'agent qui l'avait conduit à Belle-Ile. Celui-ci lui avait dit :

— J'ai lu sur votre écrou que vous êtes un homme dangereux.

— Moi, avait dit Bizot, mais on me jugera.

— Juger, je ne crois pas... Il paraît que vous ne voulez rien avouer.

— Puisque je ne sais rien.

Or Bizot se disait :

— Lorsque j'ai été arrêté à Paris, on a été très-violent avec moi, je n'ai pu m'expliquer, j'ai d'abord été atterré par la lecture de la lettre qu'on avait arrangé ; aujourd'hui, je suis plus calme, je puis donner des explications, faire jaillir la vérité enfin, et, assurément, l'erreur sera vite reconnue... Pour cela, il faut que je dise que j'ai quelque chose à avouer...

Toute la journée, Bizot attendit impatiemment l'heure à laquelle on venait habituellement le visiter. Quand le geôlier ouvrit son guichet, il lui dit :

— Je vous attendais impatiemment.

— Pourquoi ? vous aviez faim ?

— Non, voyez, je n'ai pas mangé.

— Pourquoi ?

— Je voudrais voir le juge d'instruction.

— Comment, le juge d'instruction !

— Oui, j'ai refusé de parler à Paris. Aujourd'hui, je suis résolu à faire des aveux.

— Je vais le dire au directeur.

— Tout de suite.

— Tout de suite.

Le geôlier partit.

Bizot se promena de long en large, écoutant chaque minute si l'on venait du côté de son couloir.

Au bout d'une heure enfin, la porte de son cachot s'ouvrit et le directeur entra, suivi et éclairé par deux guichetiers.

Le directeur de Belle-Ile regarda quelques minutes son prisonnier pour se remettre un peu avec son visage, car Bizot était bien changé depuis les quelques semaines qu'il était enfermé.

— M. le gouverneur, j'ai beaucoup pensé depuis que je suis ici, des détails qui m'avaient échappé d'abord sont revenus à ma mémoire, et seraient d'un grand intérêt pour la justice.

— Sont-ils assez graves pour nécessiter le déplacement d'un magistrat ?

— Oui, monsieur.

— Je ne puis les entendre ?

— Je suis à vos ordres, si vous savez l'action pour laquelle je suis ici.

— Je l'ignore et ne vous demande cela que pour en instruire moi-même qui de droit.

— Alors, c'est à peu près impossible, car il faut pas à pas reprendre l'affaire dont je suis accusé.

— C'est bien, c'est tout ce que vous aviez à dire ?

— Oui, monsieur le directeur... J'ai une grâce encore à vous demander.

— Laquelle ?

— Mon transfèrement dans un cachot moins humide et moins noir.

— Je ne puis, mes ordres sont précis.

— Comment cela ?

— Les aveux que vous vous décidez à faire vous feront peut-être obtenir ce que vous demandez, mais je ne puis le prendre sur moi.

— Quand serai-je interrogé ?

— Je vais écrire à Paris ce soir.

— A Paris !

— Dans cinq ou six jours, on recevra la lettre, la réponse ne me parviendra guère avant quinze jours.

— Quinze jours ! fit Bizot s'affaissant découragé.

— Ouvrez ! commanda le gouverneur au geôlier.

Celui-ci obéit, tous se retirèrent, Bizot resta seul.

Il s'étendit sur son lit, répétant : Quinze jours.

Puis tout redevint silencieux, silence lugubre, troublé seulement par le bruit régulier de la goutte d'eau qui tombe sur la dalle. Deux grandes heures, il resta ainsi.

Toute la journée, on entendait aller et venir, chaque quart d'heure, les geôliers dans les corridors ; la nuit, un garde se promenait incessamment. Aux pas qui s'arrêtaient, Bizot comprenait qu'on écoutait à sa porte. A un moment, la surveillance cessait

pendant deux heures. Tout le personnel de la prison,
hors la garde, mangeait entre deux et quatre heures.

Lorsque deux heures sonnèrent et que le bruit
lointain de la cloche arriva à Bizot — le seul avec
les hurlements de la mer qu'il entendit — le pauvre
diable était encore étendu sur son grabat dur. Il
pensait, cherchant un moyen de sortir de cette prison ou de mourir, c'était assez de torture et de douleur, il voulait en finir. Les quelques mots dits par
le gouverneur lui laissaient peu d'espoir d'être bientôt libéré ; les recommandations d'extrême sévérité
l'étonnaient et l'épouvantaient.

Il songeait dans le silence ; la mer tranquille ne
battait pas le roc, tout était calme. A intermittences
égales, la goutte d'eau tombait de la voûte et s'es-
claffait sur la dalle.

Tout à coup, il sembla à Bizot percevoir un bruit
singulier, comme les mordellements du rat. C'est du
moins ce qu'il pensa, et il n'y attacha pas d'autre
importance. Le bruit cessa en même temps que le
premier coup de quatre heures sonna.

Le lendemain, Bizot remarqua que le même bruit
se reproduisit seulement à deux heures, et, comme
la veille, s'arrêta à quatre heures. Piqué par la curiosité, il observa pendant dix jours, le même grat-
tement se reproduisit, le onzième, jour d'inspection
dans les cachots, tout resta silencieux.

L'imagination du prisonnier n'est pas longue à
travailler. Bizot se dit :

— C'est un malheureux comme moi qui cherche
la liberté. Si j'étais avec lui...

Ces derniers mots étaient gros d'espoir, Bizot était
brave, fort et décidé, sa nature le poussait en avant,
le calme forcé dans lequel il vivait l'écrasait, il avait
hâte, fût-ce au péril de sa vie, d'en sortir. Décidé à
aider, quel qu'il soit, celui qui cherchait à fuir et

surtout fuir avec lui, Bizot attendit impatiemment
l'heure à laquelle il reprenait son travail.

Dès que le petit grincement sourd se fit entendre,
il écouta, appuyant son oreille sur le mur pour savoir de quel côté venait le bruit; les deux heures
se passèrent sans qu'il eut obtenu ce résultat.

Il ne dormit pas de la nuit, penché sur la porte,
il écoutait le bruit à peine perceptible des heures
trop longues à son gré.

Il entendit enfin la porte, donnant sur le corri-
dor, se verrouiller. C'était l'heure où le gardien re-
montait pour dîner; il écouta, attentif. Moins d'une
minute après, le bruit recommença.

Cette fois, il lui sembla que le bruit venait d'en haut.

Il prit son escabeau, le plaça sur son lit et écouta.
C'était juste au-dessus de sa tête.

Que faire ? Dans quelques jours, peut-être, celui
qui travaillait aurait percé le plafond, pour l'aider
il faudrait des outils.

Bizot passa toute une journée à chercher autour
de lui ce qui pourrait lui servir d'outils.

Vers le soir seulement, il trouva, dans une longue
rangée de clous qui bordait sa porte, un clou tenant
à peine dans le bois vermoulu à cet endroit; le clou
cependant tenait encore assez solidement pour ne
pouvoir être arraché sans peine. Bizot se creusa le
cerveau toute la nuit; au matin il avait trouvé.

Il prit une de ses chaussures et, avec ses dents,
arracha un clou de la semelle; puis, comme son voisin du dessus, il attendit l'heure où les gardiens
allaient manger; l'heure venue, il s'accroupit au
pied de sa porte, et avec la pointe il gratta le bois
de façon à détacher le gros clou qu'il avait choisi.

Après trois jours de travail, il avait un outil, un
clou de vingt à vingt-deux centimètres environ, à
tête énorme. Ainsi qu'il l'avait arraché, il ne pou-

vait guère servir. Il l'affûta sur les dalles, et, après
deux autres jours, il avait un outil véritable, ayant
à peu près la forme d'un équarrissoire de serrurier.

Ce jour, lorsqu'il écouta si le travail du voisin
continuait toujours, il lui sembla que le bruit devenait plus aigu. Il replaça son escabeau sur le lit,
grimpa et approcha la tête, quelques petites parcelles
de poussière lui tombèrent sur le visage. La manne
fit moins de plaisir aux Hébreux.

Il observa, et vit tout à coup une vrille assez
forte traverser la pierre.

La vrille retirée, une petite pierre attachée à une
ficelle descendit... c'était la sonde.

Bizot était tellement émerveillé de ce qu'il voyait
qu'il n'osait dire un mot. Enfin la pierre remontée,
il appliqua sa bouche au trou et cria :

— Il y a un ami ici !...

Rien ne répondit, au contraire, le bruit cessa immédiatement au-dessus de lui ; on aurait dit que
celui qu'il entendait sans cesse marcher au-dessus
de lui s'était couché.

Pendant trois jours, le même silence régna au-dessus de Bizot ; on avait eu peur d'être découvert et on
se tenait en garde. Eustache Bizot bouillait d'impatience ; anxieux il attendait chaque jour l'heure du
travail habituel, espérant toujours qu'on le repren-
drait, mais rien ne bougeait... Grimper sur son
lit et par le trou rassurer l'inconnu duquel il voulait
se faire un ami était dangereux. Il fallait attendre.

Le quatrième jour à deux heures Bizot mit un
escabeau sur son lit, grimpa dessus et colla une
oreille au trou de la voûte pour écouter si l'on
bougeait dans la pièce voisine. Après vingt minutes
d'attente il entendit distinctement :

— Est-ce qu'il y a quelqu'un ?

— Oui,.. un ami, répondit vivement Bizot.

— Vous êtes prisonnier, alors ?

— Oui.

— Où êtes-vous ? au cachot de punition.

— Je l'ignore.

— Combien avez-vous descendu de marches pour y être enfermé ?

— Environ trente.

— Votre cachot a-t-il le plafond voûté ?...

— Oui.

— Regardez si au-dessus de la porte dans l'angle il n'y a pas une écorchure dans la pierre comme produite par une balle.

Bizot descendit vivement et regarda :

Au-dessus de la porte, effectivement, l'arête de l'angle avait été brisée. Bizot regrimpa vite et dit :

— Oui, ça y est.

— Alors je ne m'étais pas trompé. Voulez-vous m'aider et tenter avec moi les chances d'une évasion ?

— C'est par cela qu'il fallait commencer, je crois bien.

— Vous êtes décidé !

— Oh oui.

— Quoiqu'il arrive ?

— Je tiens à la liberté et pas à ma peau !

— Bien ! si j'étais dans votre cachot demain je serais libre.

— Oh ! dites vite...

— Non pas, aidez-moi à y descendre et alors nous sommes sauvés.

— Que faut-il faire pour cela.

— Avez-vous un outil ?

— Oui, j'ai un clou affûté.

— C'est bon, ça !...

— Dites-moi ce qu'il faut en faire ?

— Il faut desceller la pierre dans laquelle j'ai déjà percé ce trou.

11

— Diable !...

— Grattez avec votre clou... Voyez si c'est cimenté...

Bizot obéit...

— Non, le ciment qui couvrait les jointures est tombé.

— Alors nous n'en aurons pas pour longtemps... Connaissez-vous les habitudes du château ?

— Non...

— Vous n'y êtes donc pas depuis longtemps ?

— Je ne sais pas, mais il doit y avoir déjà plus d'un an.

— Comment, vous ne vous êtes pas fait un calendrier ?

— Non. Et en disant cela, Bizot rougissait tant il était honteux de ne rien savoir.

— Quand êtes-vous entré ici ?

— J'ai été arrêté le 21 nivôse et je suis arrivé ici le 28, répondit Bizot, curieux de savoir ce qu'il y avait de temps qu'il était enfermé.

— De quelle année ?

— L'an XI.

— Cette année ? exclama l'inconnu.

— Comment, fit Bizot étourdi. Il lui semblait qu'il y avait deux ans, au moins, qu'il était privé de sa liberté.

— Le *combien* sommes-nous donc ?

— Nous sommes le 27 ventôse de l'an XI, comme vous dites.

— Comment, deux mois seulement.

— Deux mois, demain, vous êtes entré ici le 18 janvier 1803, un vendredi, et nous sommes aujourd'hui le lundi 18 mars, même année, c'est-à-dire deux mois.

— Ah ! et vous ?

— Moi, je suis ici depuis le 20 septembre 1794, ce qui fait huit ans et demi.

— Et c'est seulement maintenant que vous songez à l'évasion ?

— J'ai été cinq ans aux fers... j'ai mis trois ans pour faire le plan du château et d'une évasion.. depuis quatre mois, je travaille à l'exécuter.

— Qu'avez-vous fait pour être ici ?

— Moi, j'aime mon roi...

— On m'accuse de la même chose.

— Vous êtes royaliste.

— Pas plus royaliste que républicain, je suis Français et innocent de ce dont on m'accuse...

— Voici les habitudes de la maison : de deux heures à quatre heures tout le monde est en haut; on peut travailler le jour... Une fois la nuit venue, de neuf heures à cinq heures du matin le service est remplacé par des soldats placés à chaque issue; ils ont l'ordre de tirer sur tout ce qu'ils voient, mais ils ne s'occupent pas de ce que l'on fait dans l'intérieur des cellules. C'est la meilleure heure pour travailler.

— Il faudrait savoir l'heure exacte.

— Je vous renseignerai... Lorsque nous pourrons nous mettre à l'œuvre je vous appellerai.

— Bien.

— Que faut-il faire aujourd'hui ?

— Rien, l'heure du retour des geôliers va bientôt sonner... Ce soir nous travaillerons, je vais vider l'eau de ma cruche dans le trou...

— Pourquoi faire ?

— Pour attendrir le plâtre.

— Ah oui !

— Si vous le voulez, en deux jours nous pouvons desceller la pierre qui reste... J'ai enlevé celle qui était de ce côté, j'ai arraché tous les plâtres et graviers qui étaient entre les deux... il ne reste plus que la pierre de votre voûte ; une fois déchaussée, une bonne poussée la fera sauter...

— Et alors ?

— Cette nuit nous serons libres...

— Dieu vous entende !

— On vient, retirez-vous.

Au moment où Bizot retirait son escabeau de dessus son lit, l'eau lui coula sur la figure.

C'était l'inconnu qui mouillait, qui arrosait le plâtre.

Bizot s'étendit sur son lit, cherchant à dormir ; mais le sommeil ne pouvait venir calmer ce cerveau fiévreux... Ce que Bizot ne s'expliquait pas, c'est que le temps lui avait paru si long ; il ne concevait pas que depuis deux mois seulement il était là. Que s'était-il passé pendant ces deux mois ?

Croyant que l'agent Chauvard avait porté ses lettres, il espérait que sa famille était en instance pour le tirer de là. Rosalie devait, pendant son absence, terminer toutes les affaires de contrat et d'arrangements, mais cette absence prolongée n'allait-elle pas tout changer ?... Avait-elle dit à son père qu'il était exploité par deux misérables, ou Marie-Reine, si forte sur Trumeau, avait-elle encore triomphé et obligé Rosalie à quitter la maison paternelle ? Cette dernière supposition ne l'inquiétait que médiocrement, car alors Rosalie aurait été chez sa mère, et elle aiderait et consolerait la brave femme.

Et ce Friquet, au moins l'avait-on arrêté ! Si l'inconnu avec lequel il travaillait à son évasion disait vrai, avant dix jours il saurait tout cela... A cette espérance, son cœur battait plus vite.

On le voit, pour le pauvre garçon, quelque fût le côté par lequel il envisageât la situation de ceux qu'il aimait, il les voyait à peu près tranquilles. Une seule chose ne venait pas à son esprit : la vérité.

C'est qu'elle était si cruellement impossible ! Qui penserait qu'une jeune fille de vingt-quatre ans, que

l'on quitte souriante et pleine de santé le soir, peut
le lendemain être étendue, cadavre roide et livide,
dans le linceul blanc? Bizot se disait plein de crainte:

— Si l'homme de là-haut était fou. Il dit qu'une
fois en ce cachot, la même nuit, nous en sortirons...
Comment ? Ce n'est assurément pas par les couloirs
gardés par des soldats ayant ordre de faire feu sur
quiconque montrera son nez... Ce n'est pas non plus
par ce soupirail, qui ressemble à un tuyau et qui est
défendu par quatre grilles croisées. Quel homme est-
ce, au fait, qui est là-haut?... Si c'était un forçat, un
assassin ; tous les gueux se donnent un brevet d'honnêteté en se disant condamnés politiques ! Que m'importe, au fait, ce qu'il est, pourvu qu'il m'ouvre une
porte... Oh ! oui, libre ! libre ! Mais aussitôt que je
vais paraître à Paris, on va me faire reprendre...
Et, cependant, je n'ai rien fait... Voyons, que faire ?

Bizot, étendu sur son lit sur le côté, accoudé et
la tête dans sa main, réfléchit en répétant :

— Que faire ?... Au fait, oui, j'irai comme ça.

Tout à coup, il se leva et, comme s'il s'adressait
à un être invisible, debout, une main sur la couture
de la culotte, l'autre appuyée sur le front, il dit :

— Citoyen premier consul... un mot : Je me
nomme Eustache Bizot, chasseur à pied de la garde
consulaire, 2e bataillon, 1re compagnie, capitaine
Lefebvre... Depuis dix ans je me suis fait trouer la
peau au service de la République, depuis dix ans
toujours derrière vos guêtres, j'ai fait les campagnes
d'Italie, d'Egypte et d'Allemagne ; j'ai été mis deux
fois à l'ordre du jour ; à Marengo j'ai eu un sabre
d'honneur ; je ne peux être ni un traître ni un aris-
tocrate. Citoyen premier consul, mon général, on a
potiné sur moi, je suis une victime de lâches qui
n'osent me dire en face les infamies qu'ils vous ra-
content. Citoyen premier consul, je vous demande ma

grâce... et je vous jure que, libre quinze jours seulement, ça me suffira pour vous livrer les gueux qui m'ont dénoncé ; seulement si je prouve que ce sont ceux-là qui sont des traîtres et des lâches, vous me les livrerez, et c'est moi qui les exécuterai, en soldat, en face l'un de l'autre... Allez-y... avec une jolie botte-là. Aïe donc, allons-y, on coupe le nez à monsieur... une, deux, une manchette, et le coup de pointe... ça y est, à une autre fois, quand monsieur reviendra de ce monde. Citoyen premier consul, répondez... ça y est, grâce, merci. Vive le premier consul ! et allez donc...

Et sautant lourdement autour de sa cruche, comme s'il donnait la main à d'invisibles amis, Bizot chantait :

> Dansons la carmagnole,
> Vive le son, vive le son
> Du canon !

Pendant que le pauvre diable, ivre d'espoir, escomptait en joie l'avenir, le guichetier inquiet du bruit qui se faisait dans le cachot avait ouvert le guichet, et sans être aperçu par Bizot, avait assisté à la scène et à la danse. Fermant le guichet il avait dit :

— Il est fou !... les cachots du dessous sont terribles pour ça.

Et il était remonté au cabinet du gouverneur auquel il avait raconté ce qu'il venait de voir.

— Il est fou, méchant ? avait demandé celui-ci.

— Non, non, il est très-gai au contraire. Il cause avec des êtres invisibles, je crois qu'il les invite à danser, car après il se met à sauter, courir, danser et chanter.

— Ce n'est pas dangereux ?

— Je ne crois pas...

— Cependant consultez le médecin.

— Bien, monsieur le directeur.

Bizot, après s'être joyeusement rassuré sur son

avenir, s'était recouché sur son lit. Quatre heures
après il s'était relevé.

Il attendait impatiemment le signal, le couloir
était depuis longtemps silencieux, il était convaincu
qu'il était plus de neuf heures, et le signal du travail ne se faisait pas entendre.

Il se recoucha encore, tout à coup il sentit comme
à midi l'eau couler par la pierre percée. C'était son
complice inconnu qui apprêtait le travail et qui aussitôt donna le signal.

— Etes-vous là ?

— Depuis longtemps j'attendais.

— La garde vient seulement d'être placée ici...
travaillez, en commençant à droite, car nous ris-
quons, un côté étant détaché, de tout ébranler, ce
qui abrégerait énormément.

Bizot travailla courageusement, la sueur ruisselait sur son front, le cou menaçait de se raidir dans
un lombago, bah ! il travaillait toujours. Au matin
l'homme lui dit :

— Enlevez soigneusement le plâtre et la poudre de
pierre, et cachez tout cela dans votre paillasse avec
beaucoup de soin ; le moindre indice peut tout perdre.

— Soyez tranquille, fit Bizot, et quand pensez-
vous que nous aurons fini ?

— Dans deux jours seulement s'il ne nous sur-
vient rien...

— Deux jours ! répéta le pauvre garçon joyeux.
Oh ! mon Dieu, faites qu'il dise vrai.

Il nettoya minutieusement sa chambre, et l'heure de
la surveillance active étant sonnée, il se coucha, et il
en avait grand besoin, le malheureux, il était épuisé.

Quand le gardien entra pour lui apporter sa nourriture, Bizot ouvrit un œil.

— Tiens, fit le geôlier, qui l'avait vu danser la
veille, est-ce que vous êtes malade ?

— Oui, répondit Bizot, pour qu'on le laissât tranquille, j'ai des douleurs.

— Soyez tranquille, allez, on s'occupe de vous, dit le geôlier en s'en allant.

— Comment, on s'occupe de moi, demanda le prisonnier, inquiet et se levant à demi.

— Oui, le médecin viendra tantôt, et il est probable qu'on vous mettra demain dans une cellule plus convenable. Et le geôlier sortit.

Une sueur froide mouilla le front du pauvre garçon ; ses yeux se fermèrent, et il retomba sur son lit atterré.

Il était environ midi lorsque Bizot apprit la *faveur* qui lui était faite Jusqu'à l'heure où le travail devait recommencer, il se tordit sur le lit, découragé, maudissant la mal-chance qui le poursuivait, rageant et blasphémant. La volonté prit cependant le dessus, et, se raidissant contre le sort, il se redressa plus fort, décidé à tout, plein de ce mot avec lequel on fait tant de choses : Je veux !

Quand son compagnon lui donna le signal il fut vite à l'œuvre. Appliquant d'abord sa bouche au trou qui traversait la pièce, il dit :

— Ecoutez-moi quelques minutes.

— Qu'est-ce?

— Je suis menacé d'un changement de cachot pour demain, il faut, si nous voulons réussir, que nous ayons terminé cette nuit... est-ce possible?

La réponse se fit attendre quelques minutes.

— C'est difficile, mais on peut le tenter.

L'espoir revint au désespéré.

— Que faire pour cela? dit-il.

— Continuer ce que nous faisons; si nous parvenons à desceller la pierre d'un côté ce matin, cette nuit, je tenterai de faire sauter la pierre avec une pince.

— Vous avez une pince?

— J'ai un barreau, que pour un projet abandonné, j'avais descellé.

— Qu'allez-vous faire ?

— Pendant que vous allez déchausser le côté en train, je vais creuser un trou pour ma pince, et, si l'eau que j'ai versée sur le plâtre l'a assez mouillé, peut-être qu'une vigoureuse pesée l'ébranlera.

— Dieu vous entende... Je travaille !

Et alors, avec cet assemblage terrible, la force, la volonté et le courage, Bizot travailla.

A quatre heures, lorsqu'il se recoucha, la peau moite de sueur, les doigts sanglants, le cou endolori ; brisé, épuisé, sans force, un sourire cependant était sur ses lèvres. Non-seulement un côté de la pierre était déchaussé, mais encore les deux autres étaient très-endommagés, et son complice lui avait dit :

— Courage ! je crois que cette nuit nous réussirons.

Lorsque le geôlier vint vers cinq heures, Bizot était debout, croyant que la situation dans laquelle on l'avait trouvé le matin était la cause de la visite annoncée d'un médecin, il dit :

— Ça va mieux maintenant... Je n'ai plus rien.

— Tant mieux, fit le geôlier, car il est probable que l'officier de santé du château ne viendra que demain, vers midi.

— Ah ! il n'est pas ici ?

— Non.

Pauvre gars ! quand son gardien fut sorti, avec quel bonheur il respira.

Tout entier à son espoir de partir la nuit même, il déchira ses draps et, en ayant attaché les morceaux, il s'en fit une corde d'environ cinquante pieds, c'est-à-dire, un peu plus de seize mètres ; il les cacha sous sa couverture et se coucha à sept heures. Lorsque le guichetier, le surveillant et le garde vinrent pour la visite du soir, Bizot feignit de dormir.

- Complétement tranquille sur ce pauvre garçon, le croyant incapable d'exécuter une évasion et surtout convaincu de son impossibilité dans le cachot qu'il occupait, la visite était plutôt l'exécution du règlement qu'une inspection réelle, aussi dura-t-elle peu.

Un secret pressentiment disait à Bizot qu'il n'avait chance de salut que dans l'évasion entreprise. La demande faite par lui au gouverneur, il le sentait, n'aurait aucun résultat, et le lendemain il risquait d'être transféré dans un autre cachot, c'est-à-dire éloigné de celui qui le sauvait en se sauvant.

Or, il le savait, l'ancien soldat, réduit à ses seules ressources d'imagination, il était incapable de jamais trouver la liberté.

L'heure du travail venue, le signal entendu, il fut vite à l'œuvre, et son clou aiguisé grinça sur le pène.

Après deux heures d'un travail acharné, l'homme lui dit de s'arrêter.

— Qu'allez-vous faire ?

— J'ai de quoi entrer mon barreau.

— Vite, alors, essayez.

Il y eut un silence, pendant lequel l'homme alla sans doute chercher sa pince improvisée; puis la voix :

— Attention à vous ! placez votre lit au-dessous de la pierre pour amortir le bruit, et retirez-vous.

Bizot obéit et attendit anxieux, l'œil fixé sur la voûte ; la pince fit gémir la pierre, qui se détacha, se fendant en deux ; le morceau ne pouvait retomber, retenu dans la cassure...

— Poussez-la à moi, dit l'homme.

Bizot grimpa sur le lit et obéit; le morceau enlevé, on ne pouvait pas passer, mais déjà on communiquait...

— Nous sommes sauvés, dit l'homme, en tendant la main à Bizot.

— Soyez béni..., fit celui-ci en la pressant fortement...

— Maintenant enlevons le reste, que je puisse passer... retenez-la bien pour éviter le bruit.

— Attendez, je vais y appliquer l'épaule, et je...

— Chut ! fit l'homme.

— Qu'y a-t-il ?

— Taisez-vous... trois, quatre, cinq, six, sept, huit, neuf, dix, onze, minuit...

— Minuit ! et Bizot resta étourdi, il n'avait pas entendu la moindre vibration.

— Nous avons juste le temps qu'il nous faut... allons-y... êtes-vous prêt.

— Oui, j'y suis.

Bizot avait l'épaule à la voûte, prêt à soutenir, d'une main il s'appuyait au mur et de l'autre il tenait la pierre sur sa cassure.

L'homme donna un coup de pince et la pierre pesa de son poids, un poids énorme, sur l'épaule de Bizot; il ne broncha pas; le lit et l'escabeau gémirent sous ce fardeau.

— Ça y est, fit simplement l'ancien soldat, enlevez.

— Non pas, descendez, au contraire, elle va nous être utile.

Bizot descendit et plaça la pierre sur son lit.

— Maintenant, remontez.

Bizot obéit, il sentit qu'on lui donnait un paquet.

— Qu'est cela ?

— Des cordes, des outils et des armes... Attention, mettez votre main plus haut.

— Mais vous voyez donc, vous, dans cette nuit de cirage ?

— Oui... Vous êtes un prisonnier d'un jour, vous...

— Que faire ?

— Descendez tout cela et venez me prendre.

Eustache Bizot descendit encore déposer son paquet et remonta sur son lit, il tendit les mains...

Un homme, qui lui sembla mince comme une latte, se plaça dans ses bras...

— Credié, fit le soldat, vous n'êtes pas lourd.

Comme en disant ces mots il avait, tout en restant sur son lit, déposé l'inconnu à terre, celui-ci prit Bizot par la taille et lui faisait faire ce même mouvement sans effort, lui dit :

— On n'a pas besoin d'être lourd pour être fort.

Bizot, qui s'attendait à voir un gaillard solide, bâti comme lui, fut grandement surpris en voyant l'homme qui allait lui rendre la liberté...

Celui-ci, vif, alerte. allait et venait à tous les coins du cachot, cherchant sur les murs, voyant dans la nuit, enfin s'arrêtant devant une inscription que Bizot n'avait pas vu, ou peut-être avait passé pour le griffonnage d'un fou, il dit : C'est bien cela.

L'inscription faite au couteau était :

Quo non ascendam. (Où ne monterai-je pas ?)

La devise de Fouquet.

— Oui, oui, disait l'inconnu, c'est bien le cachot, mes calculs ne m'ont pas trompé.

Bizot qui voyait à peine dans la nuit, suivait la silhouette de son nouveau compagnon sans comprendre ce qu'il faisait.

— Voyons, puisque nous sommes ensemble, dit-il, sachons ce que nous avons à faire l'un et l'autre, causons un peu.

— Quand nous serons en mer, nous causerons tout à notre aise. D'abord, à l'œuvre, nous avons encore trois heures au plus devant nous ; dans cinq heures on s'apercevra de notre fuite, et il faut que nous soyons loin si nous ne voulons être repris.

— Qu'y a-t-il à faire ?

Le petit homme, qui voyait parfaitement dans la nuit, prit le paquet qu'il avait passé à Bizot, et le dénouant dit :

— Voici les cordes, voici un poinçon pour vous défendre.

Les cordes étaient faites avec des draps, le poinçon était un clou emmanché dans un bâton de chaise.

— J'ai une corde aussi, fit Bizot, tout fier de montrer son travail.

Le petit homme la prit, tira dessus, et dit :

— Ce n'est guère solide, mais peut-être s'en servira-t-on... Tenez, vous qui me paraissez vigoureux, prenez cette vrille... Attendez que j'allume pour trouver la dalle, il y a une croix, au coin.

L'homme tira de sa poche deux petites pierres à feu, battit le briquet et alluma un peu de toile ; à la lueur du fil allumé, il chercha en comptant les pierres.

— Un, deux, trois, quatre, là, un, deux, trois... c'est ça... et il se pencha dessus... C'est bien cela, voici la croix.

De la corde, des armes, une pince, une vrille, des outils, un plan, du feu ; cet homme avait tout cela dans un endroit où, une fois par mois au moins, on faisait une perquisition chez les prisonniers, Bizot n'y comprenait plus rien ; tout bas il se disait :

— Un moutard comme ça... d'une gifle il n'en restera plus...

— Allons, mettez-vous là, et travaillez. La voix avait un tel accent de commandement, que l'ancien soldat obéit comme dans un exercice.

— Un bon trou là, avec des bras comme les vôtres, c'est l'affaire de deux minutes. Ayant éclairé avec du linge enflammé l'endroit où Bizot devait percer la pierre, les deux biceps de l'ancien soldat se gonflèrent, et la vrille grinça.

Le petit homme avait pris sa corde, et en attachant un bout à la pierre que Bizot avait placée sur son lit :

— C'est fait, dit Bizot tout en sueur, après dix minutes de travail.

— Absolument à côté refaites-en un autre...

— Bien... Et il travailla...

Quelques minutes après, le brave garçon se redressait, et disait à son compagnon :

— Ça y est !

— Très bien ! vous êtes l'homme qu'il me fallait, vous. Prenez la pince et une bonne pesée.

Bizot, obéissant, introduisit le barreau qui servait de pince dans le trou qu'il venait de percer, et employant toutes ses forces, il pesa sur le fer. La pince se tordit, la pierre gémit mais ne bougea pas. Bizot eut peur.

— Allons, fit l'autre, recommencez. Tournez le barreau.

Une seconde pesée ébranla la pierre, une troisième l'enleva, laissant à découvert un trou béant...

— Qu'est cela ? fit Bizot se reculant, des oubliettes...

— Un égout simplement, qui des cuisines conduit les eaux sales à la mer ; autrefois ici était une grille, et comme ce cachot était la salle de torture, cet égout servait à l'écoulement du sang... Ne perdons pas de temps. Coulez ce qui reste de corde autour de vous, et prenez le couteau que je vous ai donné dans vos dents... Il n'y a plus à hésiter ; qui veut nous empêcher de passer est mort, et mort sans bruit.

Ces dernières paroles dites sèchement par le petit homme étaient sans réplique ; un froid courut les veines de l'ex-soldat.

— Vous êtes lourd, vous allez descendre après la la corde, la pierre, qui sera suffisante pour me servir de contre-poids, serait entraînée par vous ; je vais m'asseoir dessus, descendez...

Bizot obéit ; prenant la corde, il allait descendre à la force des poignets.

— Maintenant, lui dit l'homme, ne parlons plus qu'à mi-voix, l'écho porté par l'égout irait donner l'éveil à la sentinelle qui est au pied du roc.

— Bien, et il descendit environ dix mètres...

Le petit homme, qui s'était assis sur la pierre, sentant la corde lâchée, se pencha sur l'égout et demanda d'une voix de gorge :

— Y êtes-vous ?

— Oui !

— Je descends, alors.

Il roula autour de lui la corde faite par Bizot, glissa dedans le barreau de fer et, vif comme un écureuil, il saisit la corde et se laissa glisser jusqu'au bas.

Arrivé là, il saisit la main de son compagnon, la serra fortement et lui dit d'une voix faite d'haleine et de râle :

— Ne bougez pas...

On voyait à l'extrémité du souterrain, au loin, la lumière..., la lumière blanche et délatrice de la lune... parfois la lumière était obstruée par une ombre : c'était le factionnaire qui montait sa faction sur le roc, au pied du château. Le petit homme mit dans ses dents le clou à poignée, semblable à celui qu'il avait donné à son compagnon et marchant à quatre pattes dans l'eau et dans la boue, il se dirigeait vers le point lumineux où était la liberté...

Un grand quart d'heure après il revenait près de Bizot et lui disait de cette même voix sourde :

— Il y a là-bas un écueil terrible...

— Lequel... la sentinelle ?

— Non, l'égout est grillé...

— Que faire alors ?... fit Bizot découragé.

— Vous êtes fort et décidé...

— Oh! oui...
— Eh bien, venez...

X

Comme son compagnon se remit à quatre pattes
pour retourner à l'extrémité du souterrain, Bizot
l'imita et le suivit. Arrivés à l'embouchure de
l'égout, ils s'arrêtèrent. Une grille solide, scellée
par du ciment dans le roc, en défendait la sortie.
Cette grille formait des carrés de fer de vingt-cinq
centimètres environ, les barreaux de fer du haut et
des côtés étaient scellés, ceux du bas forgés en
pointes, n'étendaient leurs dents aiguës qu'à quinze
centimètres du sol, de façon à ce que l'eau pût
entraîner les immondices. Le passage constant de
l'eau, avait profondément altéré le fer, la rouille
l'avait rongé, une vigoureuse secousse imprimée à
une dent, devait l'arracher et livrer un passage de
cinquante centimètres de largeur et de quarante de
hauteur. Pour cela, il suffisait d'arracher la dent.
Bizot voyait se dessiner la silhouette de son
compagnon. qui. placé devant lui, tranchait de son
ombre sur le blanc mat de la lune. Il comprit la
pantomime explicative, qui lui disait...
— La pince placée là, une pesée, la dent se tord,
une seconde, et nous l'arrachons, et notre passage
est tout fait, en nous glissant comme des couleuvres,
nous sommes libres... mais il y a le soldat.
Après avoir attentivement regardé la sentinelle, le
petit homme se pencha à l'oreille de Bizot, et lui dit:
— Ce n'est pas un soldat, nous sommes au-delà
des fossés du fort... c'est un douanier...

Comme le bruit du flot qui frappait le roc empê-
chait d'entendre, l'homme dit à Bizot :

— Prenez la pince et brisez une des dents de la
grille.

Bizot obéit. Contre leur attente, le fer céda à la
première pression. La rouille avait mordu la join-
ture, la dent roula, entraînée par l'eau bourbeuse.

— Maintenant, dit celui qui commandait Bizot ;
mettez votre couteau entre vos dents, glissez-vous
par cette ouverture, une fois sorti, je vous passerai
le barreau de fer, vous courrez au garde-côte, et
d'un coup sur la tête, vous l'étendrez à vos pieds.

— Hein ! fit Bizot, qui sentit le sang se figer
dans ses veines.

Le petit homme avait dit : « Vous étendrez à
vos pieds, » de la voix la plus naturelle du monde,
et il s'étonnait de ce que l'ancien chasseur n'était pas
déjà prêt à exécuter le commandement.

— Eh bien ! voyons, fit-il, nous n'avons pas de
temps.

— Tuer cet homme-là... comme ça... par derrière...

— Et puis ?...

— Et puis ?... ah ! je n'ai pas ce courage-là, moi ;
si vous voulez, je vais y aller... je cours dessus et
je lui dis : « laisse-nous passer. » S'il veut crier je
lui saute au cou, et aie donc, à toi ou à moi la
paille de fer... me battre, enfin ! tant que vous
voudrez, mais par derrière l'assassiner... jamais...

— Vous êtes un niais, répondit sèchement
l'homme, j'y vais.

Et sans s'occuper de l'air ahuri de Bizot, le petit
homme prit son clou emmanché dans ses dents et se
glissant à plat ventre, rampant comme une couleuvre, il passa sous la grille, la poitrine et le ventre
dans la boue, la figure dans l'eau puante et glacée...

12

car nous sommes au 29 ventôse, c'est-à-dire, au 20 mars, premier quartier de lune, nuit de gelée.

Mais, bah! qu'importe le froid extrême, ils avaient le feu dans le corps.

A peine sorti, il demanda à Bizot :

— La pince.

— Attendez, fit celui-ci, que je sorte d'abord.

Et, à son tour, il s'aplatit dans la bourbe et rampa, s'arrachant le dos aux pointes aiguës du fer cassé.

— Voici la pince.

Le petit bonhomme allait se lever, lorsque le douanier se retourna comme s'il venait de leur côté.

Bizot crut qu'ils étaient découverts, c'était le combat; l'homme lui appartenant, sa main vigoureuse s'appuya sur l'épaule de son compagnon et l'obligea à rester à terre. Le douanier venait directement vers eux. Le cœur du soldat battait fort, on n'est pas sans émotion quand la mort d'un homme est absolument nécessaire... Bizot était prêt, attendant le premier cri d'alarme pour sauter à la gorge du malheureux et l'étrangler dans ses mains nerveuses. Au contraire, arrivé au tournant de l'égout, à l'endroit où formant une cascade d'un mètre environ, il rejoint l'égout de la ville de Saint-Palais, le douanier remonta un sentier étroit qui aboutissait à une guérite creusée dans le roc. Pas un de ses mouvements n'échappait aux prisonniers; la lune l'illuminait de sa blanche lumière.

Fatigué sans doute de sa longue station, sentant le froid lui glisser sur la peau, et voyant la mer illuminée par la lune, il était descendu vers les pointes où l'on pouvait voir au plus loin. Ce sont ces marches et contre-marches que le petit homme avait prises pour l'aller et le retour d'une sentinelle en faction.

Le douanier n'ayant rien vu de douteux à l'horizon, regagnait tranquillement sa guérite, sans voir les deux malheureux couchés dans l'eau glacée.

Là, Bizot le vit se rouler dans sa couverture et se coucher le plus simplement du monde dans sa guérite.

— Ne bougeons pas, dit Bizot, il va s'endormir.

— Nous n'en finirons pas avec votre humanité.

Bizot appliqua encore une fois sa forte main sur l'épaule de son compagnon et l'enfonça dans la boue.

— Chut, fit-il, et il regarda.

Le douanier, tout à fait rassuré par son inspection, avait placé quelques planches devant sa guérite pour se protéger du froid. Alors Bizot dit bas à son complice :

— Maintenant nous pouvons aller.

— C'est heureux... Vous avez, avec votre pitié, failli tout perdre.

— Allons donc ! cet homme sauvé vous portera bonheur... Laissons-nous la pince ?

— Non ! non ! nous pouvons en avoir besoin.

Suivant le ruisseau de l'égout, ils descendirent où il formait une cascade et se trouvèrent presque au bord de la mer ; ils suivirent une espèce de rampe qui se terminait en brise-lames.

La mer descendait, ils étaient sur la plage, et le passage était dangereux, car la lune semblait donner sur la mer et sur le sable. Blotti dans l'ombre du brise-lames, le petit homme dit à Bizot :

— Restons-là une seconde que je m'oriente.

— Dépêchons-nous, fit Bizot, vous savez, je ne suis pas rassuré, il me semble que le jour va bientôt venir.

— Taisez-vous et comptez... l'heure sonnait, effectivement, l'heure sonnait à Saint-Palais : Bizot compta et dit :

— Deux heures... Voilà cinq heures que nous travaillons.

— Le jour ne viendra qu'à cinq heures cinquante-six, nous avons donc deux grandes heures et demie...

— Oui, mais c'est cette lune !

— La lune se couchera à trois heures cinquante-sept... encore deux heures et demie.

Bizot ouvrait des yeux si grands, si grands, qu'on eût pu croire qu'ils allaient tomber.

— Vous savez donc tout, vous ?...

Le petit homme sourit et dit :

— Un nuage passe sur la lune, traversons la plage vivement, et gagnons le Guedel...

— Qu'est-ce que c'est que ça...

— C'est un coin de roche, une anse où les pêcheurs amarrent leurs bateaux...

En vingt pas, profitant de l'obscurité, ils traversèrent la plage... Lorsqu'ils furent dans les roches, le petit homme dit : Voyons, que je voie bien où nous sommes. Et il regarda autour de lui.

Courant à quatre pattes dans les rochers, les deux évadés purent échapper aux regards du douanier, qui s'endormait, et à ceux de la sentinelle placée sur les fortifications. Après vingt minutes de marche, le petit homme s'arrêta et dit :

— Arrêtons-nous un peu, que je voie bien où nous sommes.

Bizot, qui ne demandait pas mieux, s'assit dans les roches. Les deux hommes regardèrent le magnifique tableau qu'ils avaient devant les yeux.

Belle-Isle dressait sa silhouette noire derrière eux, immense granit de pierre debout sur les rochers, et contre lequel vient vainement battre l'Océan... Derrière comme les suivantes du géant, les toits pointus de l'ancien duché de Cornouailles se profilaient dans le blanc mat du clair de lune... puis tout autour la mer infinie brillantée par les rayons blancs.

Dix lignes d'histoire sur Belle-Isle. Située en plein océan, à quelques lieues des côtes du Morbihan, l'île, grande de dix lieues environ, est presque

entièrement entourée de rochers escarpés. Belle-Isle
portait autrefois le nom de Guedel ; au onzième siè-
cle, elle appartenait au comte de Cornouailles, suc-
cessivement vendue ou échangée, elle passa des mains
du duc de Retz en celles de Fouquet, le grand sur-
intendant de Louis XIV. C'est lui qui fit construire
le port et les fortifications, fortifications qui n'empê-
chèrent pas l'amiral hollandais Tromp de s'emparer
de Belle-Isle en 1674. Rendue à la France par la paix
de Nimègue, les descendants de Fouquet la cédèrent
à l'Etat. Après le combat naval où la flotte française
du maréchal Conflans fut dispersée par la flotte anglaise, en 1761, l'île fut assiégée par les vainqueurs
et fit une belle défense à la suite de laquelle elle ob-
tint une capitulation honorable. La France la recou-
vra par le traité de paix de 1763. Bloquée une seconde fois par les Anglais, M. de Bellecombe les
obligea à renoncer à leur entreprise. Une nouvelle
tentative en 1795 ne fut pas plus heureuse.

A l'époque où se passe notre récit, l'île était presque une place de guerre, à chaque angle de fortifi-
cation apparaissait la gueule d'un canon, et passait
et repassait la baïonnette d'un soldat en faction.

Après quelques minutes d'observation, le petit
homme dit :

— Le Guedel est par là, vite nous avons bonne
brise... courons...

Il partit et Bizot le suivit, un quart d'heure après
ils étaient au Guedel, une petite anse où les pêcheurs
de sardines rentraient leur barque le soir, quand ils
voulaient au plus tôt regagner le grand large.

Arrivé là, le petit homme, comme si les bateaux
lui étaient familiers, sauta dans une barque et dit :

— Allons ! vous, venez.

— Quoi faire ? fit Bizot sautant.

— Prenez les avirons, nous allons gagner le large...

— Vous savez conduire ça, vous ?

— Vous le verrez...

— Mais, où allons-nous ?

— A la liberté !

— Savez-vous au moins où nous irons ?

— En Amérique, peut-être.

— Hein !

La lune était voilée par un nuage; le petit homme profita de ce moment pour s'éloigner des fortifications. Un coup de gaffe solidement appliqué les fit sortir de l'anse du Guedel... et Bizot appuya sur les avirons, disant :

— Attention ! vous, n'allez pas nous perdre, je ne tiendrais pas à mourir de faim.

— Taisez-vous. n'ayez pas peur et appuyez.

Bizot tira de toutes ses forces, le petit homme tenait le gouvernail... Quand la lune illumina de nouveau la mer et la côte, la barque était hors de portée.

— Maintenant, dit le petit homme, arrêtez-vous.

— Tant mieux, fit Bizot, passant sa manche sur son front... J'en ai assez...

— Tout n'est pas fini... aidez-moi encore et tout à l'heure nous nous reposerons, et, dans une heure, avec cette brise-là, nous serons sauvés.

— Sauvés! sauvés! faites attention où nous allons... Si nous nous perdons...

— N'ayez pas peur...

Le petit homme connaissait l'agencement des barques de pêche ; il fouilla sous la levée de l'avant, et en tira deux voiles... le foc et la brigantine...

— Hola ! fit-il, après avoir attaché la toile au mât, et accroché le bout de la brigantine après la baume. Hissez ça...

Bizot le regarda comme s'il parlait hébreux !...

— Oui, appuyez sur les drisses, et en disant ces mots il lui mit une corde dans la main...

Bizot tira ; la toile hissée, le petit homme accrocha le foc, amarra les deux écoutes et se mit au gouvernail. Le bateau vira, les toiles se gonflèrent et s'inclinant sous le vent, le bordage rasa l'eau. Bizot roula dans la barque.

— Tonnerre, bon Dieu, vous nous flanquez dans le bouillon, vous.

— N'ayez pas peur.

Bizot se redressa se cramponnant, car il n'avait le pied marin et n'était guère rassuré dans cette toute petite barque sur la mer immense. Heureux de respirer à plein poumon à l'air libre, il se sentait cependant oppressé par le danger de l'inconnu. Le vent était bon, le bateau était dans son allure, et habilement dirigé, aussi dévorait-il l'espace.

— Nous avons l'air de marcher vite, fit Bizot.

— Oui, nous sommes tombés sur un bon bateau.

— Sommes-nous loin, ici ?

Le petit homme se retourna pour regarder la distance qui les séparait de Belle-Isle.

Le fort et ses rochers n'étaient plus qu'un point presque imperceptible.

— Eh bien ? demanda Bizot

— Eh bien ! nous sommes libres maintenant... il est impossible de nous rejoindre.

— Dieu vous entende, fit le pauvre diable joyeux... Et, tombant à genoux, les larmes aux yeux, il pria.

Le petit homme dit alors :

— Etes-vous homme à rester un jour sans manger ?...

— Dans la famille, on nous a appris ça, enfant, je ne mangeais pas tous les jours...

— Alors, je vais gagner le large.

Bizot fit la grimace, la mer lui faisait peur.

Lorsque le soleil perça l'horizon gris, Bizot, peu rassuré, s'aperçut qu'on était en pleine mer. Au sud, au nord, l'est, et à l'ouest, la mer, rien que la mer !

On est Parisien, ou on ne l'est pas ! Et le pauvre garçon l'était de la peau aux moelles, c'est-à-dire qu'il affectionnait le plancher des vaches et avait malgré lui une aversion énorme pour l'élément liquide. Cependant son cœur bondissait à cette pensée : Libre ! Je suis libre !

Son compagnon conduisait admirablement le bateau ; habitué en deux heures aux évolutions du bateau, il ne se récriait plus lorsque, pour donner au vent, le côtre changeait d'allure ; cependant désirant être tout à fait rassuré, il demanda :

— Est-ce que vous avez navigué ?

— J'ai fait le tour du monde.

Cette réponse, qui, aujourd'hui, semblerait toute naturelle amena sur le visage de Bizot un sourire admiratif.

— Le tour du monde, fit-il.

— Oui... je connais la mer.

— Connaître la mer c'est énorme, mais connaissez-vous particulièrement les eaux dans lesquelles nous sommes ?

— Vingt fois dans un côtre à peu près semblable à celui-ci, j'ai transporté au large, aux côtes de Bretagne, des armes pour les Chouans.

— Ah ! c'est vrai, vous êtes royaliste.

— Mais vous-même ?

— Moi, je vous ai dit, je ne suis pas plus royaliste que républicain ; je suis soldat de mon pays.

— Vous m'avez dit...

— Je vous ai dit que j'étais emprisonné comme conspirateur royaliste.

— Et c'est faux.

— Faux comme un assignat.

Il faisait tout à fait jour ; le petit homme s'était penché tout à coup et, se relevant, il dit :

— Vous avez entendu... tout est découvert.

— Hein ! fit Bizot regardant autour de lui...
Par qui ? Je ne vois que la mer.

— Vous êtes donc sourd ? Vous n'avez pas entendu
un coup de canon ?

— Un coup de coup de canon !... pas du tout ;
cependant je connais ça, moi... Qu'est-ce que ça
veut dire ?

— Ça veut dire aux gens de l'île et aux popula-
tions riveraines : un prisonnier s'est échappé ne
l'aidez pas dans sa fuite ou vous serez punis ; aidez-
nous à le retrouver ou plutôt à les retrouver — car
on vient de tirer un second coup — et vous aurez
une récompense.

— Eh bien ! mais tous les bâtiments que nous
allons rencontrer vont nous courir sus.

— Non ! parce que vous allez faire ce que je vais
vous dire.

— Parlez.

— Fouillez sous la levée de l'avant.

— Hein ?

— La levée...

— Qu'est-ce que c'est que la levée de l'avant ?

— Le dessous du bateau à sa pointe.

— Ah ! oui !... ça s'appelle la levée de l'avant...
Bon... et puis...

— Tirez tout ce qu'il y a dessous.

Bizot obéit, en une minute, il eut tiré des va-
reuses, des bérets et des engins de pêche.

— C'est ça.

Le petit homme amarra la barre du gouvernail
et vint fouiller avec Bizot dans les vêtements et
dans les outils qu'il venait de découvrir.

— Qu'est-ce que ça ? fit-il en développant et en
dénouant un petit paquet.

— Du pain ! cria joyeusement Bizot... pas mau-

vais ça !... C'était un gros pain d'orge... il le cassa
et y mordit, offrant l'autre moitié à son compagnon.

— Je n'ai pas faim, dit celui-ci.

Bizot le regarda étourdi.

— Tenez, continua l'homme en prenant un vêtement, enfilez cette vareuse et coiffez-vous de ce béret.

Le pauvre garçon s'empressa d'obéir, il était peu
vêtu, et la bise soufflait ; son compagnon l'imita, et,
après, il se mit à genoux et fouilla à son tour sous
l'avant.

— Un marteau, c'est bon, ça ; un couteau, c'est
meilleur...

— Qu'est-ce que c'est que cette roche, demanda
Bizot, voyant l'homme tirer un immense bloc de grès.

— C'est ce qu'il lui sert d'ancre, au pêcheur, lorsqu'il est dans un endroit peu profond, et sur la roche.

— Jetons ça... ça pèse...

— Que non... Voici le couteau, vous allez l'ai-
guiser dessus comme un rasoir...

— Pourquoi faire ?

— Comment, pourquoi faire Mais regardez-moi
donc.

— Eh bien ? demanda Bizot obéissant.

— Qu'ai-je l'air ?

— Est-ce que je sais moi.

— Est-ce que mes cheveux, ma barbe ne sont
pas des révélateurs de notre situation ?

— C'est vrai... Nous allons nous raser...

— Evidemment .. plus de cheveux, plus de barbe,
n'est sous le menton un petit balai...

— Très-bien ! je me mets à l'œuvre.

Tout en aiguisant son couteau, Bizot, voyant son
compagnon démêler un long fil de fouet, lui demanda :

— Qu'est-ce que c'est que ça ?...

— Des lignes !

— Nous allons donc pêcher.

— Et pardi ! jusqu'au jour où nous serons sur la terre ferme nous sommes des pêcheurs.

— Très bien ! compris... et se redressant. Si monsieur est prêt, le barbier attend, fit-il en riant.

Sans dire un mot l'homme s'assit sur le banc d'arrière. Bizot coupa, rasa... Vingt minutes après le malheureux compagnon n'avait plus un poil autour de la tête. La houppette laissée sous le menton pouvait passer pour le manche d'ébène d'un bilboquet, dont la tête était la tête de buis.

Bizot lui-même fut épouvanté de son œuvre. Et quand son compagnon lui dit :

— Comme ça on ne me reconnaîtra pas.

Il répondit tout navré et comme honteux du changement opéré par lui.

— Oh ! non, par exemple !

— A vous maintenant, dit l'homme.

XI

Les deux mois de captivité de Bizot avaient couvert sa peau d'un poil rude et serré, quelques minutes après, il était débarrassé de sa longue chevelure et de sa barbe rousse.

— Maintenant, dit l'homme, nous allons passer la journée ainsi en tâchant d'éviter les curieux... Ce soir, nous passons Brest, et demain au matin, nous atterrirons...

— Demain seulement.

— La ligne que vous avez trouvée nous servira chaque fois que nous verrons un bateau se diriger vers nous, nous la laisserons flotter.

— Sans compter que je ne déteste pas la pêche, moi... il y a moyen de prendre quelque chose,

— Faites cela si vous voulez… tous les vieux poissons qui sont dans la sébille sont là comme appâts.

— Je vais pêcher, vous n'avez pas besoin de moi pour la manœuvre ?

— Non !…

— Nous pouvons toujours causer maintenant ?

— Tant que vous voudrez.

— C'est pas un secret… qui vous êtes ?

— Du tout… Je suis un serviteur dévoué de mon roi ; j'ai été pris en 1794, au moment où nous débarquions des armes dans l'île de Sein.

— Pour faire la guerre contre la France ?

— Non, pour sauver la France des mains de ceux qui l'avaient.

— Alors, vous avez été pris et enfermé.

— Avec un pauvre garçon, tué à mon côté, nous avons fait le coup de feu pour empêcher les bleus d'avancer, jusqu'au moment où nos chefs seraient en sûreté. Mon compagnon tué, j'ai été pris. On allait me fusiller, lorsqu'un représentant me fit arrêter et conduire à Paris, là, pour un but que j'ignore, on me fit transférer ici.

— Vous étiez sans famille ?

— Ma femme est morte le lendemain de la mort de la reine.

— Vous n'aviez pas d'enfants ?

— Si, j'ai une fille.

— Que vous allez revoir.

— C'est la seule raison qui me fait rentrer en France.

— Comment cela ?

— Sans l'intention de revoir mon enfant, je cinglerais vers l'Angleterre…

— Eh ! pas de ça, j'aime pas les habits rouges… si vous partez, descendez-moi…

— N'ayez crainte !… je veux revoir ma fille…

— Et où est-elle ?

— Elle doit être à Dieppe.

— Avec tout cela, je ne sais seulement pas votre nom.

— Je me nomme Louis Cervenon...

— Cervenon !... je connais un nom comme ça, fit Bizot.

— Officier surveillant à l'argenterie du roi.

— Un servant du tyran, dit tout bas Bizot.

— Hein ?

— Rien, je n'ai rien dit !... Nous ne sommes pas tout à fait du même bord, je suis un soldat républicain... mais vous savez, je ne vous en veux pas pour ça. Je me nomme Eustache Bizot, chasseur à pied, 2ᵉ bataillon, 1ʳᵉ compagnie... dans la garde du consul...

— Qu'est-ce que c'est que ça, le consul ?

— Comment ! qu'est-ce que c'est que ça... Mais, d'où sortez-vous ?

— Hélas !

— C'est vrai, au fait, que je suis bête... Le premier consul de la République française, c'est mon général, Bonaparte...

— Bonaparte ?... fit Cervenon, cherchant, je ne connais pas ce nom.

— Cependant, il est connu...

— Mais la Convention ?

— La Convention... fauchée.

— Comment, fauchée ?

— Oui, on a coupé le cou à plus de la moitié, répondit Bizot, écrivant l'histoire à sa façon... mais c'est de l'histoire ancienne, tout ça; Prussiens, Autrichiens, Russiens et Anglais le connaissent. Il les a habitués à recevoir des tatouilles...

— Attendez donc... Buonaparte n'est-ce pas un petit capitaine nommé général après la prise de Toulon ?

— C'est ça même... Il a permuté depuis, ajouta en riant Bizot, il est dans les consuls.

— Et l'échafaud de la place de la Révolution ?

— Nous n'en sommes plus là.

— Comment, vous n'en êtes plus là ?

— Oui, on est tranquille maintenant, pour tuer du monde, nous allons à l'étranger...

— Mais, vous-même, ne m'avez-vous pas dit que vous aviez été enfermé comme royaliste.

— Oui !

— Eh ! comment se fait-il que vous vous disiez garde de la République ?

— Est-ce que je le sais moi-même.

— Vous n'aviez pas de relations avec nos princes ?

— Je leur ai envoyé des coups de fusil en 93 quand ils avaient pris du service dans les armées étrangères.

— Depuis, peut-être, avez-vous aidé à servir la cause ?

— Mais bien au contraire.

— Comment ! bien au contraire ?

— Oui, je peux vous dire ça, c'était pas une affaire politique, je vous le répète, je suis Français... sois curé qui voudra, je suis de la paroisse.

— Je vous comprends.

— Eh bien, je n'aimais pas un coquin de la plus belle eau qui sert soi-disant les princes.

— Ah ! ah !

— J'étais chargé de donner sur lui quelques renseignements.

— Et ?

— Et je les donne... et c'est moi qu'on arrête.

— Quel était cet homme ?

— Un mauvais diable nommé Friquet...

— Friquet ! fit Cervenon en se redressant.

En voyant le mouvement de son compagnon, lorsqu'il avait prononcé ce nom, Bizot demanda :

— Est-ce que vous le connaissez ?

— Non, c'est le même nom, mais ce ne peut être celui-là. Ne m'avez-vous pas dit que c'était à Paris.

— Oui.

— Ce n'est pas le même.

— L'homme que j'aurais voulu ne jamais connaître se nomme Jacques Friquet...

— C'est le même prénom.

— Il demeure à Paris, rue Cassette, 4.

— Ce n'est plus cela... Et que fait-il ?

— Du mal, c'est le seul métier que je lui connaisse.

— Ce n'est assurément pas le même. Jacques Friquet était, il y a huit ans, avoué à Dieppe.

— Mais si, c'est bien ça.

— Comment ?

— Mais oui, il était avoué à Dieppe... Je me rappelle, c'est là que M. Trumeau l'allait voir... Vous connaissez Trumeau, alors ?

— Du tout.

— Ah !... et c'est bien ce gueux-là qui est la cause de tout

— Vous vous servez d'expressions sévères.

— Gueux !... mais c'est-à-dire que je le flatte.

— L'homme dont je vous parle est un honnête homme.

— Si c'était vrai, ça ne serait pas le même... mais vous vous trompez, c'est maître Friquet, ancien avoué, un grand garçon, d'une quarantaine d'années portant des lunettes.

— Oui.

— Eh bien, c'est le dernier gredin de la terre.

— Que vous a-t-il fait, enfin ?

— Ce qu'il m'a fait ?... est-ce que je le sais ? C'est justement pour ça la canaille, c'est que je n'en sais rien.

— Avant de l'injurier ainsi, vous devriez vous assurer qu'il mérite vos injures.

— Je sais qu'il mérite autre chose qu'il aura. Et, en disant ces mots, Bizot montrait le poing au vide.

— Friquet est royaliste, vous êtes républicain, et pour une cause absolument politique vous avez été victime de son adresse : il n'y a pas là le fait d'un malhonnête homme, il n'y a que l'adresse du partisan.

— Comment arrangez-vous ça, vous ; de l'adresse ! d'abord il est royaliste, comme il était avoué pour gagner de l'argent.

— Mais ne me disiez-vous pas que vous aviez mission d'avoir des renseignements sur lui ?

— Oui.

— Dans le but de servir à son arrestation.

— Oui.

— Eh bien ! mais, il me semble, qu'il n'a été qu'adroit, en vous faisant prendre à sa place.

— Vous appelez ça adroit, vous.

— Certainement.

— Mais puisque je vous dis que c'est un coquin.

— C'est un mot dont on se sert trop facilement pour se qualifier entre gens de partis différents.

— Je suis du parti des honnêtes gens ; vous avez beau vouloir placer de la politique là-dedans, il n'y en a pas.

— Soit. En somme, il n'est pas arrêté.

— Non, le misérable.

— Et savez-vous où il réside ?

— Est-ce que l'on sait, ces gens-là.

— Je vous en prie, faites taire votre haine et répondez-moi tranquillement.

Depuis que le nom de Friquet avait été prononcé Cervenon cherchait à se renseigner sur lui en questionnant Bizot dans un sens que celui-ci faisait dévier sans cesse en revenant toujours à ses récri-

minations... Cette fois, c'est suppliant, qu'il avait
demandé des réponses plus calmes, et Bizot tout
étonné lui dit :

— Que voulez-vous savoir ?

— Vous connaissiez Jacques intimement ?

— Non, mais j'allais tous les jours dans une
maison où il était intime.

— Vous le voyiez quelquefois, enfin ?

— J'ai dîné avec lui trois jours avant mon arrestation.

— Alors, vous devez avoir vu avec lui une jeune
fille !

Bizot devint plus bruyant encore que quelques
minutes avant.

— Vous la connaissez aussi, celle-là, fit-il, la
gueuse...

— Malheureux ! fit Corvenon menaçant, taisez-
vous !

A l'accent, au ton, dont ces mots furent dits, la
voix s'éteignit sur la bouche de Bizot qui regarda
étonné celui qui lui parlait.

— Vous avez vu cette enfant !

— Marie-Reine ?

— Quelle Marie-Reine ?

— La fille qui est la maîtresse de Friquet, quoi !
sa complice. Corvenon était livide.

— Eh bien ? demanda-t-il d'une voix sourde.

— Eh bien ! c'est cette Marie-Reine Chantal...
L'homme respira bruyamment.

— Ce n'est pas de cette femme que je vous parle...
Mon Dieu que j'ai eu peur et comme j'étais prêt à
dire comme vous... pauvre Jacques...

— De quelle fille parlez-vous, alors ?

— Au reste, il doit l'avoir mise dans un couvent ;
c'est une demoiselle maintenant, il ne pouvait la
garder avec lui.

13

— Mais de qui parlez-vous donc ?

— Je parle d'une jeune fille que je lui confiai,
quelques jours avant mon expédition, et qu'il devait
placer dans une famille de ses amis, où était une
jeune fille ayant presque l'âge de ma fille.

— De votre fille ?

— Oui, ma fille Marie-Antoinette Cervenon...

— C'est ça ; je me disais, je connais ce nom là !...

— Vous la connaissez ?

— Non, j'en aurai entendu parler...

— Oh, mon Dieu ! qu'en disait-on, je vous en
prie, souvenez-vous... où est-elle ?

— Ah ! je me souviens, en l'an II, il l'amena
chez Trumeau, c'est ça. elle avait seize ans...

— Oui, oui, une grande fille, blonde et rose...

— Ah ! mon Dieu, fit Bizot, prenant sa tête
dans ses mains... c'est votre fille ?...

— Vous m'épouvantez, qu'y a-t-il ?

Bizot, comme terrifié par le souvenir, n'osait plus
dire un mot, et Cervenon, anxieux, le regardait,
cherchant à interpréter la cause de ce changement
subit dans l'allure de son compagnon.

— C'était votre fille ? reprit Bizot.

— Mais, parlez, qu'y a-t-il ? Vous m'épouvantez.

— Il y a un grand malheur.

— Elle est morte ?

Et le visage du malheureux était effrayant à voir.
Bizot ne répondit que par un signe de tête affirmatif.

— Oh ! mon Dieu ! mon Dieu ! fit Cervenon, de
quoi me punissez-vous donc ?

Et s'agenouillant dans le bateau, il pria... Se redressant, il demanda à Bizot :

— Quand est morte la pauvre enfant ?

— Oh ! il y a bien longtemps, quelques semaines
après son arrivée.

— Comment ! mais elle était forte, pleine de santé ?

— Oui, et elle est morte en un jour.

— Elle a été mal soignée ?

— Oui... peut-être...

La singulière façon dont Bizot dit ces mots, fit que Cervenon le regarda fixement et lui dit :

— Vous me cachez quelque chose.

Bizot ne répondit pas.

— Dites-moi comment elle est morte..., où ?

— Je n'étais pas là à cette époque.

— Mais puisque vous savez...

— Oui, une lettre.

Bizot était très-embarrassé, il voulait parler et il craignait de trop dire ; au contraire Cervenon, calme sous le nouveau coup qui le frappait, le regardait suppliant, essuyant parfois deux grosses larmes qui coulaient sur ses joues.

— Ecoutez-moi, mon ami, nous n'avons pas à nous occuper du bateau. Un heureux hasard fait que vous savez tout ce qui m'intéresse le plus au monde, venez près de moi, asseyez-vous et, je vous en prie, contez-moi tout, tout ce que vous savez.

— Quelles que soient les accusations que je porterai ?

— Des accusations, fit Cervenon étonné, il faut me tout dire, tout, entendez-vous bien...Je croyais n'avoir qu'à pleurer ma fille ; si je dois la venger... parlez...

— Eh bien, écoutez-moi ; je vais reprendre ça de haut.

— Oui !

Cervenon tenait la barre du gouvernail, Bizot vint s'asseoir près de lui, et il commença.

— Je dois d'abord vous dire que depuis vingt ans au moins je connais les Trumeau.

— Qu'est-ce que les Trumeau ?

— Trumeau, c'est un épicier de la place Saint-Michel, un brave homme, l'ami de ce Friquet. Trumeau a deux filles ; c'est chez lui que votre fille fut amenée.

— Ah !

— A l'époque, madame Trumeau existait.

— C'était une honnête famille.

— Pour ça, pas un mot à dire... et la preuve la voici : ma mère était une grande amie de madame Trumeau. L'expression avec laquelle Bizot dit naïvement ces mots, fit que Cervenon lui prit la main et la pressa en lui disant :

— Continuez.

— Ma pauvre mère avait vu la petite Rosalie haute comme ça, et toujours elle avait dit : Ça fera une femme pour mon fils. C'est ce qui arriva.

— Vous êtes marié ?

— Non, attendez...En 93, lorsque les enrôlements volontaires furent décrétés pour répondre à l'invasion, je m'engageai. J'allai dire adieu à la famille Trumeau. Rosalie, c'est la fille de Trumeau, était en larmes. Elle me dit : Alors, ce que vous aviez promis n'est plus.

» — Comment, que je lui dis, plus que jamais.

» — Mais vous partez.

» — Ecoutez que je lui dis, mamzelle Rosalie, les affaires ne vont pas, nous sommes tous malheureux comme des pierres ; je ne suis pas utile à maman, au contraire je lui suis à charge. Je suis trop jeune pour me marier, lui amener ma femme et lui dire : Maman repose-toi, nous sommes-là. Dans trois, quatre ans je reviendrai, et alors je vous dirai : M'amzelle Rosalie, me voilà, voulez-vous de moi ?

» — Je vous dirai oui qu'elle me dit.

» — Topez là, qu'elle fait... Je peux dire ça, est-ce pas ; ça ne me semblait pas assez, je lui dis embrassons-nous... Ça ne fut pas long... Donc, nous nous aimons. Nous étions tout en larmes.

» — Alors que je lui dis, c'est juré, vous m'attendez ?

» — Sur Dieu, me fit-elle... tout bas, car il était défendu d'en parler à cette époque-là.

» — Eh bien ! que je lui répondis, ça y est... que je crève comme un chien si je mens... »

C'était donc une affaire entendue, nous étions fiancés, nos parents acceptaient, et, avec leur permission, on se promit de s'écrire. Je partis ; j'étais en Italie, dans les Alpes, je m'en souviens comme d'aujourd'hui, nous avions été battus et repoussés en voulant prendre Saorgio, lorsque, le soir, blessé à l'ambulance, je reçus une lettre d'elle. Cette lettre me disait qu'elle s'ennuyait à mourir, mais que, heureusement, un ami de son père lui annonçait la venue prochaine d'une jeune fille, à peu près de son âge, qui viendrait rester longtemps chez eux, car le père était un émigré. Cette jeune fille se nommait Marie-Jeanne Cervenon...

— Ma fille ! dit Cervenon... Achevez.

Bizot continua :

— C'était en hiver, envoyé dans les Vosges, notre régiment rejoignit l'armée de Hoche. J'assistais à la bataille de Wissembourg, une jolie bataille, mon petit ; les Autrichiens avaient chaud, c'est pour ça que nous les avons fait baigner un peu dans le Rhin, et il ne faisait pas chaud ce jour-là...

Comme Cervenon ne pouvait réprimer des signes d'impatience, Bizot continua :

— Je vous dis ça pour vous expliquer que je fus deux grands mois sans recevoir de lettres ; enfin, un jour, je reçus une lettre de Rosalie, dans laquelle elle me disait que l'ami de son père était arrivé à Paris, et qu'on lui avait proposé une chambre. Elle me dit que cet homme se nommait Jacques Friquet, qu'il était avoué à Dieppe, que sous des dehors de séminariste, il cachait la plus fougueuse et la plus honteuse nature ; qu'elle avait été obligée de se plain-

dre à sa mère des tentatives indignes de cet homme.
Sa mère avait parlé à Friquet et, de ce jour, il s'é-
tait tourné vers sa jeune amie Jeanne.

— Que me dites-vous là ? fit Cervenon, blême.

— Sur ce que j'ai de plus sacré au monde, la vérité, rien que la vérité.

Cervenon respira bruyamment, appuya sa main
sur sa poitrine comme pour la comprimer, et dit
d'une voix sourde :

— Continuez, mon ami.

— Lasse des obsessions de cet homme, Jeanne
avait tout dit à Rosalie, et lui demandait ce qu'elle
avait à faire. Rosalie lui conseilla ce qu'elle avait
fait elle-même, de tout dire à Trumeau... Jeanne lui
dit qu'avant de faire du scandale, elle allait prévenir Friquet que, s'il continuait, elle dirait à Trumeau de l'en débarrasser.

— Alors ? demanda Cervenon.

— La lettre finissait, autant que je m'en puis
rappeler, par cela, et par une phrase où la chère
amie me disait : « Vous voyez, Eustache, combien
votre présence nous serait utile en nous débarrassant
de ce misérable, pour lequel, je ne sais pourquoi,
mon père a la plus profonde sympathie. » Cette lettre, vous le pensez bien, me tourmentait; qu'allaient
devenir ces deux jeunes filles que ce misérable guettait... Hélas ! je le sus trop tôt.

Cervenon regarda fixement Bizot ; celui-ci comprit, et, regardant, répondit :

— Sur ma part de salut, je souhaite que vous ayez
la preuve du contraire de ce que je vais vous dire.

— Parlez...

— C'était au commencement de la campagne... je
m'en souviens, que je reçus l'autre lettre de Rosalie.

— Elle vous disait ?

— Elle me disait que Jeanne Cervenon était ve-

nue la trouver un soir dans sa chambre, et qu'elle
lui avait raconté que, deux heures avant, Friquet
était monté chez elle, qu'épouvantée de se trouver
seule avec cet homme elle avait appelé son père, et
que le misérable lui avait dit :

— Depuis longtemps il est mort, et tu m'appartiens tout entière. A la menace formelle de Jeanne
de tout dire le lendemain à Trumeau, il lui avait
répondu : Tu fais bien de me prévenir...

Rosalie conseilla à son amie de ne pas attendre
plus longtemps, et de tout dire à son père le soir
même. Ce soir Trumeau passa la soirée avec Friquet, ne rentra que fort tard... Le lendemain, on
trouva Jeanne morte au pied de son lit...

— Morte !...

Et le malheureux, désespéré, ne pouvait contenir
ses larmes ; il demanda :

— Et qu'advint-il ?

— La lettre me disait qu'un chirurgien appelé,
et ayant trouvé le cadavre au pied du lit, ayant
remarqué la contraction des muscles, avait déclaré
simplement que la mort n'était pas ordinaire ; sur
le conseil de Friquet, on avait néanmoins inhumé
Jeanne sans autres constatations.

Cervenon pleurait, Bizot continua :

— Enfin, Rosalie ajoutait : pour moi, je ne puis
voir cet homme, je suis convaincue qu'il a assassiné
mon amie...

Bizot regarda le malheureux auquel il venait de
faire la terrible révélation. Livide, les joues mouil-
lées de larmes, les yeux fiévreux, sa main crispée
tenait la barre du gouvernail.

— Je vois des voiles là-bas, fit-il, tirez vos lignes
et feignez d'être occupé à les réparer.

Toute la journée et toute la nuit se passa sans
dire une autre parole...

Le soir seulement du deuxième jour, éreintés, affamés, les deux hommes abordèrent au-dessus de Roscoff dans l'île de Basth.

Dès qu'ils eurent mis pied à terre, Bizot dit :

— J'ai faim.

— Venez, fit Cervenon, nous allons manger.

— Mais, de l'argent, demanda Bizot ?

Cervenon détacha la corde qui lui servait de ceinture, et la coupant, il en tira quatre louis d'or. Le fiancé de Rosalie fut ébahi, mais heureux ! Ils ne trouvèrent dans l'île que du pain noir. Bizot voulait gagner au plus tôt Roscoff.

— Non ! dit Cervenon, les gardes-côtes sont là le soir, demain au jour nous ne donnerons aucun soupçon.

Ils couchèrent dans l'île. Le lendemain, ils abordèrent à Roscoff. Là, ils abandonnèrent le bateau, deux heures après ils étaient à Saint-Pol-de-Léon. Cervenon avait là un ami chez lequel ils reçurent l'hospitalité. Reposés, transformés par un habillement neuf, les deux hommes prirent des chevaux.

— Où allons-nous? demanda Bizot.

— Que vous importe, dit Cervenon, attachez-vous à moi.

— Au fait, vous m'avez sauvé, je vous appartiens.

— Vous avez un ami, et il pressa la main de Bizot.

— Nous allons à Paris?...

— Nous allons nous venger.

XII

Le douze ventose, c'est-à-dire le trois mars, un homme de vingt-cinq à trente ans, suivait la rue du Temple, mince et long comme une gaule, enveloppé d'un long manteau, sous lequel apparaissaient deux pieds immenses, il était étrange ; ses yeux étaient abrités par d'immenses lunettes. Malgré le froid très intense de ce jour, l'homme retirait parfois son chapeau pour essuyer son crâne chauve ruisselant de sueur. La cervelle chauffait son coffre osseux, sous l'empire d'une idée tenace. Arrivé à la hauteur de la rue de la Corderie l'homme s'arrêta et s'assit quelques minutes au pied de la statue du couvent du Temple. Là, à la lueur du réverbère qui pendait entre la rue du Temple et la rue Phélippaux il relut quelques papiers qu'il tira de ses poches. Les mains de cet homme étaient extraordinairement longues et maigres, une seule aurait pu couvrir le masque de l'individu dont la tête était relativement toute petite.

Ayant consulté ses papiers, l'homme se leva et remonta la rue jusqu'au marché du Temple ; là, il tourna à sa gauche et entra rue Fontaine, quelques minutes après il frappait au guichet de la prison des Madelonnettes. On ouvrit, l'homme entra.

— Que voulez-vous, dit le guichetier.

L'homme montra le papier qu'il avait préparé ; l'ayant lu, le guichetier s'inclina respectueusement et dit :

— Veuillez m'attendre une minute, monsieur, je vais prévenir le directeur.

— Bien. En attendant, montrez-moi le livre d'écrou.

Le guichetier tira le livre demandé d'un casier et l'ouvrit devant l'homme qui s'assit et le feuilleta. Le guichetier partit pour prévenir le directeur. L'homme lisait sur le registre.

Quelques minutes après, le directeur faisait introduire chez lui celui qui l'avait demandé.

— J'ai vu l'ordre que vous avez remis au guichetier, et suis prêt à me mettre à votre disposition.

— D'abord, monsieur le Directeur, je vais vous remettre les pièces, veuillez en prendre connaissance.

Le Directeur lut.

« Vu la déclaration affirmative du jury, après avoir eu sous les yeux les procès-verbaux et les pièces, je requiers qu'en conformité des articles 256 et 262 de la loi du 3 Brumaire an IV il soit donné ordonnance de prise de corps contre les accusés et qu'ils soient sur-le-champ transférés et écroués en maison de justice. A Paris au Palais de justice, 12 ventose, an XI.

» Vu pareillement le réquisitoire ci-dessus, ordonnons, en vertu des articles ci-dessus dits, que Marie-Reine-Françoise Chantal-Lavandière, âgée de vingt-trois ans, couturière, native de Dieppe, département de la Seine-Inférieure, demeurant place Saint-Michel n° 107, taille de 1 mètre 66 centimètres, visage ovale, nez aquilin, cheveux et sourcils châtains, yeux bleus, front petit, menton rond, bouche moyenne, détenue en la maison d'arrêt des Madelonnettes, sera prise au corps, transférée et conduite en la maison de justice près le tribunal criminel du département de la Seine, sur les registres de laquelle elle sera écrouée et recommandée.

« Mandons aux huissiers du tribunal mettre à exécution la présente ordonnance dont sera donné copie à la sus-nommée, et qui sera notifiée, tant à la préfecture de police qu'à la mairie de l'arrondissement du domicile de l'accusée.

» Fait à Paris, au Palais-de-Justice, le 12 ventose de l'an XI de la République française. Signé Lebeau et scellé. »

— Monsieur, dit le directeur, après avoir lu, je suis prêt à vous livrer la prisonnière.

— Ce n'est pas, monsieur, seulement ce que je viens vous demander.

— Parlez, monsieur.

— Le crime que nous avons à instruire est fort mystérieux, et les voies ordinaires employées jusqu'à ce jour n'ont rien produit, je veux procéder autrement.

— Je suis à vos ordres.

— Vous avez vu les pouvoirs qui me sont donnés par M. le préfet Dubois.

— J'ai lu.

— Je crois, pour arriver à la vérité, devoir impressionner vivement l'accusée.

— Ce n'est pas inutile.

— Je désire passer cette nuit à la prison.

— Je suis à vos ordres.

— Je voudrais que vous mettiez à ma disposition une chambre dans laquelle je pourrais procéder à l'interrogatoire.

— Mon cabinet est à votre disposition.

— Je désire une pièce non ordinairement affectée à cet usage, qui étonne l'accusée... en outre, je la désire isolée, me réservant, par des moyens à moi, d'arracher à l'accusée tous les aveux nécessaires.

Le directeur pensa quelques minutes et dit :

— Si vous voulez me suivre, je vais vous montrer ce que vous désirez.

L'homme se leva et suivit le directeur.

Ils sortirent du corps de bâtiment de la direction, traversèrent la cour et entrèrent dans un pavillon, relié alors par un couloir aux cellules des prisonniers au secret. Là, le directeur ouvrit la porte d'une pièce assez grande, éclairée par une seule fenêtre, qui prenait jour sur une cour intérieure. Cette chambre avait pour tout meubles, un fauteuil, un bureau et deux tabourets. Le mur, peint en gris, était complè-

tement nu ; dans l'angle, seulement, et un peu au-
dessus du bureau, pendait un Christ de plâtre.

— Cette chambre vous convient-elle, demanda
le directeur.

— Absolument.

— Désirez-vous autre chose ?

L'homme retira son manteau, s'assit devant le
bureau et tira d'une poche un volumineux dossier.

— J'ai tout ce qu'il me faut, reprit-il. Quelle
heure est-il ?

— Presque dix heures.

— Les prisonniers sont couchés ?

— Oh ! depuis deux heures.

— Très bien. J'aime mieux cela.

— Que désirez-vous maintenant ? Voulez-vous
plus de lumière?

— Au contraire, cette lanterne est tout à fait ce
qu'il me faut.

— Avez-vous des ordres à me donner?

— Veuillez faire promptement éveiller la fille
Chantal-Lavandière en la pressant, et me l'amener... brutalement.

— Brutalement? demanda le directeur de la
prison, s'étonnant d'une recommandation sur un
sujet qui faisait partie des habitudes de la maison.

— Je dis que vous exagériez votre sévérité de
façon à troubler, intimider l'accusée.

— Ah ! je comprends... C'est tout ?

— Absolument, monsieur le directeur, je vous
remercie ; mais veuillez maintenant mettre deux
guichetiers à ma disposition, et retournez chez vous
sans vous occuper de moi.

— Ne vous reverrai-je pas !

— Non, je serai parti avant votre lever.

— C'est un ordre ?

— C'est un ordre.

Le directeur salua et se retira ; deux minutes après, deux guichetiers entraient ; ils venaient, sur l'ordre de leur directeur, se mettre à la disposition de l'inconnu. Celui-ci dit :

— Que l'un de vous aille chercher et m'amène le numéro 54. Dès que cette fille sera ici, vous sortirez et resterez dans la pièce qui précède. Les guichetiers s'inclinèrent et sortirent.

Resté seul l'homme essuya son crâne, puis, s'accoudant sur le bureau, le menton dans la paume de la main, se mordillant les ongles, il songea.

Les guichetiers amenèrent Marie-Reine.

Les six semaines de détention l'avaient peu changée. Excessivement belle, un peu pâlie, son grand œil bleu cherchait, inquiet, sur la figure des guichetiers, le motif de son réveil. A peine vêtue, la merveilleuse beauté de Marie-Reine se révélait splendidement, elle n'avait qu'un seul jupon étroit et en fourrure, qu'on appelait à la grecque ; sa chemise en toile bise tombait en plis droits sur ses hanches. L'homme avait changé de position ; il avait plongé son front dans sa main, et, à travers les doigts écartés, il admirait la superbe créature. Sans bouger, il dit aux guichetiers :

— Retirez-vous.

Les guichetiers obéirent. Marie-Reine, en entendant cette voix, avait levé la tête, cherchant à voir celui qui lui parlait ; mais celui-ci ne bronchait pas, et la lueur rouge de la lanterne n'éclairait qu'un crâne luisant ; la main cachait le visage. Marie-Reine regarda autour d'elle ; cette chambre à peine éclairée, cette lanterne, cet homme silencieux, lui glacèrent le sang, elle frissonna, elle avait peur.

Sans lever la tête, l'homme dit :

— Avancez près de moi, Marie-Reine, asseyez-vous sur la chaise qui est près de mon bureau.

La fille fronçait les sourcils et tendait l'oreille,
cherchant à se souvenir de cette voix qu'assurément
elle n'entendait pas pour la première fois. Elle obéit
et vint s'asseoir près de l'homme. Celui-ci, quittant
sa posture, fouilla dans les paperasses qu'il avait
devant lui. Marie-Reine cherchait vainement à voir
son visage, la tête penchée assurément avec intention au-dessus du rayon lumineux de la lanterne
était complètement dans l'ombre. Tout en fouillant
dans ses papiers l'homme dit :

— Déjà vous avez été interrogée, chaque fois
vous avez répondu par des dénégations ; l'homme
avec lequel vous êtes accusée, en apprenant votre
dénonciation, car vous avez déclaré qu'il était criminel, a enfin déclaré que l'amour qu'il avait pour
vous l'avait obligé à se taire jusqu'à ce jour, mais
apprenant vos aveux il n'a plus hésité et a déclaré
que seule vous aviez intérêt à commettre ce crime,
que seule vous en étiez coupable.

En disant ces derniers mots l'homme releva la
tête ; il avait ôté ses lunettes, son visage était en
plein dans le rayon rouge de la lanterne. Marie-
Reine fit doucement :

— Ah !

Elle l'avait reconnu.

L'homme qui interrogeait Marie-Reine, était
Frelin, l'agent qui accompagnait le commissaire le
jour de la perquisition chez Trumeau. N'ayant plus
ses lunettes, Frelin n'était plus le même, les lèvres
minces et pincées, le nez fin un peu long, le front
haut se perdant dans la calvitie, il avait le visage
austère, l'air ascétique, n'eût été la flamme de ses
yeux noirs et petits. Frelin continua :

— Marie-Reine, dans une déposition dont vous
ignorez la source, j'ai appris qu'un jour vous avez
traîné la jeune Marie Trumeau par les cheveux,

parce qu'elle s'était opposée à des violences que vous exerciez sur Rosalie. Ce jour, vous vous êtes écriée, en montrant le poing à cette dernière : « Tu passeras par mes mains. »

— C'est faux !

— Le mariage prochain de Rosalie Trumeau détruisait tous vos projets. Trumeau, obligé de rendre des comptes, trouvait à peine la somme suffisante pour acquitter ceux de sa fille.. Il était ruiné et vous de même.

— Je n'ai rien demandé à Trumeau. Si, ainsi que vous le semblez dire, j'avais pris de l'argent, je serais dans une autre position que celle dans laquelle je suis.

— Vous avez de l'argent placé, nous le savons.

— C'est faux !

— Votre argent passait toujours entre les mains d'un avoué de Dieppe.

— Je ne sais pas ce que vous voulez dire.

— Je veux dire, qu'au delà de ces accusations partielles, qu'au delà des révélations de Trumeau, au-dessus de vos dénégations, j'ai passé les six semaines qui viennent de s'écouler à la recherche de la vérité... Je sais tout.

Marie-Reine haussa les épaules. Frelin la regarda fixement ; elle soutint le regard ; alors se penchant vers elle, lui prenant le poignet pour l'attirer près de lui, Frelin lui dit :

— Je sais que vous êtes deux coupables...

— Trumeau est seul coupable, fit Marie-Reine, haussant encore les épaules.

— Je ne vous parle pas de Trumeau, vous êtes deux coupables.

L'œil interrogateur de la fille se fixa sur l'agent comme pour lui demander :

— Que voulez-vous dire ?

Celui-ci, l'attirant encore plus près de lui, dit :

— Votre complice est votre amant, il se nomme Friquet.

Marie-Reine pâlit en entendant ce nom.

— Depuis que, conduite par cet homme chez Trumeau, vous avez vu que vous aviez contre vos plans les deux filles du malheureux, vous les avez condamnées. Tremblant devant un crime aussi atroce, vous avez espéré, par votre conduite, obliger Rosalie à quitter le toit paternel... Vos plans échouant, la jeune fille allant se marier, votre complice vous a dit : l'heure est venue, et vous vous êtes levée alors, et vous avez obéi.

— C'est faux.

— Vous avez volé Trumeau.

— C'est faux.

— Vous avez assassiné Rosalie.

— C'est faux, c'est faux.

— Voici la preuve... En disant ces mots, Frelin, montra à Marie-Reine une lettre.

— La reconnaissez-vous !

L'œil fixe, sentant bien qu'elle était perdue, la fille baissa la tête, Frelin lui montrait une lettre écrite tout entière de sa main et dans laquelle elle racontait le crime. La lettre avait été adressée à M. Jacquy, poste-restante à Londres... elle avait été seulement au bureau du quartier où Frelin aux aguets l'avait saisie.

— Eh bien, reprit Frelin, voyez-vous clairement votre situation ? Demain, j'en ai l'ordre, je vous transfère à la Conciergerie. Là, je remets au procureur de la République cette lettre et mes rapports, Trumeau est élargi, votre jugement commence et la condamnation est certaine.

— Eh bien ! fit-elle, en relevant la tête, j'ai su tuer, je saurai mourir.

Pendant quelques instants, Frelin l'admira.

— Marie-Reine, je ne viens pas vous parler de
mourir.

— Que me voulez-vous ?

— Les preuves réelles les voici... c'est moi qui
les ai.

— Demain vous irez les livrer au parquet.

— Peut-être !

— Comment, peut-être ?

— Oui, cela dépend de vous.

— Parlez.

— Voici franchement mon but... mon corps et mon
âme, mon être, enfin, n'agit que sous deux puissances:
l'ambition d'abord, l'amour ensuite... J'adore le métier que je fais, et mon ambition est d'en être le chef
et le révélateur. Il faut que je trouve un homme que,
depuis quatre ans, tous les agents ont vainement cherché, un homme qui est de toutes les conspirations
depuis la machine infernale de la rue Saint-Nicaise.
C'est un agent subalterne, mais un agent terrible,
qui d'en bas, tient tout entre ses mains. Ayant cet
homme, nous les avons tous. Vous me comprenez ?...

— Non, fit naïvement Marie-Reine.

— Vous, je vous connais ; vous avez eu dans votre
vie un grand amour, grand surtout de son honnêteté ;
cet amour ne vous a donné que le malheur et le mépris ; de ce jour, vous n'aimez plus, vous vivez, cherchant seulement le bonheur matériel, l'argent, prête à
tromper n'importe qui si vous devez y gagner... Vos
affections les plus fortes s'écroulent devant vos désirs.

— Je ne comprends plus du tout.

— Vous allez me comprendre.

Frelin se rapprocha de Marie-Reine et lui dit
d'une voix sourde, comme s'il craignait d'être entendu par d'autres que par elle :

— Le crime monstrueux duquel vous êtes accusée

14

aura son dénouement ces jours-ci devant la cour d'assises. Le crime est flagrant, votre culpabilité est
incontestable, et vous n'avez à compter sur le bénéfice d'aucunes circonstances atténuantes, bref vous
serez condamnée, et condamnée à mort !

Une sueur froide mouilla le front de la jeune fille,
elle sentit en elle comme une glaciale infiltration.
Frelin continua :

— Et cependant tout ce qui a été avoué ou déclaré par les uns et les autres est insuffisant à votre
condamnation. En somme, votre condamnation est là.

Et Frelin montra les papiers qu'il avait devant lui.

— C'est de moi que dépend aujourd'hui votre vie
ou votre mort... Me comprenez-vous cette fois ?

— Achevez, dit Marie-Reine.

— Tout à l'heure je vous ai dit que vous n'étiez
pas une niaise qui sacrifie aux préjugés sociaux, vous
avez débuté dans la vie par le côté mauvais, et vous
êtes mauvaise. Je ne suis pas un rêveur qui veut
faire un ange de la femme qu'il aime. Je veux la
femme seulement, qu'importe ce qu'elle est, c'est
mon imagination qui la purifie. L'œil de Marie ne
quittait plus celui de Frelin.

— Enfin ! fit-elle.

— Enfin ! j'aime Marie-Reine Chantal-Lavandière,
je lui donnerai la vie et veux qu'elle me la consacre...

— Et vous brûlez cette lettre ?

— Non pas. Je garde cette lettre; mais je la tiens
secrète...

— J'accepte, fit Marie-Reine...

— Ce n'est pas tout, continua Frelin.

— Quoi donc encore ?

— J'ai dit que j'avais deux ambitions, la moindre
est satisfaite.

— Quelle est l'autre ?

— Je vous ai dit que j'aime mon métier en artiste ; tous les agents mis depuis quatre ans à la recherche de Friquet ont échoué, et je veux avoir le bénéfice de cette capture.

— Vous voulez que je vous livre Friquet ?

— Oui !

Marie-Reine resta quelques minutes pensive, puis :

— Si vous avez Friquet, l'accusation portée contre moi reprend toute sa gravité.

— Non, je n'arrête pas votre complice ; je veux arrêter le conspirateur enragé, celui que les Anglais nous envoient tous les mois, pour entretenir les complots légitimistes.

— Et quelle peine encourt-il ?

— La plus douce qu'on puisse rêver ; il sera enfermé et mis à notre disposition pour nous renseigner sur les tentatives qui se renouvellent sans cesse.

— Et si je refusais de souscrire à ces propositions ?

— Que diable me demandez-vous là ?

— Je vous demande ce que vous feriez ; il est des choses auxquelles on tient plus qu'à la vie

— Ah ça, mais je suis donc un niais, fit Frelin pensant tout haut, je vous avais donc mal jugée... Mais vous n'êtes donc pas une intelligence.

— Et vous ne croyez pas que dans une nature si mauvaise qu'elle soit, il ne se trouve un coin pur.

— Je ne crois pas à ça. Le fruit gâté fournit de la pelure au pepin.

— Livrer Friquet ! savez-vous que c'est la seule affection qui me soit restée.

— C'est une affection adroite qui ne garde que le bon pour elle.

A ce mot, Marie-Reine releva la tête, ce que venait de dire Frelin était vrai, et elle n'y avait jamais pensé. Friquet l'avait honteusement placée chez Trumeau ; là elle servait plus le but de Friquet qu'elle-même, ce qu'elle avait arraché de Trumeau,

c'est à Friquet qu'elle l'avait confié... Alors une idée
lui traversa le cerveau : peut-être Friquet lui avait-
il conseillé le crime pour se débarrasser d'elle...
C'était horrible, mais elle sentait que c'était vrai.
Depuis qu'elle était en prison, elle n'avait plus entendu parler de lui et elle le savait assez adroit lor-
qu'il le voulait pour lui faire parvenir un mot d'affection. En deux secondes, toutes ces pensées lui
traversèrent le cerveau. Frelin lui disait :

— Si vous refusez ce que je vous demande, demain, au matin, je dépose mes rapports et la lettre,
dans deux jours votre jugement commence, le soir
même vous êtes condamnée, et au premier beau jour,
vous amènerez du monde sur la place de Grève.

Marie-Reine mit ses deux mains devant ses yeux
pour se dérober à l'évocation de Frelin, et répondit
vite :

— J'accepte, j'accepte...

— Le soir de votre sortie de prison, nous nous
mettons à l'œuvre pour retrouver Friquet.

— Oui.

— Et le jour où Friquet est livré; le soir, les
pieds sur les chenêts, vous jetterez au feu la lettre
que vous lui adressiez.

— C'est conclu...

Frelin appela, les guichetiers parurent.

— Reconduisez l'accusée. Je vais écrire ici ; à
cinq heures, la voiture et les gendarmes viendront
pour le transfèrement, vous m'éveillerez.

Marie-Reine fut reconduite à sa cellule. Dès que
Frelin fut seul, il refit tous ses rapports. A cinq
heures, on vint dire que la voiture attendait, il
monta à côté de Marie-Reine, et vingt minutes après
il livrait sa prisonnière aux guichetiers de la Conciergerie. Se rendant alors au bureau, il remit la
copie d'un interrogatoire.

— Eh bien ! lui demanda le magistrat de sûreté, avez-vous du nouveau ?

— Non, monsieur, et je suis convaincu que cette fille est innocente.

XIII

Le magistrat dit alors à Frelin :

— Vous allez rester près de moi, je viens de faire transférer Trumeau de la Force à la Conciergerie, sitôt qu'il sera arrivé, il doit m'être amené.

— Justement les derniers renseignements que j'ai obtenus de la fille Chantal vous pourront être utiles.

Quelques minutes après, on vint annoncer au magistrat que le prisonnier venait d'être écroué.

— Qu'on l'amène, dit-il.

Frelin se plaça derrière le magistrat, de façon à pouvoir, sans se déranger, lui parler à l'oreille. Trumeau fut introduit, le pauvre homme était bien changé ; ce n'était plus le petit bourgeois à l'air gai, aux joues roses, aux lèvres riantes ; l'œil était cerné et sans flamme, les joues amollies étaient pâles, et un pli triste crispait les coins de la bouche.

— Trumeau, dit le magistrat, vous allez, dans quelques jours, comparaître devant le tribunal, c'est aujourd'hui le dernier interrogatoire que vous allez subir... encore une fois, dites toute la vérité.

— Monsieur, depuis le premier jour je n'ai pas dit autre chose, répondit tristement Trumeau, je ne suis pas coupable.

— Nous ne reprendrons pas les faits sur lesquels vous avez été interrogé...

—. Et que j'ai nié et que je nie.

— De nouvelles charges arrivent contre vous.

— Parlez, monsieur, fit Trumeau d'un air indifférent.

— D'abord, la déposition du citoyen Caron, officier de santé, requis par vous pour soigner votre enfant...

— C'est cet homme qui est la cause de tout, il a soigné ma fille.

— Votre fille n'est pas morte faute de soins, l'autopsie du cadavre ne laisse aucun doute sur l'empoisonnement par l'arsenic.

— Le citoyen Caron déclare, qu'étourdi par ce malheur si imprévu, il se rendit chez vous, cherchant vainement à s'expliquer cette mort subite. Arrivé chez vous, vous lui avez dit sans émotion :
« — Montez vite dans la chambre de ma fille. »
Sortant de cette chambre, il vous dit :
» — Cette mort m'effraie; il faut que j'aille faire au magistrat de sûreté ma déclaration; l'honneur vous commande impérieusement d'y venir avec moi... »

— Vous avez refusé de vous y rendre, en ajoutant :
« — Cela serait un embarras, coûterait des frais, et je ne suis pas riche; que dira, que pensera le quartier? Nous verrons demain. » Trois fois consécutives, invité par lui à le suivre chez le magistrat de sûreté, vous avez constamment refusé. Qu'avez-vous à répondre ?

— Moins les propos de mauvais goût qu'on me fait tenir, cela est absolument vrai ; comment vouliez-vous que je croie à un crime chez moi ?... Je croyais à un accident, à une mort, hélas ! trop fréquente chez les jeunes filles de l'âge de ma fille, qui ne sont pas encore femme... et par cette raison je me refusai à une déclaration dont le scandale serait nuisible à la mémoire de mon enfant.

— N'avez-vous pas, dans l'intention d'égarer la justice, demandé à une de vos sœurs si elle croyait

que sa fille eût assez peu de religion pour s'empoisonner elle-même ?

— Je ne me souviens pas de ça, mais il est évident que lorsqu'on a constaté la mort par empoisonnement, j'ai cru à un suicide.

— Vous avez à cette même sœur dit en montrant
le cadavre : « La voilà cette malheureuse, cette
gueuse de victime qui s'est empoisonnée elle-même
pour me mettre dans l'embarras. »

Trumeau haussa les épaules.

— Ces paroles sont si odieusement ridicules que je
crois devoir en laisser juger la valeur à votre bon sens.

— Vous croyez alors au suicide ?

— Je ne crois pas, je ne sais pas, j'ai dit : ou
ma fille s'est suicidée ou elle a été la victime d'une
vengeance.

— Vous voulez parler de la fille Chantal ?

— Oui, je ne crois pas, mais enfin, c'est la seule
hypothèse raisonnable.

— Pourquoi ne lui avez-vous pas répondu cela le
jour où, devant plusieurs personnes, elle vous dit :

« Je ne puis pas être soupçonnée ; je ne savais pas
même que vous aviez de l'arsenic dans votre boutique, où je ne paraissais jamais : le soupçon pèse
sur vous ou sur votre jeune fille. »

— Cela me semblait si raisonnable que je n'avais
rien à répondre, les faits devaient trop tôt justifier
ses appréhensions.

La dignité calme avec laquelle Trumeau répondait, embarrassait le juge ; il ne savait que demander, il se tourna vers Frelin et l'interrogea du regard ; celui-ci lui donna un rapport indiquant avec
l'ongle la question à poser. Après avoir lu, le magistrat regarda Trumeau et dit :

— Vous cohabitiez avec la fille Chantal ?

— Oui, monsieur.

— La troisième nuit qui suivit la mort de Rosalie, vous avez passé la nuit avec la fille Chantal dans
la petite salle du bas... Vous étiez très-agité, elle
vous demanda la cause de votre agitation... Malgré
vous, vous auriez dit :

« — Malheureux : qu'ai-je fait ! qu'ai-je fait !
mon Dieu, je suis perdu. »

Trumeau haussait les épaules.

— La fille Chantal insistant pour savoir ce que
vous vouliez dire, vous reprîtes :

« — Je suis un monstre, je suis perdu ! oh le
malheureux thé, le malheureux thé... »

— Mais, monsieur, je vous fais juge de ces propos,
ils sont absurdes et ne signifient absolument rien.

— Ecoutez-moi encore, aux prières de votre concubine, avec des exclamations affreuses, après des
efforts déchirants, vous avez enfin répondu :

« — C'est dans la première cuillerée de potion et
dans le thé que j'ai empoisonné ma fille. »

Livide, blême, l'œil ardent, Trumeau se redressa,
demandant :

— Qui a dit ce mensonge infâme ?

Trumeau, exaspéré, allait se défendre violemment ;
mais se calmant tout à coup, il dit froidement :

— Le crime que l'on me reproche est si odieux,
si anti-nature que je crois devoir réserver ma défense pour le jour de mon jugement. A de telles accusations je n'ai rien à répondre. Si grande que soit la
passion coupable que j'avais pour Marie-Reine, elle
n'approchait pas de l'affection que j'ai pour mes enfants... La mort de celle que j'aimais le plus, de
Rosalie, m'avait profondément accablé, et par le
malheur lui-même et par la rapidité avec laquelle
il était arrivé. Les quelques nuits qui ont suivi la
mort de ma fille, je les ai passées seul, je n'ai plus
revu Marie-Reine qu'avec peine ; un secret pressen-

timent, contre lequel luttait mon amour passé, me disait qu'elle était coupable.

— Vous accusez Marie-Reine.

— Oui, monsieur, si malheureuse que soit cette accusation portant contre une personne que j'ai aimée, c'est le dernier sacrifice que je fais à la vérité.

— Expliquez-vous plus clairement.

Trumeau respira bruyamment, il lui en coûtait d'accuser positivement la femme pour laquelle il avait eu cette passion dernière qui étreint l'homme de ses exigences et qu'on nomme l'amour de la Saint-Martin. Amour terrible, qui vous prend trop souvent ou la vie ou l'honneur.

Frelin, l'œil brillant, observait Trumeau, craignant une révélation, tandis qu'il ne pouvait pas combattre. Trumeau commença :

— Si cruelle que soit ma supposition, je dois la faire... Le lendemain de la mort de ma fille, ayant entendu les exigences du citoyen Caron, Marie-Reine me parut fort agitée. Sans cesse elle revenait dans la boutique ; notez qu'elle n'y venait jamais, je l'avais exigé pour éviter tout rapport entre elle et mes filles... Elle parla même d'envoyer chercher MM. Chauveau-Lagarde ou Caillau... Réfléchissant à cela la nuit d'après, cette conduite si promptement changée m'inspira des soupçons... et, puisque aujourd'hui avec vous je suis sûr — et j'en suis heureux — que ma fille ne s'est pas empoisonnée elle-même, je ne recule pas devant la possibilité du crime commis par Marie-Reine ; les raisons qui viennent à l'appui de mes suppositions les voici : J'aimais passionnément Marie-Reine. Tout ce qu'elle voulait de moi, elle l'avait ; cette fille était un gouffre, tout ce qui était à moi je le lui ai donné. Qu'en a-t-elle fait ? Je l'ignore !... Aujourd'hui, seulement, je m'en aperçois, car, calmé, je compte.

— Mais puisque vous lui donniez tout ce qu'elle voulait, je ne vois pas le motif du crime ?

— Il est bien simple. Ma pauvre enfant allait se marier, son mariage m'obligeait à lui rendre des comptes ; il me fallait pour cela vendre mon fonds et me réduire ainsi à la plus extrême indigence. La mort de mon enfant, au contraire, me faisait hériter d'elle et me donnait huit années au moins de tutelle sur l'autre.

— Vous y aviez autant intérêt qu'elle, alors ? dit Frelin.

Trumeau releva la tête et dit :

— Comment, j'avais intérêt à tuer ma fille !

— Évidemment.

Le père haussa les épaules et répondit :

— Je ne me défends pas !... je raconte.

— Continuez ! fit le juge.

— J'adorais mon enfant. Comme je n'avais pas fait d'inventaire lors de la mort de sa mère, quelques discussions eurent lieu entre elle et moi, à propos de la légèreté avec laquelle j'avais géré ses affaires, et surtout pour les promesses faites par elle à Bizot, son futur, c'est-à-dire l'abandon complet de notre famille pour aller dans la famille de son mari. Je lui dis que ces arrangements me déplaisaient, qu'elle n'aimait plus son père, etc. ; mais tout cela était sans valeur, sans importance, et nous étions fort bien ensemble, lorsqu'un matin elle me dit être indisposée. Sachant combien la chose est ordinaire chez les jeunes filles de son âge, je l'obligeai à s'aller coucher. Je lui fis (sa sœur n'étant pas là) du thé moi-même, et j'envoyai chercher le chirurgien Caron; croyant à une légère indisposition, je ne montai pas avec lui dans la chambre, j'envoyai sa sœur. Le chirurgien, redescendant, me dit que cela ne serait rien, et je fus tout à fait tranquille. Absolument convaincu qu'elle était sous le coup d'une indisposition légère, d'une indisposition de femme, je ne montai pas. Lorsque ma plus jeune fille vint me dire, quatre heures après, que sa sœur ne lui répondait plus, je montai, effrayé et comme oppressé, par un sinistre pressentiment, et là je vis mon malheur....

Fondant en larmes, et parlant malgré ses sanglots, il continua :

— Voilà ce qui est comme Dieu est au ciel... Ma fille était morte.

— Il résulte de l'instruction, dit Frelin, que lorsque votre jeune fille est montée la dernière fois dans la chambre, Rosalie morte avait le visage tourné du côté de la porte et que le lit était dérangé.

— Cette dernière observation est terrible, je ne suis monté que lorsque ma fille m'a dit que sa sœur ne répondait plus, et moi je déclare avoir trouvé ma fille, ainsi que le commissaire, le visage tourné du côté du mur, bien couverte, et le lit en bon ordre. Je n'ai rien autre chose à dire, si j'avais vu Marie-Reine faire autre chose, je serais aussi coupable qu'elle de ne l'avoir pas empêchée, et je déclare sur mon âme et sur mon Dieu, que je n'ai pas commis un crime aussi atroce.

— L'autre affaire, dit tout bas Frelin au magistrat.

— Ah ! oui...

Trumeau releva la tête.

— Un autre crime vous est reproché, Trumeau.

— A moi ! fit Trumeau étourdi.

Le magistrat continua :

— En l'an II, vous aviez chez vous une jeune fille de seize ans.

— Oui, monsieur, Marie-Jeanne Cervenon, c'était la fille d'un émigré, un de mes amis l'avait confiée aux soins de ma femme.

— C'était votre nièce.

— Non, monsieur, elle passait pour ma nièce,

parce qu'il eût été dangereux pour elle, à cette
époque d'avouer sa paternité.

— Cette jeune fille robuste et pleine de santé,
mourut subitement chez vous le 6 fructidor de
l'an II, à deux heures du matin.

— Oui, monsieur.

— Le chirurgien de la maison fut appelé, il ne
vint que vers dix heures du matin, vous étiez dans
votre boutique, et vous lui dites aussitôt qu'on avait
trouvé votre nièce morte et étendue par terre.

— C'est vrai, fit Trumeau, cherchant le but du
juge.

— Le chirurgien, étant entré dans la chambre,
vit le cadavre de cette jeune personne sur un lit,
ses membres étaient dans un état de contraction
qui lui fit penser que cette mort n'était pas ordinaire.

— Où voulez-vous en venir? demanda Trumeau
étourdi.

— Le chirurgien vous invita à appeler un commissaire de police.

— Je suivis cet avis, monsieur.

— C'est vrai, un commissaire fut effectivement
appelé; mais le chirurgien de la maison qui avait
d'abord vu le cadavre, ne fut plus appelé; ce fut
un autre chirurgien qui fit un simple procès-verbal.

— Parce que l'on ne le demanda pas.

— Le cadavre ne fut pas ouvert.

— Mais, monsieur, le commissaire ne demanda
rien de tout cela.

— Néanmoins depuis cette époque vous n'avez
jamais employé le même chirurgien?

— Mais, monsieur, tout homme en aurait fait
autant à ma place, sitôt que nous apercevons du
malheur qui nous arrive, nous envoyons chercher
le chirurgien, et c'est seulement à dix heures du

matin qu'il consent à venir, une pareille négligence dans un tel moment, méritait bien qu'on le quittât.

— N'étiez-vous pas le tuteur de cette enfant ?

— Non, monsieur, je disais être son tuteur pour éviter tout danger.

— Aux observations qui vous furent faites à cette époque sur la légèreté des constatations en présence d'un décès si singulier, ne répondîtes-vous pas : « Je ne crois avoir rien à justifier et n'ai par conséquent nulle précaution à prendre. »

— Je vous avoue, monsieur, que je ne me souviens pas de ce que j'ai dit à cette époque, il y a de cela neuf ans.

— Des témoignages recueillis depuis vous accusent de cette mort subite.

— Moi ! Et le visage du malheureux était tout sans dessus dessous.

— Mais alors, fit-il, si je n'ai rien à faire contre vos accusations, à quoi sert-il de m'interroger, je vous dis la vérité et vous inventez des fables. Je n'y vais pas par quatre chemins, voici la vérité : J'étais absent lors de la mort de Marie Cervenon ; le soir elle s'était plainte de coliques. Rentré chez moi et couché, dans un moment de la nuit, j'entendis quelque chose tomber. J'allai dans sa chambre ; je la vis étendue par terre ; je rassemblai toutes mes forces et la plaçai sur son lit. Voici la vérité, comme Dieu est au ciel...

Accablé sous cette nouvelle accusation, Trumeau haletait. Après s'être un peu remis, il reprit :

— Tout cela est infâme ; autour de moi il se trame une toile odieuse, malgré mes plaintes et mes dénégations, on accuse, on accuse toujours on va dans un temps oublié chercher la mort d'une enfant, et l'on en fait un crime dont je suis l'auteur ; mes paroles les plus pures sont tournées dans un sens

odieux. Ecoutez, monsieur, il faut en finir à la fin... Je
suis innocent, entendez-vous, innocent du meurtre de
Marie-Jeanne Cervenon, comme je suis innocent du
meurtre de ma pauvre chère fille aimée. Mais je serais
le plus grand des misérables ! Mais dans quel monde
trouve-t-on des pères qui assassinent leurs enfants ?...
Et c'est moi qui serais cette exception ! Oui ! je suis
un coupable, un grand coupable, c'est vrai ; j'étais
père, et je ne me suis pas souvenu, l'homme a été
faible, j'ai aimé, j'ai odieusement amené chez moi
ma maîtresse. Voici la seule chose dont je suis coupable. Ceci dit, je n'ai plus un mot à dire. Jugez-
moi, condamnez-moi, et le criminel, ce sera vous.

Le magistrat fit signer à Trumeau sa déposition
puis il sonna ; deux gendarmes parurent et emmenèrent le malheureux. Dès qu'il fut parti, le juge
se tourna vers Frelin et lui dit :

— Il y a dans la voix de cet homme un accent
de vérité qui m'émeut.

— Cet homme est le dernier des gredins, rap-
prochez les faits entre l'empoisonnement de Marie-
Jeanne Cervenon et de Rosalie Trumeau, ce sont
les mêmes moyens, les mêmes refus de se soumettre
à l'action de la justice.

— Cependant quel est le but du crime, si Marie-
Jeanne Cervenon n'est pas sa nièce ?

— L'argent n'est pas toujours le mobile d'un
assassinat.

— Que pensez-vous ?

— Que Jeanne-Marie Cervenon avait seize ans,
qu'elle était jolie... et que cet homme, qui ne sait
contenir ses passions, a puni de mort celle qui lui
résistait.

— Ce serait bien odieux.

— Enfin, l'enquête est terminée et le tribunal
appréciera.

— Vous ferez immédiatement parvenir ces pièces au substitut du commissaire du gouvernement près le tribunal criminel.

Le lendemain Trumeau et Marie-Reine étaient informés qu'ils comparaîtraient devant le tribunal criminel le 28 ventôse, c'est-à-dire dix jours après.

XIV

Le 28 ventôse, au matin, les abords du Palais-de-Justice étaient envahis par une foule immense. L'accusé n'avait guère la sympathie publique. Les récits les plus odieux circulaient sur Trumeau et sa misérable complice. Ainsi que cela arrive toujours en pareille occasion, un grand nombre de dames assistaient à l'audience.

Dès que l'accusé fut introduit, le substitut donna lecture de l'acte d'accusation. En voici la plus grande partie.

Le 21 nivôse dernier, le citoyen Caron, officier de santé, se rendit vers les sept heures dans le domicile du prévenu Trumeau, épicier rue de la Harpe, qui l'avait fait appeler pour donner des secours à Rosalie Trumeau, sa fille aînée, âgée de vingt-cinq ans, qui depuis huit heures du matin était incommodée par de fréquents vomissements.

Le citoyen Caron pénétra dans la chambre de Rosalie, où il la trouva dans son lit. Elle jouissait alors de toutes ses facultés intellectuelles; elle se mit sur son séant et lui dit que depuis le matin elle avait vomi souvent sans éprouver de grandes douleurs dans l'estomac, elle ajouta qu'elle était sujette à de pareils vomissements et à la migraine.

Le citoyen Caron, n'apercevant dans l'état où était alors Rosalie Trumeau qu'une simple indisposition, se contenta d'ordonner une potion anti-spasmodique et se retira aussitôt. Il y avait à peine une heure qu'il avait quitté Rosalie lorsque sa jeune sœur, Marie Trumeau, entre chez lui et lui annonce qu'elle venait de mourir. Le citoyen Caron, surpris de cet événement, qu'il était loin de prévoir, se rend sur-le-champ chez Trumeau, qui lui dit sans émotion :

— Montez vite dans la chambre de ma fille.

Il y entre et voit avec le plus grand étonnement cette infortunée, qui était privée de la vie ; elle était dans son lit, dont les draps et les couvertures étaient bien bordés et bien arrangés. Il sort de cette chambre funèbre, descend près de Trumeau, à qui il dit :

— Cette mort m'effraie ; il faut que j'aille faire au magistrat de sûreté ma déclaration, l'honneur vous commande impérieusement d'y venir avec moi.

Trumeau refuse de s'y rendre en lui répondant :

— Cela serait un embarras, coûterait des frais, et je ne suis pas riche ; que dira, que pensera le quartier ? Nous verrons demain.

Le lendemain, le citoyen Caron se transporte chez Trumeau et l'invite de rechef à le suivre chez le magistrat de sûreté. Il lui répond :

— J'attends mon frère pour y aller.

Trois fois consécutives, le citoyen Caron revient chez Trumeau et l'invite toujours à se rendre chez l'officier public. Il éprouve toujours un refus persévérant. Il y avait chez lui un parent que Trumeau offrait d'envoyer à sa place. Le citoyen Caron se rendit seul chez le magistrat de sûreté du onzième arrondissement, le citoyen Saussay, devant lequel il fit sa déclaration, le requérant de se transporter chez Trumeau pour y constater la mort de Rosalie. Le magistrat optempéra sur-le-champ à cette invitation, il s'y rendit accompagné du citoyen Caron et du citoyen Burard, officier de santé, exerçant près de lui.

Trumeau lui déclara que sa fille aînée, Rosalie, qui était morte de la veille, avait éprouvé dans la matinée des envies de vomir, qu'elle avait moins mangé qu'à son ordinaire, qu'il lui avait fait du thé, que, voyant le soir que le mal ne se passait pas, il avait fait appeler le citoyen Caron, qui lui avait ordonné une potion dont elle avait pris une cuillerée, que trois quarts d'heure après elle était morte. Il ajouta qu'elle devait se marier incessamment de son consentement, et qu'elle n'avait aucun motif de chagrin, à moins que ce ne fût celui de voir que le commerce n'allait pas, ce qui les rendait moins heureux qu'autrefois.

Le magistrat de sûreté, suivi des officiers susnommés, entre dans la chambre de Rosalie Trumeau. Elle était dans un lit qui n'était nullement dérangé, près de son corps inanimé était une femme chargée de la garder. Les officiers de santé furent invités par ce magistrat à l'examiner : ils déclarèrent et constatèrent que la mort avait dû être violente, ce qui était démontré par le raidissement extraordinaire de ses bras et de ses mains, dont la contraction était sensible jusque dans les doigts ; par le renversement et la rotation forcée de la cuisse droite portée violemment sur le ventre du côté gauche ; par la couleur des lèvres, qui étaient d'un brun noir, pressées fortement en tous sens par les dents, et enfin par la chaleur considérable à la région de l'estomac. Ces symptômes déterminèrent les officiers de santé à demander au magistrat que le cadavre fût ouvert. Il obtempéra à leur demande, et cette opération fut remise au lendemain 23.

Avant de sortir de la chambre où était le cadavre, le magistrat fit une perquisition dans les meubles et

15

les effets ; il ne fût rien trouvé qui eût quelques
rapports à ces recherches, à l'exception d'un vase
contenant les restes de la potion ordonnée la veille
par le citoyen Caron. Le lendemain, il fut procédé
à l'ouverture du cadavre.

Le substitut du procureur entra alors dans de
longs détails sur l'état du corps et reprit :

Les susdits officiers de santé terminèrent leurs opé-
rations et leur procès-verbal en exprimant qu'il leur
était démontré que Rosalie Trumeau était morte
parce qu'elle avait avalé une substance délétère quelconque. Immédiatement après cette opération, l'un
des chirurgiens qui venait d'y procéder s'approcha
de Trumeau et lui demanda s'il avait du poison chez
lui. Trumeau répondit qu'il n'en avait pas.

Il y eut un instant de silence, les assistants
étaient visiblement émus ; l'accusateur reprit :

— Quelques moments après, étant rentré dans la
boutique, il lui demanda s'il avait de l'arsenic, il
répondit qu'il en avait, et il atteignit un tiroir dans
lequel était un papier qui en contenait quatre onces,
qu'il remit au chirurgien.

Celui-ci remarqua, à la forme de ce papier, que
cet arsenic ne devait pas y être renfermé depuis
longtemps.

Trumeau lui dit qu'il n'avait pas permission d'en
vendre, mais qu'il avait été anciennement autorisé
à en acheter pour détruire les rats, à quoi il n'avait
pas réussi. Cet officier de santé compara aussitôt le
grain de cet arsenic à celui trouvé dans l'estomac de
Rosalie ; il lui parut semblable, il le fit remarquer
à Trumeau, qui ne répondit rien. Ce paquet fut
également mis sous le sceau du magistrat de sûreté
et sous le cachet de Trumeau...

Nous élaguons les détails d'analyse chimique et
continuons :

Trumeau fit alors une déclaration tendant, par la manière dont elle était conçue, à élever des soupçons contre Marie-Reine Chantal Lavandière ; il y exprima que depuis le deuil de son épouse, qui eut lieu depuis trois ans, il avait fait la connaissance de cette jeune personne qui arrivait de Dieppe, son pays, où il l'avait déjà vue — pour se placer à Paris.

Après avoir continué à la voir rue du Four-Saint-Germain, où elle demeurait, il s'était décidé, il y avait un an, à la faire venir chez lui pour y travailler et pour éviter toutes dépenses ; que Rosalie, sa fille aînée avait vu avec peine cette jeune personne, qui était à peu près de son âge, s'installer dans la maison, ce qui avait donné lieu à quelques contrariétés, et notamment à des querelles ; que, cependant, la plus grande intelligence paraissait régner entre elles depuis un mois ; qu'il venait de lui conseiller momentanément d'aller chez une de ses amies, rue de la Harpe.

Cette déclaration, ainsi que nous venons de l'expliquer, était d'autant plus propre à exciter des soupçons contre la fille Chantal-Lavandière, que Trumeau avait dit et répété, plusieurs fois le même jour, en présence du citoyen Caron, qui était venu le chercher vainement pour aller chez le magistrat de sûreté, que sa fille était incapable de s'être empoisonnée elle-même, et que, pour lui, il était innocent et que sa conscience était pure.

Cependant Trumeau changea tout à coup de langage. Il dit à une personne, en montrant la chambre où étaient les restes sanglants de sa fille, du sein de laquelle on venait de retirer les matières brûlantes et corrosives qui avaient dévoré son existence :

« — La voilà, cette malheureuse, cette gueuse de victime, qui s'est empoisonnée elle-même pour me mettre dans l'embarras. »

La fille Chantal était alors présente ; on l'entendit dire à Trumeau :

« — Je ne puis pas être soupçonnée ; je ne savais pas même que vous eussiez de l'arsenic dans votre boutique, où je ne paraissais jamais... Le soupçon ne peut tomber que sur vous ou sur votre jeune fille. »

Cependant Trumeau, dans toutes ces circonstances, parlait de son innocence, de la droiture de sa conscience, en faisant des démonstrations et des exclamations qui paraissaient forcées à ceux qui l'entendaient ; il prenait Dieu à témoin de la pureté de son cœur, et pendant toutes ces protestations, cet homme, qui parut insensible aux personnes qui l'entouraient, ne porta aucune trace de douleur sur son front. Sa voix ne semblait n'avoir de force que pour insulter à la mémoire de sa fille en lui prodiguant des épithètes de malheureuse, de gueuse, de victime, et en élevant contre elle les faux soupçons du suicide. Les personnes qui connaissaient Rosalie Trumeau, et qui ont été entendues en leurs déclarations, bien loin de concevoir de tels soupçons contre elle, ont déclaré que sa respectable mère avait inculqué dans son âme des vertus qu'elle mettait en pratique, et qui la faisaient aimer et respecter dans tout le quartier, que les sentiments de religion qui l'animaient étaient trop purs pour que l'on pût penser qu'elle eût terminé sa carrière par un crime.

La vigilance du ministère public s'est appliquée à découvrir les traces qui auraient pu indiquer que Rosalie eût fait couler dans ses veines le poison qui termina ses jours ; ses recherches n'ont produit aucun indice.

Il n'y avait dans sa chambre, ainsi que nous l'avons dit, qu'un seul vase contenant les restes de la potion anti-spasmodique narcotique, destinée à calmer les efforts qu'elle faisait pour vomir.

Les autres vases concernant les différents besoins que la jeune Marie Trumeau avait portés et laissés dans la chambre de sa sœur en avaient été enlevés par d'autres que par elle. L'infortunée Rosalie redoutait et semblait présager la mort cruelle qui devait bientôt la frapper. Elle avait dit à différentes personnes :

« — Si je ne préparais moi-même les aliments qui me nourrissent, je craindrais d'être empoisonnée...

Les deux enfants éprouvaient des privations dans la maison paternelle, où existait une étrangère qui se portait envers elles à des violences que Trumeau autorisait en donnant tort à ses filles. Un jour, la fille Chantal poussa ses violences jusqu'à traîner la jeune Trumeau par les cheveux, parce qu'elle avait voulu s'opposer aux fureurs qu'elle exerçait, à tort, sur Rosalie, que ladite Chantal menaça en lui disant :

— Tu passeras par mes mains.

Les yeux se portèrent sur Marie-Reine ; celle-ci droite et superbe, ne broncha pas. L'organe du ministère public continua.

— Quatre jours avant que Rosalie ne mourût, Trumeau fit éclater une grande colère contre elle, parce qu'elle exigeait des comptes sur les biens de sa défunte mère, et parce qu'elle lui témoignait quelques mécontentements de ce qu'il avait pris des arrangements pour hypothéquer une maison qui faisait partie de ce bien. Il la traita de fille dénaturée, qui ne songeait qu'à elle ; il lui prodigua encore plusieurs autres noms injurieux. Depuis cette scène il ne lui parla pas si ce n'est la veille de sa mort, qu'il l'embrassa en s'en allant coucher.

Ce fut le lendemain que Rosalie se plaignit qu'elle éprouvait des maux de cœur, et qu'elle n'avait point dormi pendant la nuit. Ils se mirent à table pour déjeuner avec du café que Rosalie avait préparé

selon son usage, Trumeau se versa et en versa à la
fille Chantal, Rosalie s'en servit ensuite, elle en
prit quelques cuillerées. Quelqu'un était entré dans
la boutique; elle s'y transporta pour servir, mais
tourmentée par les maux de cœur, elle fut obligée
d'appeler son père pour la remplacer. Elle essaya
encore de continuer son déjeuner et, ne pouvant
y parvenir, elle invita sa jeune sœur à en profiter.
Trumeau s'y opposa en observant qu'elle pourrait
être incommodée ayant mangé du raisiné...

Rosalie était recherchée en mariage par un jeune
homme qu'elle aimait ardemment ; elle se plaignait
chaque jour des obstacles qui paraissaient reculer
cette union, et engageait instamment son prétendu
à terminer le plus promptement possible avec son
père, sans le contrarier ; elle lui témoignait le plus
vif désir de quitter la maison paternelle, où elle
n'éprouvait, disait-elle, que des peines.

Telle était la situation morale de Rosalie Trumeau
lorsqu'elle fut enlevée à la fleur de l'âge à la société
dans laquelle elle avait fait briller des vertus ; à sa
famille qui la chérissait, et à un mariage vers lequel
tendaient tous ses désirs, parce qu'elle le regardait
comme devant terminer tous ses maux. Les circonstances qui ont précédé et accompagné ses derniers
moments demandent pour l'instruction des jurés
des détails suivis. Là, le ministère public rentre
dans de longs détails que nos lecteurs connaissent,
notamment sur la mort de Jeanne Cervenon, puis
il reprend :

— Trumeau avait chez lui, en l'an II, une nièce
âgée de soize ans, appelée Marie-Jeanne Cervenon.
Cette jeune personne mourut subitement chez ledit
Trumeau, le 6 fructidor de cette année, à deux
heures du matin. Le chirurgien fut appelé ; il vint
vers les dix heures, il trouva Trumeau dans sa bou-

tique ; il lui dit, aussitôt qu'il arriva, qu'on avait trouvé sa nièce morte et étendue par terre. Le chirurgien étant entré dans la chambre, vit le cadavre de cette jeune personne sur un lit ; ses membres étaient dans un état de contraction qui lui fit penser que cette mort n'était pas ordinaire. Il le témoigna à Trumeau, qu'il invita à appeler un commissaire de police.

Ce commissaire fut effectivement appelé mais le chirurgien de la maison, qui avait vu le cadavre, ne fut pas appelé, ce fut un autre chirurgien qui fit un simple rapport verbal. Le cadavre ne fut pas ouvert.

Depuis cette époque, Trumeau cessa d'employer le chirurgien de la maison, il ne lui paya même pas quelques visites qu'il lui devait. Passant rapidement sur cette accusation, le ministère public revient à la première accusation et dit :

— La fille Chantal, avant de faire une déclaration à la justice était sombre et rêveuse. Après l'avoir faite, elle rentra dans la maison d'arrêt, ayant un air gai et elle s'écria avec effusion de cœur :

— Je suis bien soulagée, je suis débarrassée d'un grand fardeau : Marie-Reine Chantal épancha ses secrets dans le sein d'une détenue renfermée avec elle.

Trois jours après la mort de Rosalie, Trumeau lui avait avoué un soir qu'il avait empoisonné sa fille. Marie-Reine Chantal dit encore que lorsqu'elle fut appelée par le magistrat de sûreté, Trumeau lui avait dit :

— Oh ! ça, tu sais qu'il faut toujours dire qu'elle s'est empoisonnée elle-même.

Le visage de Trumeau, a déclaré Marie-Reine Chantal, n'annonçait pas la tristesse lorsqu'il apprit que Rosalie, sa fille, était morte. Il résulte de tous ces détails que Rosalie Trumeau, âgée de vingt-cinq ans, fille de Henri-Augustin Trumeau, est morte le 21 nivôse dernier vers les neuf heures du soir ; que sa mort, aussi prompte que violente a été causée par un minéral caustique et corrosif, connu vulgairement sous le nom d'arsenic blanc.

De tout ce que dessus, et d'autres parts, il résulte que le nommé Henri-Augustin Trumeau, et Marie-Reine Françoise Chantal-Lavandière sont prévenus d'homicide commis volontairement par poison et par complicité, etc.

Marie-Reine avait écouté cette longue lecture, la tête droite, l'œil méprisant, et comme se plaçant orgueilleusement au-dessus d'une semblable accusation. Trumeau, au contraire, écoutait, triste, livide, et comme écrasé par ce qu'il entendait.

XV

Nos lecteurs connaissent les faits. L'accusation s'est développée devant eux ; nous serons donc sobres de détails pour rentrer au plus tôt dans notre action. La lecture avait duré deux heures. Les accusés furent interrogés et quelques témoins entendus.

Cette affaire criminelle occupa cinq audiences. Nous l'avons dit, nous ne rapporterons point les débats auxquels elle donna lieu. Après l'audition de tous les témoins, Gerard, commissaire du gouvernement près la cour de justice criminelle, et dans un réquisitoire improvisé s'attacha à prouver, que des quatre individus qui composaient la famille de l'accusé le seul et vrai coupable était Trumeau. La fille Chantal peut-être était complice ; peut-être !

Il voulut prouver... il prouva que l'intérêt était le motif de l'horrible homicide commis par le plus *dénaturé* des pères.

Mᵉ Maugeret, défenseur de Trumeau, déploya dans son plaidoyer beaucoup de talent et... de maladresse : il chercha à persuader que Rosalie Trumeau s'était elle-même empoisonnée :

— Je sens, dit-il, tout l'embarras de ma cause ; je suis réduit ou à troubler la cendre ou à flétrir la mémoire d'une fille vertueuse, d'une vierge pure, ou à laisser croire que toutes les lois de la nature ont été violées et qu'un forfait dont le nom est ignoré dans les fastes de notre langue, dont les annales criminelles ne présentent presque qu'un seul exemple a été commis.

Mᵉ Julienne fut plus habile dans la défense de la fille Chantal. Il démontra que cette fille ne pouvait être complice de Trumeau.

Le président résuma les débats, et le 2 germinal, après deux heures de délibération, l'arrêt suivant fut rendu :

« Vu la déclaration unanime du jury, portant qu'il est constant qu'il a été commis un homicide sur la personne de Rosalie Trumeau ;

« Que Henri-Augustin Trumeau est convaincu d'avoir commis cet homicide ; qu'il est constant qu'il l'a commis volontairement ; que l'homicide a été commis par poison ;

« Que Françoise Chantal-Lavandière n'est pas convaincue d'avoir aidé et assisté le coupable dans les faits qui ont préparé l'homicide ;

« L'ordonnance rendue aujourd'hui par le vice-président du tribunal, porte que Marie-Reine-Françoise Chantal-Lavandière est acquittée de l'accusation ; qu'elle sera mise en liberté sur le champ, si elle n'est détenue pour autre cause.

« Condamne Henri-Augustin Trumeau à la peine de mort.

« Ordonne conformément à la première disposition de l'art. 4, qu'il sera conduit au lieu de l'exécution revêtu d'une chemise rouge.

« Ordonne que le paquet d'arsenic blanc et la fiole contenant une potion déposés l'un et l'autre au greffe et ayant servi de pièces à conviction au procès seront brisés et détruits aux termes de la loi. »

Marie-Reine Chantal fut ramenée la première à l'audience. Par un mouvement inexprimable elle tressaillit après la lecture de l'arrêt.

Le président lui adressa ensuite la parole en ces termes :

— Que la terrible épreuve que vous venez de subir vous serve de leçon pour l'avenir. Vous allez être rendue à la liberté, prenez garde d'en abuser ; allez expier dans la retraite le scandale que vous avez donné ; cherchez à reconquérir l'estime publique que vous avez perdue ; prenez, devant cette auguste assemblée, l'engagement sacré de vivre désormais en fille sage et vertueuse.

Trumeau fut ensuite introduit ; il entendit le jugement qui le condamnait à perdre la tête sur l'échafaud avec le calme qu'il avait conservé pendant le cours des débats ; mais lorsque le président lui demanda s'il avait des observations à présenter sur l'application de la loi, il dit d'une voix étouffée :

— Que la terre s'entrouvre sous moi... Qu'elle m'engloutisse si je suis coupable !

Puis se redressant les larmes aux yeux, mais le front haut, la voix nette, il ajouta :

— Tremblez, vous venez de condamner un innocent !

Sans force, abattu par la condamnation qui le frappait, Trumeau fut porté jusqu'à la Conciergerie. Vainement il cherchait à réagir contre l'accusation. Nous disons l'accusation, parce que là était véritablement la plus cruelle souffrance du malheureux. C'était fait, jugé, décidé, il était coupable du crime le plus horrible. Quoi, père on l'accusait d'avoir tué son enfant. A cette pensée, sa poitrine s'oppressait, et, malgré lui, des pleurs abondants coulaient de ses yeux.

Seul dans son cachot, étendu sur le lit, il pleurait, lorsque la porte s'ouvrit.

C'était son avocat qui venait lui dire qu'il avait trois jours pour se pourvoir en cassation. Comme Trumeau ne bougea pas, maître Maugeret chercha à le consoler en lui disant :

— Tout n'est pas encore perdu ! nous allons trouver un motif de cassation... puis, vous avez la ressource du recours en grâce...

A ce mot, Trumeau se redressa et, essuyant ses yeux de sa manche, l'œil vif, le front haut, il dit :

— Ah ! ça, M. Maugeret, vous me croyez donc coupable, vous ?

— Certainement non, protesta vivement l'avocat.

— Alors, fit Trumeau, debout et les bras croisés, vous croyez que j'ai peur de la mort ?...

— Je ne croyais pas... je craignais que la terrible condamnation...

— Allons donc, interrompit Trumeau, je proteste contre la condamnation, parce qu'elle est injuste, parce que je ne suis pas coupable, parce que je ne veux pas que mon enfant rougisse de son père, et puis qu'enfin mes nerfs et mon sang se révoltent contre une semblable accusation. Moi, tuer ma fille !... Mais ils n'ont donc pas d'enfant les gens qui m'ont jugé ?... Un père qui empoisonne son enfant, mais ça ne se voit pas... Ça ne se peut pas, ces choses-là... Comment, pendant vingt-cinq ans, j'aurais usé ma vie pour la nourrir, pour l'instruire, pour en faire une femme... Elle ne sera riche que par mon fait... Et c'est juste au moment où le but sera atteint, où je n'aurai plus à m'occuper d'elle, que j'irai lâchement tuer la pauvre petite ! Cela n'a ni raison ni bon sens,

— Vous refusez de signer votre pourvoi.

— Non ! M. Maugeret, je signerai mon pourvoi ; mais, pour qu'une instruction nouvelle éclaire la justice, pour que l'on sache bien que ma fille est morte par tout ce que l'on voudra, mais pas par la main, ni du consentement de son père, entendez-vous ! Mort l'homme, que l'honneur reste ! Je ne suis pas un assassin, je suis innocent, et je veux qu'on le sache. Vous me parliez de recours en grâce... Mais quelle grâce ai-je à demander, moi ?... Je ne veux pas de grâce, je veux justice, seulement justice.

— Jusqu'à la dernière heure, fit l'avocat ému, je serai là pour lutter avec vous.

— Avez-vous préparé le pourvoi ?

— Le voici.

Trumeau signa, M⁰ Maugeret pris la feuille, et se retira après avoir chaleureusement serré la main du condamné.

Seul dans sa prison, il se promenait de long en large, les poings fermés, l'œil en feu, les lèvres crispées, les dents serrées, disant :

— Où donc est-elle, cette justice superbe tant promise ? A-t-il donc été nécessaire de troubler l'Europe pour en arriver aux résultats des anciens temps... Cette vérité, qui doit toujours ressortir des débats conduits par des tribunaux nouveaux... Nous en sommes donc encore aux juges de Calas...

Puis, dans un mouvement de rage, se frappant le front, s'arrachant les cheveux :

— Ah ! plutôt mourir cent fois dans les tortures de Damiens que subir cette horrible accusation, qu'être condamné pour elle et que savoir qu'on laisse derrière soi, attaché à sa mémoire, ce crime odieux.

Epuisé, il s'assit sur son lit et les mains entre les genoux, les yeux fixes, grinçant des dents, il pensait, lorsque la porte s'ouvrit.

Le geôlier, accompagné de deux gendarmes, dit à Trumeau :

— Suivez-nous.

Etonné, mais obéissant, il se leva et les suivit. Après lui avoir fait signer sur le livre d'écrou, on le fit monter dans une voiture, et on le conduisit à Bicêtre ; c'est là qu'il devait attendre le résultat de son pourvoi.

A l'heure où le condamné était dirigé sur sa nouvelle prison, un homme attendait dans un cabriolet, au coin du Quai aux Fleurs. Chaque minute, il sortait la tête de la capote pour voir si la personne qu'il attendait ne venait pas. Lorsque la voiture où était Trumeau sortit de la porte du guichet de la Conciergerie, il dit :

— Maintenant, elle ne va pas tarder. La nuit vient rapidement. Elle est capable de ne pas voir. Cependant, je ne voudrais pas me montrer... Bah ! j'aurai l'air d'un cocher...

Et, sautant prestement à terre, il prit le cheval par les guides et le conduisit devant la porte de la prison. Il caressait la tête du cheval, lorsqu'une femme sortit de la Conciergerie.

C'était Marie-Reine ; d'un pas assuré elle se dirigea vers l'homme qui tenait le cheval par la bride et lui dit :

— Merci.

— Montez, dit l'homme, quittant le cheval et lui donnant l'appui de son bras pour escalader le marche-pied. Lorsqu'elle fut montée, il monta à son tour, prit les guides et fouetta le cheval qui partit.

— Où allons-nous demanda Marie-Reine.

— D'abord dîner. Cela vous va ?

— Je crois bien... et respirant à plein poumon l'odeur de l'eau elle ajouta, ah ! c'est bon d'être libre...

— Je comprends ça !

— Surtout quand on a vu la mort de près.

— Vous ne comptiez donc pas sur moi.

— Si, mais, ma foi ! quand j'ai entendu ce réquisitoire, j'ai eu peur.

— J'étais là...

— Mais où me menez-vous ?

— Dans un nid préparé pour vous recevoir.

— Comment ça ?

— Avez-vous oublié vos promesses ?

— Non pas, fit effrontément la fille ; et avec un rire odieux elle ajouta : Les affaires sont les affaires..., et je veux la lettre.

— Je ne l'ai promise qu'après que vous m'aurez livré Friquet, fit l'homme que nos lecteurs ont reconnu pour Frelin.

— Ce qui ne sera pas long... je veux me venger... C'est le traître qui vous met en main l'arme qui tue en vous tuant vous-même.

Comme Marie-Reine était assez pauvrement vêtue, Frelin, sur sa demande, la conduisit dans une chambre garnie, où elle avait fait porter ses effets ; pendant que l'agent l'attendait en bas, elle changea de vêtements. Transformée, belle, rajeunie, elle redescendit bientôt ; son compagnon la conduisit au Palais-Royal ; là, un homme qui attendait reconduisit la voiture, puis tous deux entrèrent aux Frères Provençaux. Après avoir bien dîné, Marie-Reine dit :

— Maintenant, où m'emmenez-vous ?

— A Bagnolet.

— A Bagnolet !

— Oui, un petit nid.

— Allons, fit indifféremment la misérable.

— Mais un dernier mot d'affaires... Pour retrouver Friquet, qu'allez-vous faire ?

— Demain, vous m'aurez un costume d'homme.

— Bien !

— Et, avec un peu d'argent dans les poches nous nous mettrons en route.

— Où ?

— Je l'ignore.

— Comment, vous l'ignorez ?

— Mais, c'est simple à savoir, nous en causerons demain, au plus tôt, vous avez raison. J'aime mieux m'éveiller alors que vous aurez tout préparé... Donnez-moi donc à boire.

— Voilà.

— Vous ne vous figurez pas ce que je suis heureuse d'être là.

— Pardi !

— C'est-à-dire que je vous aime presque.

— Vous me faites peur.

— Pourquoi donc ?

— C'est que ceux que vous aimez vous les...

— Ah ! ah ! oui, vous parlez pour Trumeau.

— Pauvre diable !

— Vous avez raison, pauvre diable, à sa santé.

— Revenons à Friquet, fit l'agent que ce cynisme épouvantait.

— Oui, il faut savoir où est maître Jacques... Demandez la *Gazette nationale*.

Frelin sonna, on apporta le journal, qu'il donna à Marie-Reine, curieux de voir ce qu'elle allait faire. Après l'avoir lu quelques minutes, elle se pencha négligemment en arrière et dit :

— Maintenant, je sais.

— Comment, vous savez ?

— Oui.

— C'est donc par le journal que vous correspondez ?

— Oui et non.

— Je ne comprends pas.

— C'est bien simple, cependant.

— Expliquez-moi ça.

— Dès qu'il y a le moindre vent de conspiration, vite on le met dans la gazette.

— C'est vrai.

— Or Jacques est celui qui commence tout.

— Eh bien !

— Dès qu'il se complote quelque chose dans un coin de la France, je dis il est là.

— Mais si cela commence comme en ce moment dans plusieurs endroits.

— Toujours ils commencent dans plusieurs endroits pour dérouter la police..

— Eh bien ?

— Eh bien ! je sais les endroits où il a ses résidences.

— Mais le mouvement menace d'être bientôt général, on parle de la rupture du traité d'Amiens...

— Justement.

— Décidément, je ne comprends pas.

— Vous avez la tête dure, mon adoré, fit en riant Marie-Reine.

— Qu'avez-vous lu dans la *Gazette* ?

— Oh, j'ai lu l'endroit exact où est notre Jacques désiré.

— Vraiment, et Frelin cherchait dans le journal.

— Lisez ici, dit Marie, montrant un article du bout de son doigt blanc, et elle se versa et but.

— Mais vous allez vous... faire du mal.

— Me griser... je l'espère bien... Tenez, buvez avec moi... A ce pauvre Trumeau. Elle trinqua et but.

Gêné par les affectations de cynisme de sa compagne, Frelin prit le journal et lut :

« De nouvelles trames ont été ourdies par l'Angleterre, elles l'ont été au milieu de la paix qu'elle avait juré.

» Mais le gouvernement veillait, l'œil de la police suivait tous les pas des agents de l'ennemi... ils parcourent la Vendée, le Morbihan, les Côtes-du-Nord, et y cherchent des partisans.

» Dans Paris même se prépare tout ce qui est nécessaire à l'exécution des projets communs.

» Un lieu est assigné entre Dieppe et le Tréport, loin de toute inquiétude et de toute... »

— N'allez pas plus loin, cria Marie-Reine, vous y êtes.

— Comment cela.

— Friquet est à Dieppe. Dans deux jours nous y serons.

— Vous connaissez Dieppe.

— C'est mon pays natal... et ça m'amuse, fit-elle en riant cyniquement d'y retourner maintenant que je suis célèbre.

— Nous partons demain matin ?

— Je l'espère.

— Que voulez-vous pour votre départ ?

— Je veux que vous ayez deux chevaux, que vous m'ayez un costume, un passeport et une mission officielle dans la Normandie et la Bretagne.

— En homme, vous aurez l'air d'un enfant.

— Eh bien, vous serez mon précepteur.

— Bien, et puis ?

— Et puis... je veux de l'or à pleines mains, je veux voyager en grand seigneur.

— C'est entendu...

— Maintenant les affaires sont terminées, n'en parlons plus.

— Nous partons ?...

— Oui !

Et vive, délurée, Marie-Reine se leva et prit son manteau ; au contraire, Frelin embarrassé, timide, ne savait quelle contenance tenir.

C'est une chose remarquable, que les plus roués, les plus indifférents, les plus forts, enfin, sont domptés par l'audace. Il est vrai que, ainsi qu'il arrive souvent des désirs banals auxquels on ne résiste

16

pas ; le désir avait changé de caractère, et Frelin n'était plus seulement amoureux, mais il était violemment épris de la misérable. Les sottes seulement attribuent l'excès de timidité à l'indifférence, Marie-Reine n'était pas de celles-là ; elle comprit que ce n'était plus un amant qu'elle allait avoir, mais un esclave.

Elle marcha titubant, car pour se dédommager des privations de la faim elle avait beaucoup bu, et prit le bras de Frelin ; comme sa tête lourde s'appuyait sur l'épaule du pauvre diable, ses lèvres s'appliquèrent sur le front de Reine. Elle ne broncha pas.

— Vite, disait-elle, je suis fatiguée, et j'ai hâte de dormir.

Une voiture les conduisit à Bagnolet.

Le lendemain, à dix heures du matin, deux chevaux piaffaient d'impatience devant la porte ; Frelin, en costume mi-bourgeois, mi-militaire, sortit, conduisit Marie-Reine, superbe en cavalier. Ses longs cheveux frisés tombaient en longues boucles sur la colerette qui couvrait ses épaules ; coiffée d'un petit chapeau de feutre pointu portant une plume noire, vêtue d'une redingote noire boutonnée et sur laquelle étalaient les deux équerres blanches de son gilet, d'une culotte grise et de bottes à l'écuyère, elle était très-belle, l'acquittée.

D'un bond gracieux, et en écuyère consommée, elle enfourcha son cheval, ses mains fines, dans les gants à crispins, saisirent les guides. Alors, elle se retourna et dit à Frelin :

— Y êtes-vous ?

— A vos ordres, répondit celui-ci.

— En route !

Et, dans un nuage de poussière, comme une belle vision, Marie-Reine disparut, suivie de Frelin, qui paraissait son écuyer.

Les voisins étaient sur leurs portes ; en voyant

sortir les deux cavaliers, ils s'étaient respectueusement découverts ; mais, dès qu'ils eurent disparu,
avec cette manie commune, hélas, aux communes,
on mordit à belles dents.

— Eh bien, c'était ben la peine de faire une révolution, les v'là revenus les nobles.

— Et plus fort que jamais, vous voyez.

— Pardi, avez-vous vu comme ils étaient insolents.

— Ils ne nous ont pas seulement salués !

— Ça les fatiguerait...

— Le petit était gentil tout de même, dit une
femme.

— Gentil, gentil ! fit une grosse commère.

Un homme énorme haussa les épaules disant :

— C'est gros comme ça..., homme et cheval, d'un
coup de poing je vous les jetterais par terre.

— Pour être bien fait, croyez-vous pas, qu'il
faut être bâti comme vous ?

— Eh bien ?

— Quand on vous regarde, on cherche toujours
une porte pour visiter l'intérieur.

Tous les voisins riaient, lorsqu'une femme, voyant
deux cavaliers qui s'avançaient par le même côté
que Marie-Reine et Frelin s'étaient éloignés, s'écria :

— Tiens ! les voici qui reviennent !

Comme obéissant à un signal, tout le monde se
découvrit.

XVI

Ce n'étaient pas Marie-Reine et Frelin qui reve-
naient, mais deux personnages que nos lecteurs connaissent.

L'un d'eux, le plus vieux et le plus petit, s'avança vers le gros homme et lui demanda :

— Citoyen, pourriez-vous m'indiquer la demeure du citoyen Houdeau ?

— Le citoyen comte de Houdeau, monsieur, répondit l'homme, c'est une de mes pratiques, vous n'avez qu'à suivre l'allée, le château est au bout; je vais vous y conduire.

— Merci, mon brave, c'est inutile, nous allons mettre nos chevaux au trot.

Et, aussitôt, les deux chevaux prirent l'allure indiquée. Quelques minutes après les deux individus sonnaient à la grille. Un domestique vint ouvrir.

— Qui demandent ces messieurs ?

— Monsieur le comte de Houdeau.

— Si ces messieurs veulent me dire leurs noms.

— C'est inutile...

Et fouillant dans sa poche, le plus petit en tira un brassard de laine qu'il montra au domestique. C'était un brassard de chef vendéen, en laine blanche, ayant une croix rouge au milieu.

En le voyant, le domestique ouvrit la grille, les deux cavaliers entrèrent. Dès qu'ils furent à pied, le domestique sonna, un palfrenier vint.

— Menez les chevaux à l'écurie, fit-il... puis se retournant vers les nouveaux venus, il ajouta : Si ces messieurs veulent me suivre...

Le domestique marcha vers le château, les deux hommes le suivirent. Il les introduisit dans un grand salon, dont tous les tableaux avaient été enlevés,— une concession aux événements, — là, il leur dit :

— Messieurs, veuillez attendre une minute, je vais prévenir monsieur le comte...

Quand ils furent seuls, le plus jeune et le plus grand des deux dit à l'autre :

— Je ne suis pas à mon aise ici.

— Ne craignez rien, avec moi vous serez bien reçu.

— Ça ne fait rien... j'ai pas l'habitude des tapis...

— On se fait à tout, fit en riant le plus petit.

— Vous me direz que c'est plus agréable, mais...

A ce moment, la porte s'ouvrit, un homme d'un certain âge parut ; il était en costume de matin, c'est-à-dire enveloppé d'une longue douillette ; il tendait la tête et son œil cherchait curieusement qui étaient ces matinals visiteurs... Dès qu'il eut vu le plus petit, il courut joyeusement vers lui en lui tendant la main :

— Ah ! Cervenon... quelle bonne fortune nous arrive.

— Un service à vous demander.

— Tant mieux, mon cher ! demandez, je suis prêt.

— D'abord, monsieur le comte, permettez-moi de vous présenter mon compagnon, Eustache Bizot, un brave soldat, qui, en récompense des services rendus à son pays, a été enfermé par ceux qui le gouvernent.

Bizot, rouge comme une cerise, l'œil ahuri, n'osait prendre la main que le comte lui tendait...

— Tous les Français opprimés sont des nôtres, lui dit celui-ci. Puis se tournant vers Cervenon : à l'ami qui demande un service, je n'ai pas de question à faire, et je me mets à sa disposition.

— Tout à l'heure, monsieur le comte...

— D'abord, vous êtes fatigués, vous avez besoin de repos ?. .

— Oh ! pas du tout, nous nous sommes mis en route à la fraîche ce matin, nous avons donc quatre heures de cheval ..

— Au moins, vous avez faim...

— Peu !

— Est-ce vrai, ça, monsieur Bizot ? demanda le comte à celui-ci, pour le mettre à son aise.

— Ma foi, fit Bizot franchement, je vous avoue que je suis très-disposé à bien déjeuner...

— A la bonne heure !

Le comte sonna, une gracieuse soubrette parut.

— Deux couverts... fit-il.

La jeune fille se retira, et le comte, donnant un siège à Bizot et un à Cervenon, s'assit près de celui-ci, et lui prenant la main amicalement, lui dit :

— Eh bien, mon ami, qu'êtes-vous devenu ?... Je sais que vous serviez notre cause ; mais d'où venez-vous ? qu'avez-vous fait ? d'où sortez-vous, enfin ?

— Monsieur le comte, j'arrive de Belle-Isle, j'y ai fait neuf ans de cachot, et je m'en suis évadé avec ce brave garçon, il y a dix jours.

— Que me dites-vous là.

— La vérité, monsieur le comte, fit en souriant Cervenon.

— Ah ! mes pauvres amis... et que me demandez-vous.

— Nous venons vous demander l'hospitalité.

— Mais vous êtes chez vous, mes amis.

— Comme on doit nous chercher encore, nous voulons, pendant une quinzaine de jours, ne pas aller à Paris.

— C'est fort juste.

— Pour que des bavardages ne puissent donner des soupçons ici, dans quelques heures nous reprendrons nos chevaux et nous partons ; nous allons les vendre, et le soir nous revenons ici à pied.

— Mais pourquoi tout cela ?

— Pour qu'aux yeux des gens du pays qui nous ont vu arriver, nous ne soyons que des amis venant vous rendre une visite et repartis deux heures après...

— Je vous comprends...

Un domestique entre et dit :

— Monsieur le comte est servi.

— Allons, messieurs, à table !

Tout en déjeunant, Cervenon raconta brièvement au comte de Houdeau les détails de leur évasion ; celui-ci était émerveillé

— Et à peine sorti, fit-il, vous venez bravement vous remettre dans nos rangs ?

— Tout me paraît calme en ce moment, et je veux consacrer quelques jours à des affaires personnelles.

— Calme, dites-vous !... Avant un mois, la Vendée reprend les armes.

— Un mois ! J'ai le temps nécessaire pour accomplir ma tâche, fit Cervenon d'un air sombre.

— Qu'avez-vous de si grave ?...

— Si grave que je ne puis le dire.

— Alors, vous allez rester ici ignoré pendant une quinzaine de jours. Après ce temps vous vous occupez de vos affaires, vous serez prompt et vous revenez avec nous.

— Je suis à vos ordres.

— Et monsieur Bizot est avec nous ?

— Moi ! fit Bizot comme sortant d'un rêve.

— Monsieur le comte vous demandait si vous vous mettiez avec nous dans la prise d'armes de la Vendée ?

— Pourquoi faire ?... Contre l'Angleterre ?

— C'est l'Angleterre qui nous donne des armes.

Bizot était très embarrassé, il ne savait que dire, ou plutôt, il savait trop ce qu'il avait à dire, seulement, en le disant, il craignait de fâcher son hôte.

— Monsieur le comte, dit-il enfin, je suis un enfant du peuple, moi.

— Eh bien ! mon ami.

— Dame, c'est que, au-dessus du roi et de toute sa boutique j'aime mon pays.

— C'est pour sauver le pays, que nous voulons le rétablissement du roi...

— C'est drôle, jamais on ne m'a appris ça comme
ça... Je crains de vous fâcher de ne pas penser comme
vous, et j'ose pas parler.

— Je ne vous saurai que plus de gré de votre
franchise; parlez, dit le comte en lui serrant la main.

— Ce que vous voulez faire, c'est la guerre civile...
Eh bien! monsieur le comte, la guerre civile, ce n'est
pas ma guerre à moi. Prussiens, Autrichiens, Anglais,
mettez-moi devant, et sang Dieu! on me hachera
comme chair à pâté plutôt que me faire céder, ça
m'est égal de tirer dessus ceux-là, je ne comprends
pas ce qu'ils disent quand ils me parlent, je crois
qu'ils me disent des sottises. Mais là bas en Vendée,
la guerre d'embuscade, avec des gens qui parlent
comme vous, reconnaître son ennemi à la couleur
d'une cocarde... Pas possible, monsieur le comte, je
n'ai pas ce courage-là...

Cervenon était visiblement contrarié du refus for-
mel de Bizot; au contraire le comte lui tendit les mains.

— Vous êtes un brave garçon. Quelque soit la
cause qu'il défend, je suis heureux de faire mon
ami d'un honnête homme...

Bizot devint rouge à croire que sa peau allait éclater.

— Vous reviendrez bientôt sur votre opinion... car
je me crois plus français que vous.

Malgré tout le respect qu'il avait pour son hôte,
Bizot eut un imperceptible mouvement d'épaules.

— Mais alors, demanda Cervenon, que comptez-
vous faire? Vous n'espérez pas rester dans la garde
du consul, vous vous doutez bien de ce qui vous arrivera dès que vous serez reconnu.

— Oui, et voici ce que je vais faire : je ferai parvenir un mot à la maman pour la prévenir de la
situation; elle ira chercher Rosalie, on vendra toute
la maison, et nous nous embarquerons pour l'Amérique...

— C'est un beau rêve d'amoureux... fit le comte.

— Mais, dit vivement Bizot, vous savez, ce n'est pas parce que je ne suis pas de votre cause que je ne suis pas prêt à vous être agréable ; disposez de moi, faites-moi aller, venir, tout ce que vous voudrez ; c'est pour vous que je le ferai, le cœur n'y sera pour rien... Au besoin, je fondrai des balles, je ferai de la poudre... mais je ne m'en servirai pas...

— Vous êtes un brave garçon, fit le comte en riant.

Bizot plongea le nez dans son assiette, il avait pris d'abord une aile de poulet, on lui avait offert la seconde, il l'avait prise ; voulant faire honneur au déjeuner, il avait goûté une cuisse, elle était bonne ; personne ne prenant la deuxième, il se l'était servie. C'est que c'était une belle fourchette que Bizot ; aussi, pour laisser le comte et Cervenon causer à leur aise, il venait de prendre la carcasse pour se donner une contenance.

— Enfin, mon cher Cervenon, dans une quinzaine vous nous appartenez.

— Oui monsieur le comte. Est-ce que le mouvement commence plus tôt ?

— Le mouvement, non, mais tout est en train depuis une quinzaine de jours. L'Angleterre refuse d'évacuer Malte, et le traité de paix va se trouver rompu... les hostilités vont recommencer.

— Dans combien de temps.

— D'ici quinze jours.

— Est-ce que vous partez avant ?

— Je dois être à mon poste dans dix jours.

— Diable, j'ai bien envie de m'arranger pour partir avec vous.

— Voilà qui serait aimable ; j'ai reçu avis qu'un débarquement avait eu lieu près de Dieppe. Connaissez-vous le littoral de la Manche ?

— A peu près.

— Eh bien ! un convoi d'hommes et d'armes a été débarqué à deux lieues de Tocqueville, je dois m'y rendre et diriger ces armes, cachées dans des voitures de foin, sur Rennes... car toutes les côtes du Nord, du Morbihan, du Finistère et de la Manche sont activement surveillées.

— Mais pendant que vous êtes ici, qui surveille le débarquement et le déchargement.

— Un homme qui vient de Londres, et que vous connaissez, je crois, un nommé Jacques Friquet.

— Friquet, firent en même temps Cervenon et Bizot.

— Eh bien ? demanda le comte.

Sur un signe d'yeux de Cervenon, Bizot avait baissé la tête et il dévorait sa carcasse de poulet pendant que Cervenon, calme, répondait tranquillement :

— C'est vrai, je le connais... Ah ! c'est lui... je serai heureux de le voir.

— C'est un homme vénal, paraît-il, mais très adroit et très utile... Il paraît que c'est sa dernière expédition.

— Ce sera sa dernière expédition, dit Cervenon d'une voix singulière, qui fit lever la tête au comte.

— Que voulez-vous dire ?

— Je veux dire M. le comte que j'espère que l'heure de la vengeance est venue, et que notre cause va enfin triompher.

— Eh bien ! monsieur Bizot, viendrez-vous avec nous ?

— Je le crois, monsieur le comte, répondit Bizot, en lançant un regard à Cervenon.

— Eh bien ! alors, c'est entendu ; je vais m'arranger de façon à ce que nous puissions nous retrouver ensemble dans quinze jours ; à vos santés messieurs, je bois à la réussite de nos projets, au roi !

— Au pays ! dit Bizot, et il but son verre d'un seul trait.

XVII

Le 17 germinal, vers dix heures du matin, la prison de Bicêtre avait une singulière allure. Dans la seconde cour tous les prisonniers étaient réunis, et formaient deux haies autour de la porte qui conduisait aux chambres de la pistole. Deux gendarmes gardaient cette porte. Devant cette porte était une voiture fermée ; vieux carrosse sombre, démodé où l'on pourrait tenir au moins six.

Les prisonniers attendaient, préoccupés, curieux, causant tout bas entre eux. Il se passait évidemment, dans la prison, quelque chose d'extraordinaire.

Quelques minutes avant, le vieux carrosse, contenant trois personnes, était arrivé, escorté par douze gendarmes. Aussitôt le directeur de la prison avait reçu les visiteurs et, les précédant, il les avait guidés dans les corridors de la prison, aboutissant à un cachot fermé, non par une porte, mais par une grille, devant laquelle était un gardien.

Là, la grille ouverte, les quatre hommes étaient entrés. Le prisonnier, le condamné Trumeau, qui était étendu sur son lit, s'était levé.

Alors, l'un des hommes lui avait dit :

— Trumeau, vous avez refusé de recourir à la clémence du premier consul et votre pourvoi est rejeté.

Trumeau devint pâle et porta la main sur sa poitrine, comme pour s'aider à respirer. Le greffier lut le rejet du pourvoi.

— Monsieur, dit Trumeau lorsqu'il eut terminé, je n'ai demandé à me pourvoir que pour avoir un moyen de prouver mon innocence... Je ne suis pas coupable, je n'ai pas de grâce à demander. Si, ainsi que me l'a dit le prêtre, je dois là haut retrouver mon enfant dans un monde nouveau, sa tendresse et ses baisers me payeront des souffrances que j'ai endurées.

— Vous devez être transféré à la Force, et à cet effet nous venons vous chercher.

— Je suis à vos ordres, messieurs.

Le calme digne avec lequel le malheureux répondait, imposait aux quatre hommes, ils étaient émus.

— Puisque je dois bientôt mourir, je n'ai rien à prendre ici, les différents objets que je laisse sont à vous, mon ami, fit-il, en s'adressant au geôlier qui pleurait ; puis s'adressant au directeur : Monsieur, vous avez été très bon pour moi, je désire vous en remercier, je vous jure que je suis innocent, voulez-vous me permettre de vous serrer la main ?

Le directeur tendit la main au malheureux, et les autres hommes se détournèrent pour ne pas faire voir que leurs yeux se mouillaient de larmes.

— Allons, fit Trumeau avec effort, je suis prêt ; messieurs, partons.

Et comme les hommes s'écartaient pour le laisser passer, il descendit le premier ; arrivé en bas, toutes les personnes qui faisaient la haie se découvrirent. Trumeau fut ému de ce respect. Ces gens saluaient celui qui allait mourir, comme on salue le cadavre qu'on mène au cimetière. Trumeau ne s'y trompa pas, il s'arrêta sur la dernière marche et leur dit :

— Mes amis, je vais mourir. Quoique je dise et fasse à cette heure, ma vie ne m'appartient plus ; je n'ai donc aucun intérêt à cacher la vérité ; non, mes amis, sur Dieu, je le jure, je ne suis pas coupable.

Un murmure de douloureuse sympathie accueillit ces paroles.

— Adieu, fit-il, et il monta en voiture. Les trois hommes montèrent près de lui, l'escorte prit sa place, les portes s'ouvrirent et le cortége partit.

Trumeau pensait silencieux ; les hommes douloureusement impressionnés, n'osaient parler entre eux.

— Plus tôt ou plus tard, il faut toujours mourir, dit Trumeau sortant de sa rêverie... puis parlant à celui qui était près de lui, monsieur, est-ce que l'on a dit à ma plus jeune fille ma condamnation ?...

— Je ne crois pas.

— Pauvre enfant ! l'Etat s'occupera-t-il au moins de son éducation, va-t-on lui réserver sa fortune ?

— Vous pouvez être tranquille.

— Je voudrais avoir de vous un renseignement qui m'intéresse beaucoup. Souvent, dans l'instruction, j'ai fait cette demande, on n'y a jamais répondu...

— Que voulez-vous savoir ?

— Pourquoi le fiancé de ma fille n'a jamais paru ?

— Un nommé Bizot ?

— Oui, monsieur.

— Il a été arrêté la veille du. . malheur.

— Oh ! dites crime, fit en souriant tristement Trumeau ; je n'en suis pas l'auteur, mais le crime a été commis... Bizot a été arrêté pourquoi ?

— Comme conspirateur...

— Bizot !!!

— Oui !

— Ah ! vous m'étonnez... et il ignore tout ce qui est arrivé ?

— Tout !

Il y eut encore un grand quart d'heure de silence, au bout duquel Trumeau demanda :

— Je suis brave et décidé, ne craignez donc rien et répondez franchement à ce que je vais vous demander.

— Parlez.

— Quand dois-je être exécuté ?

L'homme baissa la tête, hésitant à répondre...

— Eh bien ?

— Vous le voulez ?

— Je le veux et vous en prie.

— Ce soir !

Si fort qu'on soit, une pareille réponse frappe en plein. L'œil de Trumeau se voila une seconde, ses lèvres tremblèrent, ses dents s'entrechoquèrent, une pâleur verte s'étendit sur ses joues et des gouttes de sueur perlèrent sur son front... Mais ce fut l'affaire d'une minute, se domptant, il prit la main de l'homme la serra affectueusement et lui dit :

— Merci ! .

Il était environ midi lorsque la voiture qui conduisait le prisonnier s'arrêta dans la première cour de la Force.

Tout le personnel de la prison était là, cherchant à satisfaire sa cruelle curiosité. Quand les geôliers firent traverser la seconde cour à Trumeau, tous les prisonniers se précipitèrent pour le voir, tous avaient l'injure à la bouche. Le malheureux, calme, traversa la cour sans les voir et sans les entendre.

— Il a une bonne tête, ce corps-là.

— S'il y a mal, il est temps qu'il la fasse soigner.

— Dis donc, hé ! chose, mets-moi sur ton testament.

— Hé ! Trumeau, cria un autre, donne-moi de tes cheveux ; les cheveux de guillotiné, ça porte bonheur.

Un plus audacieux lui posa la main sur le crâne en disant :

— Laisse-moi-z-y toucher avant qu'on te la prenne.

D'un coup de poing vigoureux, un geôlier envoya rouler à dix pas le misérable.

Toutes ces infamies étaient dites au milieu des rires de ces monstres, dont pas un n'avait au moins à se reprocher le double du crime pour lequel le malheureux allait mourir. Nous l'avons dit, Trumeau n'avait rien vu, rien entendu. Il se disait :

— Puisque je dois mourir, mon Dieu ! donnez-moi la force et le courage, faites que mon front reste blanc devant l'échafaud, faites que le doute ébranle tous ceux qui me verront, et conserve le respect à ma dernière fille, et pardonnez, mon Dieu ! à ceux pour lesquels je vais mourir.

Conduit dans la chambre de la toilette, il demanda combien il avait encore de temps à vivre. Le geôlier lui répondit :

— L'exécution est pour quatre heures.

— Quelle heure est-il ?

— Presque une heure...

— Puis-je rester seul jusqu'à ce moment, demanda-t-il au directeur de la prison, qui s'était avancé pour écouter ce que disait le condamné.

— Vous pouvez ce que vous voudrez... mais un prêtre a réclamé de vous la faveur de vous assister jusqu'à la dernière heure.

— Qu'il vienne, monsieur le directeur.

— Vous ne désirez pas déjeuner.

— Merci, je n'ai pas faim.

— Alors, nous nous retirons...

Les geôliers suivirent le directeur.

Il faisait un temps superbe le 17 germinal de l'an XI. Le printemps tout ensoleillé illuminait la nature. Le soleil entrait en gerbes lumineuses par les deux fenêtres de la chambre de la toilette, donnant sur le parquet doré les petites croix d'ombre des grilles.

Les vitres, plongées dans l'obscurité, devenaient miroirs ; en se redressant devant la fenêtre, Trumeau se vit et recula. Il ne se reconnaissait plus.

Ces cheveux blonds et frisés étaient blancs... Ces yeux bons et doux étaient injectés, son front était traversé de plis profonds, et sa bouche jadis souriante, était déprimée et resserrée. Il avait vieilli de dix ans; il eut un amer sourire, et tapant sur ses joues pâles et tombantes, il dit :

— Et c'est à cet âge qu'on tue ses enfants... les aveugles !...

Il se retourna ayant entendu la porte s'ouvrir... Il vit un jeune prêtre, à la figure intelligente, qu'un geôlier introduisait.

— L'abbé Maury, que vous avez demandé.

— Entrez, monsieur l'abbé...

Le geôlier se retira. Seul avec le prêtre, Trumeau lui offrit un siége et s'assit près de lui.

— Monsieur l'abbé, dit-il, je suis heureux de vous voir; je viens vous demander les consolations de l'homme religieux; j'ai besoin d'un soutien, j'ai besoin d'un homme enfin.

— Monsieur... mon frère...

— Ne sacrifions pas à la convention qui nous gênerait, dites mon ami, fit Trumeau en lui prenant la main.

L'abbé Maury, étourdi de rencontrer un homme là où il croyait trouver une brute, regarda longuement Trumeau.

— Mon ami, fit-il, parlez... que voulez-vous dire?

— Je n'ai rien à demander. Sur Dieu, monsieur l'abbé, je vais mourir innocent. Sur Dieu, j'adorais ma fille, et le crime odieux pour lequel on me condamne n'est pas mon œuvre.

— Si vous dites vrai, voulez-vous qu'à l'instant j'aille me jeter aux pieds du premier Consul? voulez-vous que je demande un sursis, et que pendant ce temps je me mette à l'œuvre pour vous justifier?

— Je ne veux rien de tout cela.

— Mais si vous êtes innocent?

— C'est parce que je suis innocent que je vous prie de m'aider à mourir le front haut, sans forfanterie, calme...

— Mais, c'est un suicide auquel la religion s'oppose. La vie que Dieu vous donna, vous devez jusqu'au bout la défendre.

Trumeau se leva, regarda le prêtre bien en face, et fit signe qu'il allait répondre.

Trumeau se promenait de long en large dans la chambre, passant la main sur son front, comme pour en arracher une idée rebelle et tenace, enfin, se plaçant devant le prêtre et lui prenant la main, il dit :

— Ecoutez-moi.

L'œil de l'abbé Maury ne quittait pas le malheureux ; assurément, doutant encore de ce que Trumeau lui avait dit, il cherchait à lire dans sa physionomie s'il avait affaire à un adroit coquin ou à un martyr. Trumeau, calme, cherchait le moyen le plus simple de prouver en deux mots à l'abbé qu'il ne lui demandait que l'encouragement dans le sacrifice de sa vie.

— Monsieur l'abbé, fit-il, j'ai commis une faute ; père, adorant mes enfants, je n'ai pas su faire taire en moi les appétits nouveaux que le retour d'âge amène. J'ai rencontré un jour une jeune fille... ou plutôt... une jeune fille allait mourir... c'était à Dieppe, par un temps horrible, la mer hurlait, le vent d'ouest soufflait ; moi, j'étais sous une impression douloureuse, ma femme venait de mourir...

Comme le prêtre, les yeux équarquillés, regardait Trumeau, comme ce regard semblait dire : « Il est fou ! » Le malheureux s'interrompit et lui dit :

— Monsieur l'abbé, j'ai la tête perdue ; dans deux heures, j'aurai cessé de vivre, je m'explique mal, je vous parais fou..., mais écoutez-moi, si peu de cohésion qu'elles semblent avoir entre elles, mes paroles arrivent toujours au même but, ma justification... C'est-à-dire que je tiens absolument à ce que plus tard, lorsque le véritable assassin sera découvert, vous puissiez dire : j'ai connu cet homme,

17

jusqu'au dernier moment, il m'a assuré de son innocence, il a été sot, oui, mais criminel, non ! — Non
ami, fit l'abbé, remettez-vous, vous êtes fiévreux ;
pendant quelques minutes, pensez, calmez-vous, enfin ;
vous êtes un homme, je le vois, redevenez vous-même
et causons... — Merci, dit Trumeau en lui serrant
la main.

Et il alla jusqu'à la fenêtre ouverte, là, il arracha son col, et bruyamment il aspira l'air printanier.

L'abbé Maury n'avait pas cessé de le regarder,
et malgré lui, comme combattant une pensée
secrète, il murmurait :

— C'est impossible ! Cet homme n'est pas un
assassin.

Trumeau, plus calme, revint près de l'abbé, et
s'asseyant devant lui, il commença.

— Un jour, à Dieppe, par une mer horrible,
une jeune fille de dix-neuf à vingt ans allait périr ;
je me précipitai, l'arrachant à une mort certaine, je
la ramenai au bord, elle était sans connaissance, on
la mena chez l'ami qui m'accompagnait. Quand cette
fille revint à elle, elle me remercia d'un baiser... d'un
baiser qui me brûla. J'avais sauvé un être, alors seulement je m'aperçus que celle qui me devait la vie était
une femme... alors seulement je m'aperçus qu'elle
était belle, qu'elle était jeune... vous devinez ! — Non
fit froidement le prêtre. — Eh bien j'aimai cette
femme !... amour insensé... amour de vieillard, qui
veut, qui exige... Je marchai sur tous les sentiments
dans lesquels j'avais vécu, et oubliant que si la mère
était morte, les enfants étaient encore là tout pleins
d'elle, j'amenai... j'osai amener chez moi... cette
femme... — Cette jeune fille que vous aviez sauvée ?
demanda l'abbé. — Non plus cette jeune fille, cette
femme... Je veux dire enfin ma maîtresse. — Oh !
devant vos enfants... — N'insistez pas, monsieur
l'abbé... c'est infâme. Je le sais... Si j'ai commis un

crime, c'est celui-là !—Après ! demanda l'abbé Maury.
— Après ! fit Trumeau avec élan, après, j'ai eu honte
de ma conduite ; mais elle me tenait sous sa domination.
Je cherchai à la faire vivre loin de moi. Elle refusa.
— Que fîtes-vous ? — Rien ! — Comment, rien ?
Et avec un accent indéfinissable, le malheureux dit :
— Que voulez-vous, je l'aimais.
Pour changer les idées du pauvre diable et pour
revenir au sujet qui l'amenait, le prêtre dit :
— Mais, là n'est point le crime pour lequel......
— Vous vous trompez, monsieur l'abbé, fit grave-
ment Trumeau... là est tout ; cette femme a amené
avec elle la discorde. — Vous voulez dire la haine et
la première pensée criminelle.
Des pieds aux cheveux, avec un regard superbe,
Trumeau regarda le prêtre en disant :
— Monsieur l'abbé, je vous ai dit que je n'étais
pas coupable. — Mon ami !... — Oh ! ne vous excusez
pas, je vous prie, car vous avez raison de juger ainsi,
c'est moi qui suis dans le faux... je voulais dire que
cette discorde, connue de tous, avait été la cause de
l'horrible accusation dont je suis la victime. — Ecoutez, Trumeau, dans une heure, vous paraîtrez devant
Dieu... Je suis le prêtre, moi... le secret... dites,
êtes-vous coupable ?... Avez-vous empoisonné votre
enfant ?...
Trumeau prit les deux mains du prêtre, et, fixant
ses yeux sur ses yeux, il dit :
— Mon ami... mon frère, regardez-moi bien en
face. Je vous jure sur les cendres de ma mère que
je suis innocent ! — Alors, fit l'abbé en se dégageant, je vous sauverai...
Trumeau le retint par le bras en disant...
— Je vous le défends... je parle au prêtre... je
veux mourir !
On frappa à la porte.
Trumeau tourna à peine la tête et dit :

— Entrez.

Le prêtre, tout tremblant d'émotion, s'était placé devant lui pour lui dissimuler l'entrée de ceux qui avaient frappé, mais le condamné, l'écartant de la main, dit :

— Ne craignez rien, je suis fort...

Le bourreau, suivi de deux aides, précédait le personnel de la prison.

— L'heure est venue, monsieur le directeur, demanda Trumeau, s'adressant à celui-ci.

Le directeur répondit d'une voix à peine intelligible et en affirmant de la tête.

— Allons, monsieur, faites votre œuvre, dit Trumeau d'une voix ferme.

Le bourreau avança une chaise et le pria de s'asseoir. La toilette commença, cérémonie lugubre, qu'aucune voix ne troubla, le grincement strident des ciseaux glaçait d'effroi les assistants. Quand ses cheveux furent tombés, Trumeau se leva et dit :

— Je suis prêt.

Le bourreau lui dit alors :

— Il faut encore que vous retiriez les vêtements de la prison. — Pourquoi ?...

Le bourreau montra une longue chemise rouge...

Un sourire amer plissa les lèvres du condamné.

— C'est vrai, dit-il, le parricide et l'infanticide sont conduits au supplice revêtus d'une chemise rouge.

Il arracha aussitôt les vêtements qui le couvraient et se vêtit de la longue chemise qui lui tombait jusqu'aux pieds. L'œil un peu fiévreux, les joues un peu marbrées, les lèvres pâles, le front et le corps drapé de la longue robe rouge, Trumeau, grandi, était imposant à voir.

— Nous devons nous rendre à la messe, mon frère, dit le prêtre. — Donnez-moi le bras.

Le prêtre obéit... et l'assistance descendit dans une grande chambre du deuxième étage, où avait été installé une petite chapelle. La messe basse dite, Trumeau se releva, on lui attacha les pieds et les mains; alors, s'appuyant sur l'abbé Maury, il lui dit bas :

— Oh ! ne m'abandonnez pas, je crains que le courage ne me manque. En sortant du préau, il vit la charrette entourée de gendarmes, le bourreau l'aida à y monter, puis l'abbé Maury, tenant un petit crucifix à la main, se plaça près de lui.

La porte de la prison s'ouvrit, un grondement terrible accueillit la sortie de la charrette ; c'était la foule qui saluait le condamné, et le cortége se mit en marche par la rue Saint-Antoine pour gagner la place de Grève.

L'abbé dit à Trumeau :

— Trumeau, ne vous occupez pas de ce qui se passe autour de vous ; recueillez-vous, bientôt vous allez paraître devant Dieu... Déchargez votre conscience des fautes commises. — Monsieur l'abbé, je me suis confessé à vous. — N'avez-vous rien à dire à cette heure suprême? — Rien. — Vous niez toujours? — Monsieur l'abbé, je vous jure, j'adorais mon enfant. — Mais poussé par cette femme? — Si cette femme m'avait fait une semblable proposition, oh ! alors, je serais devenu un criminel, car je l'aurais étranglée. — Mais pourquoi n'avez-vous pas demandé un sursis? — J'ai demandé la seule chose qu'il était digne de demander, c'est-à-dire la révision de mon jugement ; les juges ont refusé... Je dois subir ce qu'ils ont fait... Vous le voyez, je suis calme, recueilli, je ne condamne personne et, prêt à paraître là-haut, je pardonne à ceux qui m'ont conduit ici. — Priez, Trumeau.

La voiture avançait toujours ; à un coin de rue, une femme, montrant le poing à Trumeau, lui cria :

— On devrait l'écarteler, le gueux.

Trumeau avait vu la femme, avec calme il lui répondit :

— Je vais mourir, et je ne suis pas coupable.

Un grondement formidable retentit. Trumeau tourna la tête, et vit que la voiture allait entrer sur la place de Grève ; la place était couverte de monde. En voyant les tricornes des gendarmes, toutes les bouches avaient dit : « Le voilà. »

Trumeau, le front haut regarda.

Au-dessus de cette mer humaine, comme un H immense, la guillotine dressait ses longs bras rouges. Au sommet, immense étoile, le couperet, illuminé par le soleil du soir, jetait les scintillements de son acier. Trumeau se redressa pour montrer à tous qu'il allait bravement à la mort, et il cria encore :

— Je suis innocent.

La charrette était tout à fait sur la place de Grève, elle marchait plus lentement pour écarter la foule. Tout à coup un cri épouvantable retentit. Comme se redressant sous une commotion intérieure, Trumeau tourna la tête.

— Qu'avez-vous, demanda le prêtre. — N'avez-vous pas entendu ? — Non ! — D'où vient ce cri ? — Que vous importe, oh ! mon frère, votre dernière heure va sonner, dégagez-vous des choses terrestres... — Il faut que je réponde à ce cri... — Qu'allez-vous faire ?

Trumeau se cramponna de ses mains liées aux barreaux de la charrette et, tournant la tête du côté où le cri était parti, il fit un suprême effort pour se grandir et, d'une voix qu'on n'aurait jamais cru pouvoir sortir de ce corps, il cria :

— Je ne suis pas coupable !... Je n'ai pas tué ma fille !... Je meurs innocent !...

Après ce cri violent, un murmure d'étonnement avait parcouru la foule, la charrette était arrivée au pied de l'échafaud, le prêtre était descendu et les aides du bourreau aidaient le condamné à monter les terribles degrés.

— Monsieur l'abbé, fit Trumeau, embrassez-moi ; dites bien à ma plus jeune fille que son père est mort innocent. Adieu... Il embrassa l'abbé Maury.

Comme ce dernier voulait monter avec lui jusque sur la plate-forme, il lui dit :

— Merci, monsieur l'abbé, je veux monter seul, sans aide...il faut qu'on voie comment meurt un innocent.

Et soutenu seulement par un aide, — car les pieds des condamnés sont attachés, — il franchit les treize degrés. Le prêtre s'était agenouillé sur la première marche et il priait :

« *Sub venites ancti Dei, angeli domini, susci-pientes anima ejus offerentes eam in conspectu. Al-tissimi, suscipiat, te Christus qui vocavit te : et in sinum Abrahœ angeli deducat te suscipientes...* »

Trumeau avait atteint la plate-forme ; dans sa grande robe rouge, le front pâle, l'œil sans haine, la tête immobile, il imposa à la foule. Un frémissement la parcourut. Se tournant vers le peuple assemblé il dit encore :

— Je meurs innocent.

Alors les aides du bourreau le saisirent et fixèrent la courroie. La planche bascula, le couperet scintilla dans le soleil... le coup lugubre retentit.

De toutes les poitrines un immense soupir s'échappa :

La justice des hommes était satisfaite.

La foule s'éloigna lentement.

Pendant qu'on démontait la guillotine, deux hommes étaient sous une porte de la rue du Mouton...

L'un, pâle, défait, l'œil hagard, assis sur une borne et soutenu par son compagnon.

Les gens qui s'éloignaient disaient :

— En voilà un! C'est grand, solide, et ça se trouve mal pour voir raccourcir un homme.

— C'est peut-être parce qu'il était foulé.

— Ça se pourrait bien.....

— En voilà un qu'en a eu du monde.

Dès qu'ils furent seuls, le plus vieux des deux individus dit à l'autre :

— Voyons, remettez-vous... on peut nous remarquer et nous sommes perdus. — C'est impossible... — Voyons, essayez de marcher. — Oui, et il se leva. — Là, appuyez-vous sur moi et gagnons les quais.

Quand ils furent près le pont des Tournelles, le plus vieux dit :

— Mais expliquez-vous, qu'avez-vous eu ? — Une vision horrible. — Quoi ! — Il m'a semblé reconnaître en cet homme le père de ma fiancée. — Folie ! — Et lorsque doutant, j'écoutais ce qui se disait autour de moi, j'entendis dire : — C'est un fier gueux, il a empoisonné sa fille, une jeunesse de vingt-quatre ans. — Je voulais demander le nom du condamné, mais épouvanté, ne pouvant plus me maintenir, j'ai crié. — Venez vite... il me semble toujours qu'on nous regarde.

Les deux individus, que nos lecteurs ont reconnu, marchèrent plus rapidement.

— Allons place Saint-Michel, dit Bizot. — Êtes-vous fou ? Autant aller au poste Saint-Paul et dire : Arrêtez-moi ! — Je veux savoir... je le veux ! — Voyons, vous êtes fou. Comment pouvez-vous admettre la possibilité d'une chose semblable ? — Mais j'ai vu. — Votre cerveau est tout plein de cette figure, et la moindre ressemblance vous a frappé ? — Je le vois là encore avec sa chemise rouge... Pourquoi n'avez-vous pas demandé le nom du condamné ? — Parce que, vous voyant tomber, j'avais déjà bien assez de m'occuper de vous. — Oh ! mon Dieu, comment savoir ? — Vous êtes tout pâle, vous êtes effrayant à voir, entrons dans un cabaret...

Ils allaient entrer, lorsqu'un crieur, qui sortait de la rue Saint-Louis-en-l'Île, cria :

— Demandez le crime horrible commis par un père sur sa fille, âgée de vingt-quatre ans.

— Vite, vite, dit Bizot, achetez-en.

— Rentrez là ; je vais vous le porter.

Bizot entra dans le cabaret, et Cervenon lui apporta le papier, il y jeta les yeux... dès qu'il eut lu la première ligne, il jeta un cri et tomba raide.

XVIII

Cervenon s'élança vers son malheureux compagnon ; aidé du marchand de vin, il le porta dans une salle du fond et fit le nécessaire pour le faire revenir.

Quand Bizot rouvrit les yeux, longtemps il resta le regard perdu dans le vide, cherchant à se souvenir des causes de sa syncope. Se souvenant enfin, des larmes coulèrent de ses yeux, des sanglots arrachèrent sa gorge ; ne se contenant plus, il prit sa tête dans ses mains, et gémissant de douleur, il s'écria d'une voix hocquetante :

— Oh ! mon Dieu ! mon Dieu ! qu'ai-je donc fait pour souffrir ainsi ?

Lorsqu'il fut tout à fait remis, Cervenon fit avancer un cabriolet, ils y montèrent tous les deux, et en descendirent à la barrière des Amandiers... Après avoir payé le cocher, Cervenon dit à son ami :

— Vous sentez-vous suffisamment fort pour marcher.

— Oui. — J'ai quitté la voiture craignant d'être suivi, car nous ne saurions nous entourer de trop de précautions. — Marchons ! — Donnez-moi le bras, fit Cervenon, et ne craignez pas de vous appuyer dessus. — Merci ! répondit Bizot obéissant.

Ils montèrent alors la grande avenue d'amandiers qui allait rejoindre le haut de Ménilmontant ; coupant tout d'un coup à travers champs, ils grimpèrent les hautes buttes couvertes de vignes, passèrent derrière le cimetière et se trouvèrent dans les champs de Bagnolet. Là Cervenon dit à Bizot :

— Voyons, vous êtes un homme, il ne faut pas s'abattre sous la douleur, il faut se redresser et lutter contre. — Quelle lutte voulez-vous que j'entreprenne ? — Est-ce que je sais, moi. — Je n'ai plus personne ; maintenant ; je suis seul au monde... Je reviens, je veux voir ma mère.

Des sanglots lui coupèrent la parole.

— Du courage, que diable, dit Cervenon. — Oui... je vais rue Saint-Paul, je vois la boutique fermée... je m'informe et on me dit que Madame Bizot était morte depuis huit jours... ma pauvre mère !... tout troublé, sans énergie, je vous suis, nous traversons la place de grève et je vois qui... M. Trumeau qu'on guillotine... qui a tué sa fille.. Et vous me dites d'être fort, d'avoir du courage... est-ce que je peux, moi...!

Comme Bizot sanglotait bruyamment, Cervenon se tut ; il savait par expérience que les larmes soulagent. Après quelques minutes de silence, le voyant plus calme, il reprit :

— Que comptez-vous faire ? — Moi, je compte venger toutes ces morts-là. — Comment cela ?... — Ma mère est morte assassinée ! — Vous êtes fou ! — Non pas, c'est la douleur qu'on lui a faite, c'est mon arrestation, ma disparition qui l'ont tuée, la pauvre mère Bizot. — Que ferez-vous ? — J'ai ensuite à venger Trumeau. — Comment le venger ? — Oui, j'ai encore son cri dans l'oreille : « Je ne suis pas coupable. » Il y a dans tout cela beaucoup d'infamies qu'il faut que je punisse. — Comment ferez-vous? — Tout cela, voyez-vous je le sens là, ça vient du même. — De qui voulez-vous parler? — Il n'y a qu'un homme capable de tous ces crimes. — Mais qui? — Qui ! Friquet. — Le croyez-vous? fit vivement Cervenon. — J'en mettrais ma main au feu... Oh ! les misérables... Et la douleur, plus forte que la haine, éteint dans les larmes les imprécations du pauvre garçon.

Il faisait nuit, les deux hommes étaient arrivés de

vant la petite porte du parc du château du comte de
Houdeau. Cervenon s'arrêta et dit à Bizot :

— Vous n'avez plus rien à faire à Paris? —Non...
et je n'y veux plus retourner. — Bien ! Vous savez
que le comte part demain. — Oui. — Voulez-vous
partir avec nous ? — Pourquoi faire ?... Est-ce que
ça me regarde, moi, la politique ?... c'est à eux que
je pense. — Mais là-bas nous trouverons Friquet. —
Friquet, fit vivement Bizot dont les yeux se séchè-
rent. — Oui. —Alors, j'en suis, partons ce soir. —
Non, nous partons demain matin. — Entendu, fit
Bizot en lui pressant la main. — Je vais ce soir en
parler au comte.

Ils entrèrent. En gagnant sa chambre tout triste
et tout larmoyant, Bizot dit :

— Oh ! je vous vengerai !

XIX

Le 2 messidor (21 juin), vers deux heures du matin, un homme sortait de l'auberge du *Soleil-d'Or*,
à Morlaix. Il grimpa par un étroit sentier les hau-
teurs où commençait la route de Saint-Pol-de-Léon.
Là, il siffla deux fois ; aussitôt, d'une des maisons
du petit hameau un gars sortit, conduisant un cheval sellé; l'homme l'enfourcha; bien assis, d'aplomb
sur la selle, il dit au gars :

— Quoi de neuf? — Vers les sept heures, les Bleus
sont passés... — Nombreux ? — Dans les quatre cents.
— Ils gagnaient Saint-Pol? — Nenni, ils se sont reposés ici une heure, ils avaient tourné Morlaix pour ne
point passer par la ville; ils venaient de Ploncourt-
Penez. — Ah ! mais tu ne les a pas fait suivre. —
Que si !... d'abord le chef est descendu pour boire une
pichée chez la Marinoute, j'ai écouté, et ils disaient
qu'ils s'allaient diviser en deux bandes, faire le semblant de se diriger, les uns sur Landivisiau, les autres

sur le Ponthon, mais... — Mais ?... — Ils vont simplement à une lieue d'ici, et au matin ils doivent se
rabattre par les genets sur la route ousqu'on leur a
dit que les chouans devaient recevoir de Roscoff un
convoi d'armes. — Bien, tes hommes sont à leurs
trousses ? — Oui, monsieur. — Sitôt qu'ils seront
revenus, vient me retrouver dans le chemin creux...
nous serons dans la forge... tu feras le signal, on t'ira
chercher... — J'irai tout d'une haleine. — Bien...
adieu. — Adieu...

Le cavalier lâcha la bride piqua des éperons et
le petit cheval breton sur lequel il était monté l'entraîna au galop. La route de Morlaix à Saint-Pol-
de-Léon est plus faite pour les chèvres que pour les
gens ; étroite et parfois couverte par les arbres, elle
semble un tunnel de verdure tout à coup dégageant
ses plis tortueux ; sa chaussée saillante s'étend dans
la plaine comme une immense couleuvre... montant
et descendant toujours. Là où elle traverse la plaine,
elle est bordée de taillis épais, puis se renfonce tout
à coup dans un bois sombre.

Jusqu'au premier hameau, le cavalier avança dans
un rapide galop... Il était deux heures et demie du
matin lorsqu'il atteignit Hancoul (petit bourg incendié lors des guerres vendéennes). Il descendit de
cheval, monta les quatre marches qui ascendaient
à la porte du presbytère, et ramassa dans un coin
de la fenêtre deux boules ; les ayant regardées, il
dit à mi-voix :

— Bleue. Bien la bande de Barco... Rouge celle
de Picot-le-Petit... Verte d'Assas... Avec eux nous
pouvons.

Il sauta prestement en selle. Comme la route tournait pour revenir au même point, il coupa par la plaine.

Arrivé à l'endroit où la route va rentrer sous
forêt, il arrêta son cheval et plaçant ses doigts dans
sa bouche, il imita le cri de la chouette.

Une fois, deux fois, le cri se perdit dans le silence de la nuit. Il cria une troisième fois, cette fois l'écho lui répondit. Alors, le cavalier recommença, mais avec une modulation étrange, longue et plaintive.

Un long sifflement sèchement terminé lui répondit.

Le cavalier reprit aussitôt le galop et traversa le bois.

C'était un bois singulier, à en juger par les ombres que le cavalier put voir ; il avait autant d'habitants que d'arbres.

Le cavalier n'ignorait probablement pas cette particularité, car il passa indifférent, occupé seulement d'arriver vite. Lorsqu'il passa devant une petite maisonnette, à la sortie du bois, un cri de chouette retentit. Il arrêta aussitôt son cheval.

Un homme dressa sa longue silhouette dans le gris noir de la nuit.

— France ! dit-il.

— Navarre et Condé, répondit le cavalier.

L'homme s'avança... On était au 2 messidor, c'est-à-dire au 21 juin, à l'époque où la nuit est de courte durée ; il était presque trois heures du matin ; le cavalier sortait du bois et se trouvait en plaine ; il put donc clairement voir celui qui lui parlait.

— Tiens! fit-il, c'est vous Picot...—Tiens, Cervenon, quelle nouvelle?... — Vous attendez le convoi? — Oui! — Etes-vous nombreux? — Cent avec Barco, cinquante avec Jasau — Jasau ? — D'Assas! — Ah oui! je sais — Et soixante avec moi!... — Qui amène le convoi? — Un ancien officier de marine, Nicolas Datry... c'est Friquet qui le guide. — Ah!... — Que veniez-vous faire? — J'allais retrouver Barco, c'est lui qui commande en chef? — Oui. — On sait l'arrivée du convoi; — Hier! fit vivement le Chouan. Et ?... — Et au lever du jour, deux bandes de bleus de chacune deux cents hommes, se relieront à Hancoul, où elles doivent vous attendre... — Ah! ah!

nous y serons, courez prévenir Barco, il est à une demi-lieue d'ici, j'attends ses ordres..., mais je vais faire prévenir d'Assas. — Très-bien ! — Nous déjeunerons avec les bleus, et je leur prouverai que je mérite le nom qu'ils m'ont donné : Boucher des bleus !... — A tout à l'heure .. Et Cervenon disparut dans la nuit.

Une demi-heure après, Cervenon ralentissait l'allure de son cheval pour descendre une pente qui aboutissait à un bassin de réserve d'un moulin ; il descendit, tourna le petit étang, et sautant à terre, il défit le mors de son cheval en lui disant :

— Allez, Tonton, allez manger et vous reposer... Le cheval hennit joyeusement et gagna le pré.

Cervenon jeta encore trois cris de chouette.

La fenêtre d'un atelier de forgeron s'ouvrit et un homme qui y parut demanda :

— Qu'est-ce que c'est ? c'est le cheval.

Cervenon s'avança et dit :

— Oui le cheval à ferrer... — Il est bien tôt ? — Non, il est l'heure, la France attend.

La fenêtre n'était pas encore fermée que la porte était ouverte.

Cervenon entra, c'était un atelier bizarre que celui du forgeron du Plœnon, les étaux y étaient couverts de poussière, et la forge servait à chauffer une grande marmite ; dans tous les coins sous ces établis des hommes étaient couchés Au milieu de l'atelier, autour d'une table improvisée, trois hommes lisaient, habillés en breton, portant seulement au bras une brassière blanche et ceints d'une écharpe de même couleur ; ils paraissaient fortement préoccupés.

— Ah ! fit un grand gaillard de vingt-sept ans, se levant pour aller au-devant du nouvel arrivant. C'est vous ? Avez-vous fait bon voyage ? — Merci, fit celui-ci en lui pressant la main. — Vous avez l'air sérieux, qu'y a-t-il de nouveau ? — De graves choses, je voudrais vous parler en particulier. — Avancez-vous,

Cervenon, et prenez place à cette table. Vous pouvez parler. Laissez-moi vous présenter M. le marquis d'Etouillec, M. le comte d'Aygueblanche. — Messieurs, je suis à vos ordres, fit Cervenon en s'inclinant et ayant pris place à table, il dit à mi-voix : — Les bleus sont passés à Morlaix vers six heures, ils se sont divisés en deux corps de deux cents hommes, nous avons été trahis, car, ils savent que l'on doit ce soir recevoir à Plœnon un convoi d'armes.

L'homme qui s'était levé à l'entrée de Cervenon échangea un signe d'yeux avec les deux autres. Cervenon, qui vit le signe, demanda :

— Que voulez-vous dire Barco ?

— Je veux dire, répondit celui-ci, qu'au moment où vous êtes entré, je lisais à ces messieurs une lettre de Nicolas Datry, celui qui nous amène les armes d'Angleterre, dans laquelle il nous informe que l'homme qu'on lui a donné pour guide ne lui inspire aucune confiance, que souvent il disparaît dans la journée sans pouvoir donner une explication de l'emploi de son temps. Qu'en conséquence, ils ne partiront pas ce soir, mais qu'ils attendront un ordre nouveau. — Quel est cet homme ? — Un nommé Jacques Friquet. — Friquet. — Vous le connaissez ? — Trop bien ! Cet homme est un traître ; il nous a vendus.

Les trois hommes se levèrent.

— Vous êtes sûr ?

— Non ! Je ne sais rien, mais je sais ce que vaut le misérable J'avais édifié M. Georges sur son compte; pourquoi se sert-on encore de tels hommes ?

— Rien n'est perdu, dit Barco ; messieurs, vous allez monter à cheval et prévenir nos hommes, qui se disperseront... puisque le convoi ne vient pas aujourd'hui.

— Mais, dit le marquis d'Etouillec, il faut au plus tôt qu'on s'occupe de ce Friquet.

— Vous avez raison, fit Cervenon.

— Il faudrait un homme sûr et dévoué, dit Barco, on le mettrait à ses trousses. — Vous avez mieux que ça dans vos hommes. — Que voulez-vous dire ? — Vous avez avec vous celui qui vous en débarrassera à tout jamais. — Qui est-ce? — Bizot. — Allons donc, fit Barco en haussant les épaules ; un bon garçon qui fait ce qu'on veut, hors se servir de son fusil. — Ne vous occupez pas de cela. — Vous êtes bon de prendre cela légèrement, vous, savez-vous ce qu'il a fait au dernier combat, il regardait ce qui se passait, son fusil entre les jambes ; un des nôtres manque deux fois un soldat, il se lève, prend son fusil et en l'épaulant lui dit : — Mon gars, pour viser juste il faut épauler solidement, le coude un peu levé, la tête inclinée, comme ça...vous visez l'homme au front, paf... voilà.

Le bleu sur lequel il avait visé était tombé. Il rendit le fusil au gars en lui disant :

— J'ai tiré pour vous, vous savez, parce que moi j'aime bien ces gens-là. Quelle confiance voulez-vous que j'aie en un pareil fou ?... — Je sais le motif de cette folie !... et j'insiste pour que vous suiviez mon avis... Bizot est l'homme qu'il faut... j'en réponds comme de moi... — Alors, c'est différent, dit Barco, et appelant, il cria... Bizot.

De dessous un établi sortit le grand garçon que nous connaissons

Bizot était bien changé, à son avantage cependant. La douleur avait d'abord creusé et pâli ses joues, puis le calme était revenu, et la face, en se refaisant, s'était plus purement modelée. Le front seul était traversé d'un pli, révélateur d'une idée tenace : la vengeance.

Depuis le jour où, malgré lui, il avait assisté au supplice de M. Trumeau et où il avait appris ainsi le coup cruel qui avait frappé en même temps tous ceux qu'il aimait, Bizot avait voulu savoir. Il s'était

procuré toutes les pièces judiciaires et il avait
immédiatement trouvé la vérité. Il avait alors écrit
au préfet de police C. Dubois... Mais sa lettre ano-
nyme avait été jetée au feu et la chose avait été
jugée. Convaincu qu'il n'avait plus rien à attendre
de la justice des hommes, qu'il n'avait à espérer
que de lui-même, il attendait l'heure dans les rangs
même où il était sûr de trouver un jour son ennemi.

À l'appel du chef, Bizot s'était levé. En voyant
Cervenon, il lui serra silencieusement la main.

— Que voulez-vous ? demanda-t-il à Barco. —
Bizot, nous avons besoin de votre adresse. — Je suis
prêt. — La mission dont nous allons vous charger est
périlleuse, difficile, et demande beaucoup de volonté
et d'adresse. J'hésitais à vous la confier, car les rapports constatent que vous n'êtes pas dans les combats
un des plus terribles adversaires de nos ennemis... —
Je l'ai dit avant de me mettre avec vous, je ne tire-
rai jamais sur l'uniforme que j'ai porté... je sauve les
blessés, j'enlève les morts, je fais ce que je peux... Si
la mission que vous me confiez a pour but de combattre
les armes à la main ceux que vous appelez les bleus, je
la refuse ; si, au contraire, elle consiste à prévenir vos
amis pour éviter un conflit, au risque d'être pendu je
traverserai l'armée française et j'atteindrai le but.

Cervenon prit la parole :

— Il y a trop de loyauté, le sentiment qui vous
vous fait agir est trop noble, pour tourner jamais
contre mon cher Bizot... C'est moi qui ai conseillé à
Barco de vous choisir, c'est vous dire que je savais
que vous ferez ce que l'on vous demandera et que
vous serez heureux de le faire. — Parlez alors !

— En deux mots voici la chose, dit Barco. Il
faut cette nuit vous rendre à Saint-Pol-de-Léon, là
vous surveillerez, un homme que l'on vous indiquera,
vous le suivrez, et si vous acquérez la conviction
qu'il nous trompe il faut tuer le traître et vous

18

emparer de ses papiers. — Tuer! fit Bizot pâlissant,
je viens de vous dire...

— Bizot, rassurez-vous, interrompit Cervenon :
on aurait dû commencer par vous dire que le traître
est Jacques Friquet. — Friquet! fit vivement Bizot...
fallait donc le dire.

— Vous acceptez ? — Si j'accepte !!! Ah! vous le
verrez demain, à pareille heure, ici, je vous rappor-
terai sa tête...

— Cervenon avait raison ; vous êtes l'homme
qu'il nous fallait... Il n'y a que les moutons pour
devenir tigres! — Oh! oui, tigre, si de mes ongles
je pouvais lui arracher le caillou qui lui sert de cœur...

— L'homme vous appartient, faites ce que vous
voudrez. — Quand dois-je partir ? — Tout de suite.
— Je suis prêt. Parlez. — Friquet a accompagné
Datry, qui nous amenait des armes, on l'accuse
d'avoir prévenu les bleus de l'arrivée du convoi; cette
nuit, nous devions être enveloppés... Il est encore
avec Datry; tous les jours au matin il le quitte pour
aller on ne sait où. Il faut le suivre et saisir tous les
papiers qu'il peut avoir. — Bien. — De plus, vous
direz à Datry de ne pas faire débarquer les armes, de
gagner le large, de se trouver demain à pareille heure
dans l'île de Bast, où on lui portera de nouveaux
ordres. — Bien !... tout cela sera fait. — Vous allez
partir tout de suite, on va vous donner un cheval.
— Si ça ne vous fait rien, j'aime mieux y aller à
pied, je cours assez bien, et nous sommes à une lieue
de Saint-Pol-de-Léon. — Comme vous voudrez. Vous
tournerez le pays, et à l'entrée du chemin de Roscoff,
vous chanterez la chanson du berger... vous la savez ?... — J'en sais deux : est-ce ?

> Agé de quatre-vingts hivers.
> Portant cheveux blancs et nez rouge,
> Bouche faite d'un coup de gouge,
> Le teint brillant et les yeux clairs...

— C'est ça, interrompit Barco, après ce vers vous ferez le cri de chouette... continuez.

Bizot continua :

> C'est Pornic le garde-champêtre,
> Un vieux qui sait que Magdelon.
> Pour mener ses deux chèvres paître,
> Prend tous les jours un compagnon.

— Vous ferez encore la chouette, là... Bizot acheva :

> Ohé ! ohé ! mon chien Picard
> Ohé ! ohé ! garde du loup et du renard
> Nos poules...

— C'est ça, vous achevez par un cri aigu, là un gars viendra vous prendre et vous conduira à Datry.

— Bon... je pars !... — Pas encore ! changez de costume !... vous allez vous habiller en prêtre. — En prêtre, fit Bizot souriant malgré la situation, allons-y. En deux temps il eût enfilé la soutane, un des gars lui fit la tonsure. Quand il fut prêt, Cervenon lui serra la main en disant : — Au revoir...

Et Barco lui dit :

— Bonne chance, monsieur l'abbé.

Avant de partir, le faux abbé avait pris sur l'établi un couteau à large lame qu'il glissa dans sa ceinture.

X X

Le dimanche 18 juin 1803 (29 prairial de l'an XI), vers huit heures du soir, deux cavaliers étaient descendus à Morlaix, à l'hôtel du *Soleil-d'Or*. Ils s'étaient inscrits ainsi sur le livre : M. Busson, de Paris, et son domestique, voyageant pour raison de santé sur les bords de la mer.

M. Busson était un charmant jeune homme de dix-huit à vingt ans, à l'allure féminine, mis à la dernière mode parisienne, portant cependant de longs cheveux qui tombaient en boucles épaisses sur ses épaules.

Le domestique, espèce de précepteur, couchait dans la même chambre que son maître; grand et maigre, complétement chauve, teint pâle, l'œil brillant, il était vêtu d'un costume noir, sévère comme celui d'un ecclésiastique. Le domestique avait raconté au maître d'hôtel que son élève voyageait pour prendre des bains de mer, et que n'aimant pas à séjourner constamment dans la même ville, depuis un mois il suivait le littoral, et que leur excursion avait commencé par Dieppe. Tous les matins le jeune Busson faisait seller son cheval et allait, seul, faire une tournée dans le pays.

Le soir du 2 messidor, c'est-à-dire quatre jours après leur arrivée, il était rentré plus tard que les autres jours; son précepteur l'attendait dans sa chambre, où le couvert avait été dressé. Ce dernier ayant fait servir le dîner, le jeune homme s'était mis à table et avait dit :

— Fermez la porte... J'ai de graves choses à vous dire.

Le précepteur avait promptement obéi et s'étant replacé devant son élève, lui avait dit :

— Parlez. — J'ai été jusqu'à Saint-Pol-de-Léon, j'ai vu Friquet. — Ah ! — J'ai voulu lui parler... Il m'a fait un signe qui voulait dire : « Ne me reconnais pas, suis-moi. » Je le suivis, il quitta la ville et gagna les champs... Là, je mis pied à terre, j'allais lui raconter ce qui est arrivé depuis son départ, il me dit : — Je sais tout. — Que comptes-tu faire maintenant ? — Il n'y a rien à faire, me dit-il, tout cela s'est heureusement terminé pour toi... Tu dois avoir quelque argent ? — Peu ; mais j'en ai. — Eh bien, gagne au plus tôt l'Angleterre, quitte la France, car il se peut faire qu'un nouveau témoin surgisse et qu'une instruction soit recommencée. — Si je pars en Angleterre, tu pars avec moi !... — Pourquoi faire ? — Comment ! pourquoi faire ? Mais parce que, en dehors des intérêts communs que nous avons, je n'ai agi que pour toi et par toi. — Ecoute, fit-il cyniquement, tout est fini, tout est fini, tu es sauvée, nous avons l'un pour l'autre un mépris que l'amour ne peut même atténuer; oublions-nous. — Alors, le crime que tu m'as fait commettre... — Tu en veux ta part !... Soit... — Ma part !... — Oui, tu veux ton argent; demain je te le ferai parvenir.

J'allai alors à mon cheval, je tirai des fontes un pistolet, je l'armai et lui dit aussi froidement que je vous le raconte ici, Frelin, car je n'aime plus cet homme, vous le savez... Je lui dis :

— Je te demande de venir toi-même demain, car je veux m'expliquer avec toi ; n'essaie rien contre moi, je te fais sauter la cervelle. Si demain au matin tu n'es pas venu, je vais te dénoncer aux autorités de Morlaix.

Il se mordit les lèvres et me dit sèchement ;

— C'est bien ! J'y serai !...

Comme je craignais qu'il ne se précipitât sur moi, je lui dis :

— Eloigne-toi. A demain, huit heures, à Morlaix, hôtel du *Soleil-d'Or*... Tu demanderas M. Busson. — J'y serai, fit-il en grinçant des dents, et il partit. Quand il fut assez loin, je sautai en selle, et d'une traite j'arrivai jusqu'ici. — Nous le tenons, dit Frelin. — Je désire que vous ne fassiez rien ce soir ; nous sommes sur ses pas, il ne peut nous échapper. Inutile de rien dire, de rien faire... Demain il sera temps. — Tu le veux, Marie-Reine? — Je le veux...

Frelin ne répondit pas, et le dîner continua silencieux, dîner sobre, car ni la misérable ni l'agent ne mangeaient...

— Je suis lasse, fit Marie-Reine, je vais me coucher. — Bien ! Alors, je descends. — Où vas-tu? — Je vais, ainsi que je le fais chaque soir, pour éviter des soupçons, causer quelques instants en bas, et écouter les causeurs. — C'est vrai, va...

Frelin sortit ; dès qu'il fut sur le carré, un sourire s'étendit sur ses lèvres ; au lieu d'entrer dans
la salle de l'auberge, il descendit dans la cour et
sortit par la grande porte. Il marcha d'abord tranquillement, puis ayant tourné la rue, il courut jusqu'à l'Hôtel-de-Ville.

— Monsieur, dit-il au portier, je désire parler
immédiatement à M. Duquesne, sous-préfet. — C'est
pas possible, le sous-préfet vient de recevoir des lettres graves de Paris et il est en conseil. — Il faut
absolument que vous lui fassiez passer ce mot... —
Mais... — Ceci a rapport aux nouvelles reçues.

Le ton d'autorité avec lequel ces paroles furent
dites, décidèrent le brave homme, il monta. Quelques minutes après, Frelin était introduit dans la
salle du conseil ; avant qu'il n'eût pu dire un mot,
le sous-préfet lui dit :

— Vous êtes Frelin, agent de sûreté générale ?
— Oui, monsieur. — On allait vous prendre chez
vous. Vous deviez arrêter un nommé Friquet. Je
reçois l'ordre de vous faire conduire à Paris de brigade en brigade...

Avant qu'il soit revenu de sa surprise, l'agent
était enfermé dans une voiture, escortée de deux
gendarmes, qui disparut sur la route de Paris.

XXI

Après le départ de Frelin, Marie-Reine s'était
mise au lit ; la journée passée à cheval avait épuisé
ses forces ; aussi, malgré son désir de penser à ce
qu'elle aurait à faire le lendemain, le sommeil ne
tarda-t-il pas à clore ses paupières. Quand le soleil
de messidor filtra le lendemain matin à travers ses

rideaux, elle s'éveilla, étourdie du sommeil de plomb qui l'avait envahie.

— Frelin, cria-t-elle, qu'elle heure est-il ?

Personne ne répondant, elle cria plus fort.

— Frelin ! Frelin !

Tout resta muet.

— Déjà sorti, fit-elle en sautant du lit, qu'est-ce que cela veut dire ?

Elle courut au lit de son compagnon, en voyant qu'il était dans le même état que la veille, qu'il n'avait pas été défait :

— Que signifie cela ? dit-elle. Il n'est pas rentré... on ne peut pas l'arrêter, lui, cependant.

Elle réfléchit pendant quelques minutes puis, se dirigeant vers la toilette, elle sourit. Ce que signifiait ce sourire, nous l'allons dire au lecteur.

— Pas rentré, pensait-elle ; comme agent de la police, il est protégé par elle ; il n'a pas été arrêté. Fort et adroit, il n'est pas la victime d'une attaque ordinaire. Comment se fait-il qu'il ne soit pas rentré ?...Une autre femme, c'est idiot, il est fou de moi... S'il n'est point revenu, c'est contre sa volonté assurément... Qui peut avoir intérêt à l'empêcher de revenir ? Qui sait que je suis ici ? un seul homme... C'est Jacques qui l'a attendu, c'est Jacques qui peut-être a compris, c'est lui qui m'en a défait à tout jamais... Sûr maintenant d'être seul, il va venir.

Et, en pensant ainsi, Marie-Reine arrangeait les boucles de ses cheveux ; elle recourbait ses cils...

Vêtue d'une culotte grise-perle, chaussée de bottes hussardes, elle était en bras de chemise... mais, quelle chemise elle avait choisi ! en fine batiste, à jabot et à manchettes plissées, le col dégagé. Elle inclinait la tête essayant l'effet que produiraient ses cheveux sur ses épaules ; elle se reculait pour se voir plus grande dans son miroir.

Quand elle eût reçu de sa glace le sourire de

satisfaction qu'elle lui avait donné, elle sortit de sa poche un petit flacon qu'elle ouvrit, et, dont elle versa quelques gouttes sur son doigt ; parfum délicieux qu'elle glissa sur ses gencives et sur ses dents.

Si nous fouillons dans cette âme de boue, nous y verrions la vérité ; elle aimait Friquet ; jamais elle n'avait eu véritablement l'idée de le vendre. Elle avait accepté le marché de Frelin pour sauver une seconde fois son amant, et pour avoir le droit de réclamer la vie qu'elle lui donnait.

La scène de la veille, loin de diminuer son amour pour le misérable, l'avait au contraire augmenté, tant il est vrai qu'ainsi que l'a dit un philosophe moderne :

L'amour est une fleur qui pousse dans un champ de haines.

Elle sentait en elle assez de force pour triompher de l'indifférence factice de Friquet ; cette résistance qu'elle trouvait lui plaisait, elle aimait la lutte, et elle était sûre de vaincre.

Sa jeunesse, sa beauté, son âme, elle avait tout donné à Jacques Friquet. Ils avaient ensemble fait fortune ; l'argent qu'ils avaient, ils en savaient tous deux la source ; ils avaient mêlé leur honte ; ils pouvaient vivre heureux ensemble, car ils se connaissaient et ne pouvaient se rien reprocher.

Forts tous deux, tigres tous deux, ils s'aimaient comme s'aiment les fauves, dominant de leur mépris honteux les bons, les faibles et les lâches. Elle ne pouvait lier sa vie qu'à celle d'un seul homme, et cet homme c'était celui-là.

Au reste, tout ce que nous avons dit se trouvait dans ces mots qu'elle prononça en retournant à son miroir.

— Je le veux ! et je l'aurai !...

A ce moment on frappa à la porte.

— Entrez, dit-elle.

C'est la fille de service qui entra.

— Que voulez-vous ? — Monsieur, fit la servante, c'est un monsieur qui demande à vous parler. — A-t-il dit son nom ? — Non, monsieur, je ne lui ai pas demandé. — Comment est-il ? — Il a l'air très-bien, il est tout de noir habillé... seulement il a des lunettes vertes. — Ah ! je sais, fit-elle, faites-le monter.

Cinq minutes après Friquet était introduit.

Marie-Reine fut satisfaite des soins minutieux qu'elle avait apportés à son négligé, car une grande minute Friquet l'admira.

— Tu es seule ? demanda-t-il. — Oui... oui... tu le sais bien, ajouta-t-elle, entre.

Friquet entra, prit un siége et dit :

— Tu as voulu que je vinsse, me voici ; avant de causer affaires, laisse-moi te dire que tu es plus belle que jamais. — Je suis belle pour toi...

Friquet ne répondit pas.

— Jacques, je n'ai rien à t'apprendre sur ce qui est arrivé. — Je sais tout !... — Arrivons donc vite à ce qui nous intéresse... Tu m'as dit hier : nous avons l'un pour l'autre un mépris que l'amour même ne pourrait atténuer. — J'ai dit cela ? — Tant dis que les oreilles m'en tintent encore. — C'est un mot échappé à un mouvement de colère. — Je ne te demande pas de le justifier... Je vais te parler franchement, Jacques : Je t'aime. — Hein ! — Lorsqu'un soir, à Dieppe, abusant de ma faiblesse, tu me pris à la gorge, lorsque quelques minutes je fus sans savoir si je reviendrais à la vie, oh ! je te haïssais... monstre, lâche ; tu avais abusé de ta force et de ton impunité... Après, tu te traînas larmoyant à mes pieds ; tu suppliais tant qu'il me sembla que tu te transfigurais... Je te pardonnai d'abord, je t'aimai ensuite... Quand tu vis que j'étais ta créature et que je t'appartenais entière, tu fus sans pitié, tu me fis chaque jour à ta façon le tableau cynique de la société, tout pour le mal et par le mal. Tu me jetas ensuite entre les mains d'un homme auquel je devais la vie, tu conseillas cet homme honteusement... Enfin, lorsque le plan que tu avais conçu, plan hideux, oh! ce n'est pas un reproche, je te méprise trop pour me plaindre, fut exécuté, tu revins, et lorsque pleurant, tombant dans tes bras honteuse de la faute commise, je te suppliais de me pardonner, tu me dis : — Allons, Marie-Reine, tu es aussi intelligente que je t'avais jugée.

Alors commença entre nous cette association terrible, qui voulait le but, ne reculant pas devant les crimes nécessaires... Ce que j'étais à la première heure je le suis aujourd'hui, pour toi, par toi et avec toi. Je suis devenue la dernière des femmes, je suis devenue assassin... Je suis riche, ou du moins je dois l'être, car c'est moi seule qui toujours a. apporté à notre caisse commune l'argent... gagné.

Marie-Reine était épuisée de cette explication, elle s'arrêta. Son œil ardent n'avait pas quitté le visage de Friquet; mais celui-ci n'avait pas bronché devant l'étalage de ses infamies. Comme Marie-Reine respirait quelques secondes, il dit :

— Enfin, Reine, que conclus-tu? — Je conclus que je t'aime trop; que, pour sauver ma vie dans le procès de Trumeau, j'avais promis de te livrer pieds et poings liés. — Hein! fit Friquet la regardant. — Que lorsque je t'ai vu, je n'en ai plus eu le courage. Je n'ai pas voulu te livrer à l'agent... — Que me dis-tu là; tu es avec un agent ici? demanda Friquet, se redressant inquiet. — Ne joue pas la comédie, tu n'es venu que parce que tu savais bien qu'il n'existait plus. — Je savais... — Rassieds-toi et finissons, dit Marie-Reine, Jacques, nous sommes riches, je veux redevenir une femme.

Friquet regarda Marie-Reine des pieds aux cheveux, et riant sardoniquement, il dit :

— Toi!... tu veux, dis-tu!... Ecoute-moi!

« Tu ne vas pas, j'espère, reprit Friquet, exiger de moi plus que je ne t'ai demandé.

— Que veux-tu dire ? — Je veux dire qu'après un passé comme le tien, comme le nôtre, si tu veux, tu ne peux devenir ma femme. — Nous avons, dis-tu, la même honte, mais c'est justement pour cela que je ne veux... ne peux pas rester avec toi... Je fais une fin, et ne veux point rester dans la boue où les nécessités de la vie m'ont fait barbotter... Je veux, au contraire, me relever en prenant près de moi une compagne honnête ; je veux refaire mon âme gangrenée aux émanations de son honnêteté.

Marie-Reine se leva, croisa les bras et se plaçant devant Friquet, lui dit :

— Alors, tu romps à tout jamais avec moi ? — Mais non, je ne romps pas, je ne suis pas fâché. — Enfin, tu me repousses, tu ne veux pas me prendre ainsi que tu l'as promis... Il n'y a rien en ton cœur qui batte pour moi ? — Voyons, parlons des choses aussi simplement qu'elles comportent. Je ne suis pas ton amoureux, je suis ton associé ; nous avons fait une affaire... — Deux crimes ! — Appelle cela comme tu voudras, je ne te chicanerai pas sur les mots, je dis affaire... l'affaire a réussi, tu viens m'en réclamer la liquidation, je suis prêt ; tu as arraché à Trumeau environ quatre-vingt mille livres, je t'en dois quarante mille. Embarque-toi ce soir pour l'Angleterre, ce qui est prudent, et je te donne un bon de cette somme sur la caisse Edward Bunn. Là, tu es inconnue, tu as de l'argent, tu peux trouver un excellent mariage...

Quelques secondes, Marie-Reine regarda fixement son interlocuteur, puis, hochant lentement la tête et scandant ses paroles, elle dit :

— C'est sérieusement que tu parles ?... c'est l'étalage franc de ce que tu penses ?... tu ne te moques pas de moi ?... tu ne fais pas une épreuve de mon affection ? — Non, je te parle avec mon bon sens. — Et bien! fit-elle, s'enflammant tout à coup, l'œil en feu, la colère aux lèvres. Eh! bien, moi, je te parles avec mon amour, et ma haine...je ne te quitterai pas, entends-tu? J'étais jeune, pure, honnête, tu m'as faite infâme, criminelle, et aujourd'hui, écrasée de honte et de remords, je veux me relever, tu me repousses du pied... Allons! donc, j'ai été ta chose, ton esclave, obéissante... Aujourd'hui, les rôles changent, c'est toi qui es à moi, entends-tu?... Oh! ma vie est peu de chose; si elle entraîne la tienne, nous vivrons ensemble, entends-tu? ou nous mourrons ensemble. — Que veux-tu dire? demanda Friquet les sourcils froncés. — Je veux dire qu'il est à Paris, dans un endroit que je connais, vingt lettres de toi qui disent ce que tu es, je veux dire que comme je ne tiens à la vie que pour la passer avec toi, si tu me refuses, ce soir tu seras arrêté avec moi... et ta tête tombera.

Friquet haussa les épaules et dit :

— Tu crois toujours parler à un naïf comme toi, ma pauvre Marie-Reine... Qu'est-ce que cette histoire de lettres que tu viens me conter... Je suis trop adroit pour me compromettre en écrivant... et puis ma pauvre amie je ne crois pas aux lettres. — Tu n'y crois pas... Je les ai là, fit Marie-Reine en montrant sa malle. — Tiens, tu disais qu'elles étaient à Paris. — Je te disais cela craignant que tu ne veuilles les prendre, mais maintenant je me sens forte devant tes refus, je n'ai pas peur.

Friquet fit deux pas sur Marie-Reine en clignant de l'œil et disant :

— Oh! tu as bien raison de ne pas avoir peur

Marie-Reine ne répondit pas ; son regard ne quittait pas Friquet, et, malgré elle, elle recula vers la porte. Celui-ci, le front plissé, l'œil à demi clos, les dents serrées, guettait Marie-Reine.

Tout à coup il bondit sur elle, et d'une main la saisissant à la gorge, de l'autre lui appuyant sur la bouche pour l'empêcher de crier, il la jeta violemment à terre.

Cela avait été fait si rapidement que Marie-Reine n'avait pu jeter un cri.

A terre, elle se débattait sous l'étreinte terrible du misérable; elle mordit si violemment la paume de sa main, que celui-ci la retira... Alors Marie-Reine jeta un grand cri, Friquet l'étrangla dans sa gorge... De sa main mordue, il fouilla dans sa poche et en tira un petit poignard à lame anglaise. En voyant l'acier, tout ce que le corps de la malheureuse avait de force se doubla, elle échappa à son meurtrier... Cette fois il la saisit, étouffant ses cris et cherchant à frapper; mais Marie-Reine lui tenait la main.

Faisant un dernier effort, elle pencha sa tête sur le bras dont la main l'étranglait et le mordit à enlever la chair. Cette fois encore Friquet lâcha prise en jetant un cri de douleur... Marie-Reine, dégagée, courut vers la porte; elle tenait la clef lorsque Friquet la saisit, et une lutte à bras-le-corps s'engagea.

La lutte était inégale, et, malgré la vigueur que déploya Marie-Reine, bientôt la force l'abandonna; elle essaya de crier, mais avant que sa bouche eût pu articuler un mot, la voix s'éteignit dans sa gorge, ses yeux se fermèrent, sa tête retomba sur ses épaules, et son corps roula sur le tapis. Le poignard de Friquet lui avait troué la poitrine.

Dès qu'il vit sa victime à ses pieds, celui-ci alla à la porte écouter si le bruit de la lutte avait été entendu. Rien n'avait bougé dans l'hôtel; il courut aussitôt à la malle de Marie-Reine, et fouilla pour y prendre les lettres; bientôt il trouva ce qu'il cherchait. Il brûla à la flamme d'une bougie tous ces papiers compromettants; cette besogne terminée, il répara le désordre de sa toilette; puis, enjambant pour sortir le corps de celle qu'il avait perdue, il la regarda une grande minute.

— Elle était très-belle, murmura-t-il cette Marie-

Reine... mais elle savait trop de choses... on ne vit pas quand on sait tout cela. Ceci dit avec un sourire, Friquet partit.

On le laissa passer sans faire plus attention à lui qu'au premier voyageur venu. Quand il vit la servante qui l'avait introduit dans la chambre :

— Madame a dit qu'on ne la dérange pas... vous entendez, mon enfant.

— Plait-il ?... fit la paysanne.

Friquet s'aperçut aussitôt qu'il s'était trompé. Se reprenant d'un ton négligé, il redit :

— Monsieur, veux-je dire, prie qu'on ne le dérange pas avant qu'il n'appelle.

— Ah ! bien, monsieur...

Friquet pressa le pas et s'éloigna dans la direction de Saint-Pol-de-Léon.

Deux grandes heures se passèrent sans que rien de nouveau se produisit à l'hôtel du *Soleil-d'Or*. A dix heures, comme c'était l'heure ordinaire à laquelle Marie-Reine se faisait servir le chocolat, la servante monta. Elle frappa à la porte de la chambre.

Personne ne répondant, elle dit :

— C'est votre déjeuner, monsieur.

Rien.

— Il s'est rendormi, fit-elle, et elle frappa de ses poings vigoureux. Le bruit ne servit qu'à faire demander par le maître de l'hôtel :

— Ah ça, Catherine, quel tapage que tu fais ?

— Montez donc, monsieur, répondit la servante.

Le maître d'hôtel monta.

— Monsieur, voilà une heure que je frappe et on n'a pas répondu. — Eh bien ! c'est qu'il dort !... — J'ai frappé bien fort, cependant. — Fort ! fit le Breton en haussant les épaules. Tiens, voilà comme on frappe.

Il frappa si fortement que le panneau de la porte se fendit. Tout honteux de ce qu'il venait de faire, craignant que le voyageur ne sortit furieux pour lui reprocher cette violence, le maître du *Soleil-d'Or* se dissimulait derrière sa servante. On ne répondit pas...

— Comment, fit-il, ça ne l'a pas éveillé. — Il lui sera arrivé quelque chose... voyez-vous, un jeune homme si frêle. — Faut voir ça...

Et se penchant à la hauteur de la serrure il regarda par le trou.

— Ah mon Dieu fit-il... il est étendu tout de son long par terre. — Il est en syncope... — J'ai une autre clef heureusement. Cours toujours chercher l'officier de santé à côté... — J'y vas, monsieur.

Le propriétaire du *Soleil-d'Or* était descendu chercher la double clef, il remonta aussitôt; comme il avait raconté en deux mots ce qui se passait, les buveurs de cidre et les laveuses qui étaient dans la salle commune l'avaient suivi. Il ouvrit la porte et entra... les femmes qui s'étaient poussées, curieuses, derrière, reculèrent en jetant un cri d'effroi.

— Ah! mon Dieu seigneur, fit l'hôtelier, mais on l'a assassiné!

Froid, inanimé, le corps de Marie-Reine était étendu raide, sur le tapis, la plaie qui lui trouait la poitrine avait abondamment saigné.

— C'est l'homme qu'est venue ce matin qu'aura fait ça, dit l'un des hommes.

— Pardi!... c'est un espion des bleus...

— Oh! non, fit un autre, c'est pas à cause de la politique, regardez, on a fouillé toute sa malle pour le voler.

— Voyons, c'est pas tout ça... vous autres aidez-moi à le mettre sur le lit...

— Ah! pardi, dit l'un en le prenant, c'est pas bien utile, il est mort, il est froid...

— Qu'est-ce que ça fait, firent les femmes qui s'étaient rapprochées et qui admiraient le charmant jeune homme, c'est un chrétien. On le plaça sur le lit.

— Voilà le médecin, dit la servante, en rentrant essoufflée, suivie de l'officier de santé.

Celui-ci se dirigea vers l'alcôve.

— Qu'y a-t-il eu ? demanda-t-il.

— Voyez, monsieur le médecin, on a assassiné ce jeune homme dans sa chambre.

Le médecin s'approcha du corps et ouvrit la chemise pour constater la plaie.

— Comment, ce jeune homme ? fit-il en se tournant vers l'hôtelier.

— Eh bien ? fit celui-ci.

— C'est une femme.

— Ah! dirent tous les assistants en se rapprochant.

Le médecin demanda de l'eau et lava la plaie, puis, l'ayant sondée, il dit au maître de l'hôtel :

— Eloignez tout ce monde et ne restez qu'avec deux servantes.

— Est-ce qu'il est mort, monsieur ?

— Non, mais retirez-vous.

Tout le monde obéit, en poussant un soupir de satisfaction. Le médecin sonda la plaie, elle avait huit centimètres.

XXI

Après un examen attentif, le médecin déclara que la blessure était très grave, et il ne pouvait rien garantir de la blessée, une hémorrhagie pouvant survenir et la tuer. Dès que l'appareil fut posé sur la plaie, on s'occupa de faire revenir la blessée, qui n'avait pas encore repris connaissance.

Tout en préparant ce qui était nécessaire, les femmes se demandaient entre elles :

— Quel pouvait être ce beau cavalier, qui n'avait de son sexe que les vêtements.

Le maître de l'auberge dit :

— Je vais aller prévenir le magistrat de la sûreté.
— Gardez-vous en bien, dit vivement le médecin,
il y a autour de cette jeune fille un mystère qu'il
serait peut-être dangereux d'éclaircir. Vous êtes
des nôtres, Parnec ? ajouta plus bas le médecin, en
regardant autour de lui. — Oui, oui, monsieur,
vous le savez, répondit le maître du *Soleil-d'Or.*
— Ces jours-ci l'action recommence, hommes, femmes et enfants s'y mettent, et malgré moi je rattache
à ce fait la présence de cette jeune fille ici. — Vous
avez raison, monsieur, d'autant que tous les jours il
allait... je dis il, par habitude... elle allait à cheval
dans les environs. — Vous avez remarqué la finesse
des mains, la recherche du linge... — Oh oui, oui !
c'est une dame noble, qui veut se mettre avec nous.
— Si nous la réchappons ! — Oh ! mais le gars qui
l'a tuée le payera. — Je crois que c'est ce qu'il faudrait faire d'abord sans y mêler la police et dans
l'intérêt des nôtres... faire chercher cet homme.
— Ça ne va pas être long, dit l'hôtelier.

Il ouvrit la porte de l'escalier et siffla, les hommes
qui étaient montés lors de la découverte de l'assassinat reparurent.

— Pas un mot de tout ça, les gars, vous entendez.
Vous avez vu tout à l'heure le grand gaillard qui
est monté chez la victime. En route, et il faut
trouver et mener cet homme-là au Boucher des
bleus, à Picot.

— Bien ! firent les hommes .. et ils sortirent,
prenant chacun une direction différente.

Peu à peu Marie-Reine revenait à elle.

Lorsque, après deux grandes heures de soins assi-
dus, ses yeux se rouvrirent tout à fait, elle regarda
autour d'elle, puis les gens qui l'entouraient, cherchant vainement à se rendre compte de l'endroit et
de ceux avec lesquels elle se trouvait.

Elle voulut se tourner dans son lit, mais une

douleur cuisante l'obligea à rester tranquille, elle
voulut parler et sa voix ne put sortir que faible-
ment de sa poitrine.

Le médecin, penché sur elle, lui dit doucement.

— Mademoiselle ne vous tourmentez pas, vous
êtes chez des amis, ne cherchez pas à parler, ne
craignez rien, reposez-vous.

Ayant fixement regardé le médecin, convaincue
qu'il avait dit vrai, Marie-Reine, calme sur son
sort, referma les yeux pour penser sans trouble à
ce qu'il lui était arrivé.

Dès que le médecin vit que la blessée fermait les
yeux, il pria une femme de rester à son chevet ; il
éloigna les autres et partit lui-même en disant :

— Retirons-nous, pas de bruit, elle dort, je
reviendrai bientôt ; s'il survenait quelque chose,
envoyez-moi chercher.

Marie-Reine pensait ; insensiblement la scène qui
s'était jouée entre elle et Friquet lui repassait devant
les yeux. Elle ne fut pas longue à trouver les motifs
de l'assassinat de son complice ; il avait voulu détruire un témoin embarrassant, et surtout s'emparer
des lettres qu'elle avait eu l'imprudence de désigner.

Ainsi, maintenant le crime commis, elle se trouvait plus malheureuse, qu'avant ; Friquet gardait
tout et elle n'avait plus les moyens de lui rien
réclamer ; c'était déjà la punition qui venait.

Frelin l'avait quittée, et ce n'était pas ainsi
qu'elle l'avait cru du fait de Friquet ; là sa tête
commençait à se perdre.

Comme sa blessure la faisait souffrir, elle aurait
voulu dormir, mais sans cesse les tracas de sa situation présente lui battaient le cerveau et chassaient
le sommeil. Parfois glissait entre ses dents cette
phrase haineuse : « Oh ! je me vengerai. »

La femme qui était à son chevet la voyant ainsi
agitée, crut devoir aller chercher le médecin. Quand

celui-ci revint, il regarda attentivement la blessée et hocha la tête ; lorsqu'il sortit, le maître d'hôtel, Parneo, vint à lui et lui demanda bas :

— Eh bien ! comment va-t-elle ?

Marie-Reine, avec cette ouïe particulière aux aux malades, avait entendu ; elle tendit l'oreille, quand le médecin répondit :

— Très mal, très mal !...

Les dents se serrèrent, un frisson courut sur sa peau fiévreuse ; elle se vit déjà dans le grand linceul blanc. Elle eut peur enfin.

Tout l'horrible de ses crimes lui apparut ; elle voulut parler, mais sa voix s'éteignit dans sa gorge ; elle ne poussa qu'un cri rauque. Le médecin revint vers elle et lui fit respirer un petit flacon qu'il tira de sa poche... en lui disant : « Que voulez-vous ? »

Marie-Reine fut quelques minutes à répondre ; enfin, rassemblant toutes ses forces et toute son énergie elle répondit : « Des forces et un prêtre. »

On se hâta de déférer au désir de la moribonde, la servante envoyée aussitôt à l'église revint bientôt ; le curé et son vicaire étaient absents. On alla à l'autre église, et l'on ne trouva pas encore de prêtre.

Cependant le mal augmentait, bientôt la fièvre et le délire allaient retirer à la malheureuse l'usage de son bon sens. La servante revenait tristement à l'hôtel du *Soleil-d'Or*, lorsqu'elle avisa au milieu de la place un prêtre qui marchait lentement, elle courut vers lui.

— Monsieur l'abbé ? fit-elle.

Le prêtre se retourna tout d'une pièce, avec la raideur militaire.

— Qu'y a-t-il ? — Monsieur l'abbé, à l'hôtel du *Soleil-d'Or*, où je suis servante, il y a une pauvre femme qui se meurt... — Ah ! eh bien !

Le prêtre dit ces mots avec l'intonation d'un homme qui ne comprend pas pourquoi on lui raconte semblable histoire.

— La pauvre pécheresse craint de rendre son âme à Dieu sans avoir reçu l'absolution. — Hein ! fit-il avec une singulière voix... vous venez me demander de la confesser ? — Oui, monsieur l'abbé. — Mais, ma belle enfant, je ne peux pas. — Comment ! vous ne pouvez pas. — Je ne suis pas...

Puis, se reprenant vite :

— Je ne peux pas, car on m'attend déjà à cet effet. — Oh ! je vous en prie, monsieur l'abbé, venez d'abord au *Soleil-d'Or*, c'est tout près. — Pourquoi pas, au fait... se disait tout bas l'abbé, ça la consolera et moi ça ne me fera pas de mal. — Venez, monsieur l'abbé, insista la jeune fille. — Est-ce loin ? — Non, tenez, de l'autre côté de la place. — Allons, guidez-moi.

Le prêtre, que nos lecteurs ont sans doute reconnu, n'était autre que Bizot qui, depuis le matin était à la recherche de Friquet, parti, de très-bonne heure de Saint-Pol-de-Léon.

Il flânait, se fiant à sa bonne étoile pour le mener vers celui qu'il cherchait. Il bâillait aux corneilles sur la place, rendant aux femmes le salut qu'elles adressaient à son vêtement ecclésiastique, lorsque la jeune fille était venue pour lui demander les secours de son ministère pour la malheureuse qui se mourait à l'hôtel.

Lorsque, précédé de la jeune servante, Bizot entra dans la salle commune de l'auberge, tout le monde se découvrit. Le maître de l'hôtel qui descendait de la chambre de la malade :

— Ah ! monsieur l'abbé, elle vient de s'assoupir. — Ne l'éveillez pas, dit vivement Bizot, je puis attendre... — Entrez, monsieur l'abbé.

Et Parnec ouvrit sa salle à manger particulière. Bizot entra, s'assit. En le considérant, Parnec, voyant qu'il était couvert de poussière lui dit :

— Monsieur l'abbé, vous prendrez bien une pochée. — Ma foi, oui ! — C'est que vous paraissez avoir fait une longue trotte... De Saint-Pol-de-Léon...

— Mais oui, et sans me reposer... Oh ! j'ai l'habitude de doubler l'étape quand... quand le temps est doux j'adore la marche. — Monsieur l'abbé, vous ne vous êtes point reposé. — Point ! — Si j'osais, en attendant, je vous offrirais avec le cidre du lard aux choux... — Si vous ne me l'aviez pas offert, je vous l'aurais demandé, car j'ai très-faim, très-faim. — Je vais vous servir. — Point, vous allez manger avec moi. — Oh ! monsieur l'abbé... — J'y tiens absolument et vous me parlerez de la malade.

Parnec, obéissant, fit servir le dîner et se mit en face du faux abbé qui dévorait.

— Dites-moi, mon ami, qu'est-ce que votre malade... — Ce n'est point une malade, c'est une blessée. — Blessée. — Oui, tout cela est mystérieux. Voici ce que j'ai pu voir.

Et Parnec raconta à Bizot l'arrivée des deux voyageurs, la disparition de l'un d'eux, puis la visite d'un inconnu, l'assassinat, et les premiers pansements amenant la découverte que le jeune cavalier était une femme.

— C'est singulier, dit Bizot, très-perplexe, car s'il lui était égal de faire l'abbé près d'une petite paysanne mourante, il craignait de ne pas réussir à tromper une femme qu'il soupçonnait être de haute naissance.

La nuit tombait lorsque la servante entra et dit que la blessée, qui venait de s'éveiller, demandait le prêtre. Il n'y avait plus à hésiter, Bizot prit son parti et monta. Il entra dans la chambre et ferma la porte derrière lui. Un suif fumeux jetait sa clarté sur la malade, dès que Bizot l'eut considérée, il recula étourdi. Puis, par un effort de sa volonté, se domptant, il marcha droit et grave jusqu'à la lumière, la prit et la mit sur un meuble, de façon à rester dans l'ombre, et amenant un siége près du chevet de la mourante, il dit gravement :

— Ma fille, priez... puis, je vous écoute !

XXII

Marie rassembla ses forces et dit au prêtre :

— Penchez-vous vers moi.

Celui-ci obéit. Alors, les yeux à demi-fermés, comme si elle craignait de voir le visage de son confesseur, elle commença :

— Mon père, je suis une grande criminelle, aussi Dieu n'a pas voulu que j'attendisse longtemps mon châtiment, le remords est à chaque heure à mon chevet... — Parlez, la miséricorde de Dieu est infinie.

— J'étais jeune fille, poussée par un deuil récent, par la misère, j'allais me noyer... un homme me sauva !

Le prêtre regarda la jeune fille, semblant dire :

— Ah ça ! que me conte-t-elle là ? a-t-elle déjà le délire ?

Marie-Reine, s'interrompant, reprit :

— Je vais vous les dire les noms, mon père, vous demandant en grâce, sitôt que je serai morte, de révéler la vérité. — Je le jure ! — Bien !

La misérable se recueillit un instant, puis continua :

— L'homme qui me sauva, vous disais-je, était un négociant de Paris, place Saint-Michel, nommé Trumeau, il s'éprit de moi, amour de vieillard auquel rien ne résiste... C'était à Dieppe, ne pouvant m'emmener avec lui, immédiatement il me confia à un ami à lui, un misérable qui, sous l'*enveloppe* d'un brave et digne homme, cachait la plus épouvantable nature. Le jour même du départ de Trumeau, je fus sa victime... — Ne le dites-vous pas à Trumeau ?

— Non, car je ne sais quelle hideuse passion pour cet homme germa en moi après le crime... Il me proposa alors le plus horrible marché... Il fut convenu entre nous, qu'abusant de la passion qu'avait pour moi son ami Trumeau, je m'établirais chez lui et le dépouillerais, lui, m'y aidant, en conseillant son ami. Le plan réussit en partie, je devins la maîtresse absolue de Trumeau... il faisait tout ce que je voulais, j'allais avoir bientôt la maison...

Marie-Reine, fatiguée, ne parlait plus que d'une voix entrecoupée...

— Je me hâte, fit-elle, j'ai peur de mourir avant d'avoir tout dit.

Le prêtre prit sur un bahut un petit flacon, il en fit boire quelques gouttes à la moribonde qui, un peu remise, continua :

— J'étais maîtresse absolue... la fille de Trumeau allait se marier, elle exigeait des comptes... puis j'appris qu'elle avait, elle et son fiancé, découvert mes relations avec Jacques Friquet, l'ami de Trumeau ; le soir même, j'allai trouver mon amant, et nous décidâmes leur mort à tous les deux... — Que fîtes-vous ? — Que Dieu pardonne mon crime... ô mon père, j'empoisonnai la fille. — Malheureuse !... — Pitié !...

Le confesseur était en proie à un violent tremblement nerveux, son front était mouillé de sueur, penché sur la mourante, dont la voix allait de plus en plus en s'affaiblissant, il buvait plutôt qu'il n'écoutait ses paroles.

— Que devint le fiancé, demanda-t-il. — Friquet arrangea une lettre et la laissa chez lui où devait avoir lieu une perquisition, la lettre était faite de façon à faire passer Bizot pour un dangereux conspirateur .. Le lendemain il fut arrêté... — Et tu l'as cru mort aussi, infâme, cria le prêtre en écartant les rideaux de façon à ce que la lumière frappât son visage.

Surprise de cette voix, la malade avait regardé, puis comme épouvantée de ce qu'elle voyait et employant toutes ses forces dans un élan suprême, elle se dressa sur son séant, criant :

— Bizot ! — Oui, fit celui-ci, Bizot le vengeur...

— Que me voulez-vous ? — Je veux la mort que tu
as méritée. — Au secours! pitié !... — Tais-toi, misérable! Et Bizot la poussant sur le lit, elle retomba
lourdement sur l'oreiller, la bouche écumante, l'œil
hagard. — Tu ne t'es arrêtée devant rien, misérable ;
ni jeunesse, ni beauté, ni bonté, ni pureté n'ont trouvé
grâce devant toi ; aujourd'hui pas de grâce ni de
pitié ; puisque je ne puis te mener à l'échafaud encore sanglant de ta victime, tu crèveras sans soins,
sans larmes, avec le mépris et l'injure...

Marie-Reine voulut parler, mais la voix ne put
sortir de sa gorge. Bizot continua :

— J'ai dévoué ma vie à la vengeance de Rosalie
et de Trumeau, entends-tu... tu es la première...
Jusqu'à ton dernier soupir je serai là, t'écrasant de
mépris... et ta dépouille mortelle sera jetée aux
champs, tu n'auras ni prières, ni plaintes, car je dirai
que tu es l'espionne des bleus... Jusqu'à la dernière
heure tu me verras, et j'évoquerai devant toi le spec-
tre de tes victimes... Meurs, misérable, comme
tu as vécu, en chienne... Je suis là, vois-tu bien,
devant toi.

Et Bizot s'accouda sur le bateau du lit, bien en
face de la malheureuse, dont les yeux hagards sor-
taient presque de leur orbite.

— Je suis là, continua-t-il, prêt à rire de tes douleurs.

Marie-Reine changeait à vue d'œil, les narines
se resserraient, la bouche se crispait, la pupille de
l'œil devenait terne... et de sa poitrine, sortait le
hoquet terrible des mourants. Bizot était fort et
décidé, il aurait bien combattu, la résistance même
eût augmenté sa volonté, mais devant la mort lente,
devant la souffrance, il se sentit vite faiblir ; vainement il voulut résister ; il sortit, car il vit bien
qu'il ne pourrait rester devant la malheureuse sans
lui porter secours. Quand il fut dans la salle tout

le monde se découvrit ; toujours plein de son rôle,
il étendit les mains, puis il dit :

— Faites rester quelqu'un près d'elle ; elle va
mourir.

Une servante monta aussitôt, tandis que Bizot sortait. La servante redescendit tout de suite en criant :

— Oh ! mon Dieu ! elle est morte !

On monta, effectivement, le cadavre roidi de
Marie-Reine était étendu sur le lit.

La coupable avait expié son crime.

Le commissaire de police, prévenu en toute hâte,
procéda à une perquisition ; lorsqu'on lui demanda
qu'elle était cette femme, il dit :

— Oh ! nous savons qui elle est, elle voyageait avec
un agent de police, c'est une pas grand'chose, qui,
accusée de complicité dans un crime odieux, servait
la police et devait livrer un agent de l'Angleterre.

Tout le monde se recula avec horreur de la misérable. Il n'y eût pas de cérémonie, le cadavre, enlevé
le soir même, fut porté dans le cimetière de l'hos-
pice. Lorsqu'un des porteurs sortait du cimetière,
un homme lui frappa sur l'épaule et lui demanda :

— Qui donc vient-on d'enterrer à cette heure ? —
C'est une femme de police, qu'a été assassinée au
Soleil-d'Or. — Pourquoi sitôt enterrée ? — Parce
qu'il fait très-chaud et puis que le maître du *Soleil
d'Or* ne veut pas perdre sa clientèle pour garder chez
lui une morte de ce calibre-là. — Où l'avez-vous
enterrée ? — Là-bas, dans le coin.

Seul l'homme entra dans le petit cimetière, il
coupa une branche d'acacia et la planta sur la tombe
où venait d'être couchée Marie-Reine, puis sortant
il alla frapper à la porte du gardien du cimetière,
celui-ci vint ouvrir et demanda :

— Que voulez-vous ? — Monsieur, vous vendez des
couronnes ? — Oui, monsieur, des couronnes et des
croix, entrez. — On vient à l'instant d'enterrer une

femme. —Ah! oui la femme du *Soleil-d'Or*... —C'est
cela cette malheureuse qui meurt assassinée, et qu'on
jette là comme un chien, cela me navre. — Elle est
morte en chrétienne, elle a été confessée. — Confessée ! — On me l'a dit, du moins. — Bien ! Voici ce
que je voudrais que vous fissiez demain, vous planterez sur la tombe de cette malheureuse, à la place où
j'ai placé ce soir une branche, vous planterez, dis-je,
une croix. — Bon, monsieur. — Vous ferez sur la
terre un petit jardin. — Bien, monsieur! Voulez-vous
qu'on écrive quelque chose sur la croix... —Oui !...
Vous écrirez le nom de la pauvre fille. — Où pour-
rais-je le savoir ? — Je vais vous le dire...

Le gardien prit du papier et s'apprêta à écrire,
l'homme dicta :

— Françoise-Marie-Reine Chantal-Lavandière,
morte à vingt-cinq ans. Priez pour elle. — Ce sera
fait demain soir. — Voici pour vous payer...

L'homme donna un louis au gardien qui salua
très bas.

— L'hôtel du *Soleil-d'Or* n'est pas éloigné ? —
C'est tout près, monsieur. — Voulez-vous m'y conduire ? — Volontiers.

Le gardien du cimetière sortit avec l'homme, et
se dirigea vers l'hôtel ; assurément son compagnon
connaissait son chemin, car c'est lui qui, sans hésitation, marchait le premier.

Arrivés devant l'hôtel, l'homme dit au gardien :

— Vous allez entrer à l'hôtel et demander quel
prêtre a reçu la confession de la pauvre femme. —
Vous voulez savoir si elle a fait des recommandations au prêtre. — Oui, si elle a une famille, c'est
ça... — Ah! c'est d'un brave homme, ça.

Le gardien se dirigea vers l'auberge en disant :

— Allons, il y a encore de bonnes gens sur terre.

Il revint quelques minutes après et dit :

— Monsieur, l'abbé qui l'a confessée est inconnu,

c'est un prêtre de passage, on ne sait pas s'il est
parti de la ville, il venait de Saint-Pol-de-Léon. —
Merci, mon ami, dit l'homme en glissant dans la main
du gardien une pièce de dix livres. — A vos ordres,
monsieur, fit celui-ci ; quand vous voudrez voir le
petit jardin... vous verrez que ça sera soigné. — Bien !
dans quelques jours je reviendrai. Il s'éloigna alors
en murmurant : Oh! il faut que je trouve ce prêtre.

XXIII

La route sablée traverse les collines couvertes de
vignes. Tantôt à droite, tantôt à gauche, un ruisseau déverse son flot glacé et bourdonnant, dans
lequel battent les roues du moulin.

La route avec la rivière, les petits coteaux, les
moulins, les vignes, n'a pas cent mètres de largeur.
La roche âpre, grise et humide, couverte de lichen,
de mousse et de lierre, haute de plus de cinq cents
pieds, borde chacun des côtés de la petite vallée
bruyante et fertile... Là, les aspérités de la roche
sont barbues de bois et d'herbe ; là, le silex chauve
et gercé sous le soleil, laisse échapper par une excava-
tion l'eau brûlante, tandis qu'à côté, paraissant sortir
de la même source, roule une eau limpide et glacée.

Dans cette vallée, dans ce trou, ces vingt maisons
couvertes de chaume, ces vingt maisons noires,
tristes : c'est le village.

Pas de place pour la fête, pas d'orme à l'ombre
duquel on va danser, pas de clocher, pas d'église
pour prier ; des maisons basses pour les habitants,
des hangars pour les chevaux, les charrettes et les
charrues, des niches pour les porcs, la rue pour les
poules, et le cimetière du pays voisin pour les morts.
C'est Gœllon, près Roscoff, détruit depuis, un hameau.

A l'extrémité du village, accollée au pont, est une

maison de rustique apparence. Elle a presque un étage, les murs sont ficelés de vignes, sur le devant, est un petit jardinet, derrière, est un potager, dont les derniers plans vont se baigner dans une petite rivière.

C'est la demeure de Baptiste Coulard, l'ancien pêcheur de Dieppe. A cette heure, la plus grande chambre de la maison est joyeusement illuminée ; au milieu, est dressée une table immense, sur laquelle douze couverts resplendissent, et autour de laquelle sont assis douze convives, qui causent, crient, mangent et boivent... et boivent surtout. Il verse à boire à Doubet, à Crépier, à Nivelet, à etc., etc., tous gaillards à gorges sèches, à peau givelée, à nez en guigne... sans importance pour notre histoire.

Jacques Friquet est assis au bout de la table, buvant peu ; accoudé, la tête appuyée sur ses mains, son regard revenait sans cesse à une porte close, placée dans le coin de la grande chambre.

Les soûleries paysannes sont bruyantes, et celle qui s'achevait ne laissait rien à désirer à cet égard.

— Lôz amids sont dé vrée lépins !... Encoi ô voi, lôz agnés ô lô sinté ! (Les amis sont de vrais lapins ! Encore un verre les agneaux et à la santé !) — E lô sinté ! — Yo M. Jacques encor in voi redvin ? — Je n'ai plus soif, répondit le rêveur, à l'invitation de Baptiste. — In voi redbrante vin ? (Un verre de vin). — Non ! — L'prouverb' dô qué tant pus li famm' sont belles tant pus qui trompent.

Jacques releva la tête et riva son regard sur celui de l'ivrogne qui venait de dire cette phrase... l'ivrogne n'y vit rien et continua :

— Lo vin tant pus qué lô bon, tant mois qui trompe.

— E lô sinté ! crièrent tous les buveurs. Cette santé ébranla la maison.

La porte du coin de la chambre s'ouvrit, un homme à tournure militaire entra et dit, imposant silence aux criards : — Vous tairez-vous : l'on dort là-haut... et puis c'est l'heure de finir, vous êtes assez pleins les gars... laissez-nous seuls !

Les gars se levèrent et sortirent, Jacques Friquet resta seul avec le nouveau venu.

— Eh bien ! est-ce pour ce soir ? demande le nouveau venu à Friquet. — C'est pour cette nuit. — Donnez-moi les renseignements précis. — Les armes débarquées hier sont dans des voitures de foin ; il y en a deux chariots. — Bien. — Deux cents hommes environ doivent les recevoir ; à partir de trois heures du matin, ces hommes doivent être échelonnés dans les bois qui bordent la route de Gœlon. — Ces hommes sont-ils déjà armés ? — Les deux tiers environ. — Qui les commande ? — *Le boucher des bleus.* — Louis Picot ? — Oui. — Et Barco ? — Barco avec trois cents hommes, occupe les bois de Saint-Pol-de-Léon à Morlaix pour empêcher de passer. — Alors il faut tourner et venir les prendre en côté par Lesnercy et Plestin. — C'est cela même ! — Est-ce tout ce que vous avez à dire ? — J'ai à demander, capitaine, à recevoir ce qui m'a été promis. — J'ai les dix mille livres, mais je ne dois vous les remettre que lorsque j'aurai pu vérifier vos renseignements. — On m'avait promis de me donner les moyens de passer en Angleterre. — Baptiste, chez lequel nous sommes ici, est un soltin ; il doit, à quatre heures, vous prendre dans sa barque et vous conduire au navire anglais, qui croise sur nos côtes depuis huit jours. — Si les Chouans savent que c'est moi qui les ai trahis, je cours risque d'être pris, n'ayant qu'un seul homme. — C'est la conséquence, monsieur, fit avec hauteur celui que Jacques appelait capitaine, du métier que vous faites ; je vous dois le prix de votre trahison, c'est à vous de faire le reste. — Mais, capitaine, on m'avait promis de me faire garder jusqu'à mon embarquement. — C'est bien, monsieur, les bandits qui sont les compagnons ordinaires de Jacques Coulard

vous accompagneront. — Puis-je me retirer? — Non
pas monsieur. — Comment, capitaine, mais il faut
que je me prépare pour mon départ. — Vous ne devez
plus sortir d'ici. — Mais pourquoi ? — Vous tenez
absolument à le savoir. — Oui capitaine, car je ne
comprends pas... — Monsieur, c'est parce que pour
un prix plus élevé que celui que nous vous donnons
vous pourriez, avant l'heure, nous trahir près de
ceux que vous nous avez vendus.

Friquet se mordit les lèvres... puis dit, en éten-
dant la main :

— Capitaine, je vous donne ma parole d'honneur...

Celui auquel il s'adressait haussa les épaules, et
frappa dans ses mains.

Deux hommes parurent, deux de ceux qui quelques minutes avant étaient à table avec Friquet.

Le capitaine leur dit :

— Vous ne quitterez pas cet homme d'ici demain
matin ; au premier geste qu'il fera pour s'échapper,
vous lui brûlerez la cervelle.

Un des hommes plaça sa main sur l'épaule de Friquet, l'autre tira de sa poche un gros pistolet qu'il
amorça. Friquet se laissa tomber sur une chaise, là,
ses dents grincèrent et un méchant sourire courut
sur ses lèvres.

— Coulard ! cria le capitaine.

Baptiste Coulard parut, le bonnet à la main, à
demi incliné.

— A quatre heures du matin, tu mettras ta barque à l'eau. — Alle y est à l'iau. — Bien ! tu iras au
bâtiment qui est à l'ancre en face de l'île de Bazt.
— Ah ! bon Dieu ! mais c'est un Anglais. — Eh bien !
ne sommes nous pas en paix ? — C'est vrai ! — Tu
conduiras cet homme à bord. — L'ancien avoué ?

Friquet, étonné, releva la tête.

— Oui ! — Bien mon capitaine ! qu'est-ce qui me
payera ? Lui !... — Oui. — Au fait je prendrai des

hommes avec moi, et s'il ne veut pas je le *neye*... il m'a bien fait payer, lui...Chacun son tour... Ça sera fait.

— Bien ! puis s'adressant aux deux autres, il dit : Vous m'avez entendu, au premier geste, feu.

— Aie pas peur ! je ne le raterai pas.

L'homme sortit en disant :

— Vite, mon cheval.

— On le lui amena, il l'enfourcha et partit rapidement dans la direction de Plestin.

— Moi, dit Baptiste Coulard en sortant, je vais aller au bateau ; faut que je pare la *Marie-Reine*.

Friquet, pâlissant, releva brusquement la tête en entendant ce nom.

— Eh bien, fit l'homme au pistolet, est-ce que nous voulons du plomb dans la tête.

Le misérable retomba sur sa chaise anéanti.

XXIV

Vers deux heures du matin, des rochers, des bois, des champs et des villages débouchèrent des groupes de quatre, cinq individus, ils arrivèrent sur la route de Gœlon ; tous étaient armés.

Là trois hommes que nous connaissons les recevaient, c'étaient Picot, dit le Boucher des Bleus, Cervenon et Bizot. Ce dernier ne portait plus la soutane, comme les gars, il portait le costume breton : la veste, la culotte et les guêtres de toile. Chaque fois qu'un groupe nouveau arrivait, Bizot distribuait des cartouches, Cervenon comptait les hommes, Picot leur disa. :

— Placez-vous dans le bois, à dix pieds les uns des autres, couchez-vous à terre et le fusil armé...

Les gars partaient prendre leur place...

Quand tous ses hommes furent placés, c'est-à-dire un peu avant trois heures, Picot dit :

— Vous, Cervenon, vous allez vous mettre en tête du bois ; à la première alerte, vous jetterez le cri... De là vous plongerez sur les routes du côté de Luneven.

— Bien ! dit Cervenon.

— Vous, Bizot, vous allez grimper les rochers, et vous veillerez du côté de Plestin.

— Bien !

Bizot et Cervenon se serrèrent la main et allaient gagner leur poste, lorsque le cri de la chouette, singulièrement modulé, retentit.

— Vite, suivez-moi, dit Picot...

Et les trois hommes entrèrent sous bois, se couchèrent à plat ventre pour observer la route.

Rien ne pourrait révéler la présence de tant de gens ; le brouillard engrise tout, plus de vent dans les arbres, le saule trempe sa chevelure verte dans l'eau sans la rider, le silence a tout envahi, à peine troublé par le battement lointain des ailes du moulin, les champs semblent dormir.

Puis une ligne bleuâtre éclaire l'horizon !

La vie revient, les oiseaux chantent, les coqs chantent au village, les chariots cahotent sur la route, les grelots sonnent au poitrail des chevaux, le fouet des charretiers claque, les canards et les oies mènent leur petite famille au bain. Peu à peu les arbres se dégagent du brouillard, dressant leurs longues silhouettes dans le gris de l'aube... Peu à peu la plaine paraît, avec sa forêt d'épis et son monde d'insectes... Ciel, terre, arbres, ruisseau se dégagent ternes et brumeux, enfin miroitant sur l'eau, scintillant à travers les feuilles, embrassant la plaine, le jour paraît.

Picot s'est redressé sur ses deux mains, son regard sonde la route ; à cent pas il voit courant pieds nus un gars de dix-sept à dix-huit ans, il va passer devant eux. Picot met deux doigts dans sa bouche et jette un cri sec... Le gars s'arrête du coup. Il reste immobile, attendant. Picot lui dit à haute voix :

— Tourne à droite... Le gars obéit... — Entre sous bois, droit devant toi. Il obéit si bien, si docilement, qu'il va leur marcher sur le corps, lorsque Picot le tire violemment et l'étend près de lui. — Qu'y a-t-il le gars? — Les bleus sont dans le Chaucheux, la maison du Valtin Coulard en est pleine... Hein! fit Picot, se relevant le sourcil froncé... tu vas courir à Roscoff et... mais quelle heure est-il? — Un peu plus de trois heures... — Il est trop tard! debout.

Cervenon, Bizot, et vingt hommes autour d'eux se relevèrent. Picot imita trois fois le cri de la chouette... Aussitôt les hommes descendirent des roches et sortirent des herbes du bois ; lorsqu'ils furent tous autour de lui, Picot leur dit :

— Oh! les gars! Apprêtez les fusils, les Bleus sont dans le pays pendant que nous sommes ici, ils pillent nos maisons! Oh! les gars! Par les bois, la plaine, les roches et par le pont, au feu, là, où nos armes sont prises... Dans vingt minutes, à l'avant de la maison de Coulard, et qu'ils reçoivent le plomb sans voir ceux qui l'envoient. C'est moi qui donnerai le signal par le premier coup de fusil.

On entendit le craquement des batteries de fusil qu'on armait, puis tous les gars disparurent.

Les trois hommes rentrèrent sous bois, tout en pressant le pas, Picot dit :

— Nous avons été vendus par Friquet!...

— Je le crois, fit Cervenon.

— J'en suis sûr, dit Bizot... Je vous l'ai dit, depuis hier il est avec les Bleus.

— Aujourd'hui, Bizot, vous êtes prêt à combattre.

— Oui, parce qu'il est avec eux!

— Ce soir, il sera pendu à un arbre de la route.

— Non pas, vous me l'avez promis...

— Mais nous l'aurons tous les trois dit Cervenon.

— Chut... fit tout à coup Picot... couchez-vous!

Ils obéirent... le petit Breton les avait suivis,

20

Picot lui fit signe de s'avancer. Lorsqu'il fut près de lui il lui dit à voix basse :

— Va flâner sur la route, et tâche de parler au factionnaire qui est là-bas.

En effet, à trente pas d'eux, sur le bord du Luisancin un soldat était en sentinelle.

Le petit Breton obéit ; tout en chantonnant, il s'avança du côté du soldat républicain ; en voyant le petit, comme tout homme qu'une longue faction ennuie, il chercha à lier conversation.

— On se lève bien matin, petit, dans ton pays. — On se lève avec le jour. — C'est vrai, c'est votre montre à vous autres... T'es de ce pays-ci petit... — Oui, monsieur. — T'es un petit Chouan alors ? Le petit ne répondit pas. — Sont-ils heureux tous ces gas-là, tu as ta mère ici, pas vrai ? — Oui ! — Ta famille ? — Oui !...

Et le soldat ajouta avec un gros soupir :

— Tu es heureux, toi...

Tout à coup son soupir se termina par un râle ; Picot avait rampé jusqu'à lui, et lui avait troué le cœur d'un large couteau de boucher...

Le soldat mort, il jeta son cri de chouette.

Presque aussitôt déboucha par le pont une compagnie de soldats ; dès qu'elle fut engagée sur le pont, Picot cria :

— Oh ! les gars !

Comme si la terre tremblait, tous les genets s'embrassèrent, une fusillade terrible qui tapait en pleine masse éclata dans les halliers, et plus de vingt hommes tombèrent. Le choc avait été si inattendu, que tous les soldats reculèrent en ramassant leurs blessés et leurs morts. Voulant profiter de cette minute d'hésitation, Picot sauta du côté du bois et cria :

— Debout ! les gars, aux bleus ! aux bleus !

— Aux bleus ! répondirent en s'élançant tous les blancs cachés dans le bois.

Le capitaine qui commandait les bleus, ne se rendant pas compte du nombre des gens qui l'attaquaient, battait en retraite, trop à découvert sur le pont, il se retirait en bon ordre vers les vignes...

Les blancs étaient maîtres de la situation. Tout à coup la maison de Coulard s'ouvrit. A chaque fenêtre parurent des canons de fusils.

De l'autre côté, la compagnie revenue de son alerte, faisait tête et répondait au feu. Cervenon vit le danger, toute la bande de Picot, engagée sur le pont, allait être prise entre deux feux. Il courut aux roches, et cria :

— En avant, debout, les gars !... Il nous faut la maison.

Les gars cachés dans les rochers se levèrent, et, suivant Cervenon et Bizot, se précipitèrent en criant :

— En avant.

La mêlée devint générale. C'était un combat terrible où l'on tirait presque à bout portant. Trois fois la bande de Cervenon se lança à l'assaut de la maison, trois fois elle fut repoussée.

Il fallait se hâter, les Bleus avaient vu la faiblesse numérique de leurs adversaires... ils s'étaient réorganisés, et chaque décharge couchait à terre les Bretons. Picot et Cervenon se consultaient pour combiner une nouvelle attaque lorsqu'un gars, tout suant et tout couvert de poussière, accourut vers eux et dit à Picot :

— Toute la route de Lesneven est couverte de bleus...

— Nous sommes trahis dit Picot. La gauche est-elle occupée ?

— Non, on peut se sauver par les bois...

— Bien... Oh ! les gars ! demanda-t-il tout haut, il n'y a plus personne à Goelon.

— Non, répondit-on ! cette nuit nous avons enlevé les femmes et les enfants...

— Alors nous allons faire cuire les bleus !

— Oui ! oui ! répondit-on.

— Allons ! les gars, il faut traverser le village, passer au travers les bleus. Êtes-vous décidés ?

— Oui ! oui !

— En avant donc, Dieu et le roi !

Aussitôt, les blancs se formèrent sur deux lignes, au milieu desquelles se placèrent des gars qui portaient de la paille et du sarment.

Les bleus de l'autre côté de l'eau et ceux de la maison de Coulard les observaient, cherchant à deviner ce qu'ils allaient faire. Picot commanda.

— A la maison de Coulard d'abord.

Aussitôt la ligne de tirailleurs commença le feu pour débusquer les soldats qui occupaient les fenêtres, tandis qu'abrités derrière leurs bottes de paille, les gars occupaient jusqu'au pied de la maison...

Bientôt un immense nuage de fumée enveloppa la masure. Les soldats sautèrent par les fenêtres, chaque fois qu'un malheureux sautait dix coups de fusils retentissaient. Bizot qui jusqu'alors s'était peu mêlé à l'action prit dix hommes avec lui en disant :

— Du côté du village il faut leur défendre l'entrée, afin de pouvoir rabattre par là quand leur renfort va arriver.

— C'est vrai ! Allez Bizot.

Les Bretons étaient sur deux lignes, répondant à droite et à gauche et se reculant du côté de la mer, emportant leurs morts et leurs blessés. Bizot, avec ses dix hommes, se plaça dans l'angle de la maison, et fit commencer le feu. D'autres gars avaient mis le feu aux quatre maisons du milieu du village, et déjà un long panache de fumée obscurcissait l'air.

Le tambour retentit ; c'étaient les deux bataillons qui arrivaient à marche forcée de Leseven... Le commandant du corps massait ses troupes afin d'entourer le village. Picot vit le mouvement ; il fit cesser le feu... Tous les gars vinrent autour de lui...

— Laissons l'incendie finir le combat... dit-il, dispersez-vous par la route de Roscoff, avant une heure, nous serons entourés.

Les gars obéirent... Picot et Cervenon étaient restés seuls... Cervenon dit :

— Il est là-bas qui défend l'entrée du village.

— C'est de l'héroïsme inutile, nos gars n'ont pas besoin de ça pour échapper...

Il siffla deux fois et les gars revinrent...

— Dispersez-vous leur dit-il, par la côte de Roscoff. Les gars coururent...

— Eh bien ! et Bizot, il ne vient pas ?

Ils regardèrent et virent Bizot qui, sans souci des balles qui sifflaient, marchait le corps baissé comme s'il suivait une piste.

Quand il passa devant eux, Picot lui demanda :

— Qu'avez-vous donc ?

— Suivez-moi, vous le saurez... tenez...

Et il étendit le bras, montrant une masse à peine visible dans la fumée.

Les trois hommes suivirent obéissant. La masse qui tranchait de son ombre la fumée, c'était un homme. Ils le virent et Picot demanda à Bizot :

— Quel est cet homme ?

— Vous ne le connaissez pas ?

La demande de Bizot était si singulière, que les deux hommes le regardèrent, et que leurs regards semblaient dire :

— Il est fou !

— Mais c'est le traître, c'est l'homme que nous cherchons.

— Comment, l'homme que nous cherchions ?

— Oui.

— Friquet ?

— C'est Friquet.

— Tripes et boyaux ! dit Picot, nous l'aurons, alors.

Et les trois hommes se précipitèrent,

En effet, c'était Friquet. Enfermé dans la maison de Coulard ; surveillé par les gars, prêts à obéir à l'ordre donné par Picot, il n'avait pas bronché, aux premiers coups de feu entendus, son œil s'était allumé mais l'un des bretons lui avait dit :

— Bougeons pas ou je tue.

Il s'était alors accoudé sur sa chaise, et la tête dans ses mains, il avait cherché le moyen de sortir de la situation difficile dans laquelle il se trouvait.

La situation était cruelle.

Gardé à vue par les bleus jusqu'à l'heure du combat, il ne pouvait partir ; plus, il ne devait recevoir le prix de sa trahison qu'alors qu'elle aurait profité aux soldats de la République. Si les armées républicaines étaient vaincues, il tombait dans les mains des chouans, et se trouvait ainsi exposé aux plus cruels traitements. La justice des bleus était sommaire : une corde et une branche d'arbre.

Friquet voyait tout cela tourbillonner dans son cerveau ; pour la première fois de sa vie, il avait peur. Son passé odieux était oublié, sa vie tout entière était dans le présent, c'est-à-dire dans la probabilité d'être la victime des gens qu'il avait servis.

Si les troupes républicaines victorieuses finissaient dans le guet-apens organisé par lui la guerre vendéenne, il n'en récoltait aucun bénéfice. Au contraire, en but au mépris de ceux qu'il avait servis, il n'était pas sûr de reconquérir son indépendance et sa liberté. Friquet pensait, lorsqu'un des surveillants cria :

— Qu'est-ce que c'est que ça ?

Il releva la tête ; la fumée entrait par toutes les fenêtres, et les flammes léchaient les murs. Les Bretons, voyant l'incendie, oublièrent leur prisonnier pour penser à eux-mêmes. Un cri, au reste, retentit :

— Sauve qui peut !

Immédiatement ils abandonnèrent leur poste.

Seul dans la salle enfumée, Friquet prit sa tête

entre ses mains, comme s'il voulait contenir les idées qui remuaient son cerveau :

Rester, c'était la mort par l'asphyxie. C'était la probabilité de tomber entre les mains des Vendéens, éclairés sur son compte... la mort enfin. Se sauver, c'était courir le risque de se faire trouer le crâne par une balle républicaine.

Friquet n'hésita pas ; il enjamba la fenêtre et sauta dans un champ ; là il rampa dans les blés et se trouva bientôt assez loin de la mêlée pour pouvoir se relever sans danger. Il courut jusqu'au village incendié. C'est à ce moment que Bizot l'aperçut.

Friquet, se voyant poursuivi par trois hommes, crut que les gens chargés de le surveiller, l'ayant vu s'échapper, le poursuivaient.

Tout en courant, il cherchait les moyens, au cas où il serait pris, de les persuader qu'ils avaient avantage à le laisser fuir. Il courait... mais les hommes qui le suivaient gagnèrent du chemin sur lui. Il voyait les premières maisons de Roscoff, s'il pouvait gagner la mer il était sauvé, car Coulard devait l'attendre et le conduire à bord du bateau anglais. Il courait, mais les trois hommes gagnaient sur lui ; cent mètres au plus les séparaient. Dans quelques minutes il allait être atteint ! Que faire ?

Friquet était en sueur, il sentait la force l'abandonner, la lutte et la fuite devenaient impossibles. Prenant un parti héroïque, il s'arrêta, se retourna, croisa les bras et attendit. C'est Bizot qui l'atteignit... en le reconnaissant Friquet devint blême.

Friquet était décidé, il était prêt à tout, il voyait le danger en face. Trois hommes couraient sur lui, il s'était retourné, se disant :

— Eh bien ! quoi, après tout, ils ne sont que trois !

Mais, en voyant Bizot, tout son courage disparut. Blême, les yeux sortis de l'orbite, les dents serrées, il reculait comme devant une apparition. D'un bond, l'an-

cien soldat l'atteignit, ses deux mains saisirent au col
le misérable... Celui-ci, inerte, sans force, ne résista
pas. Cervenon et Picot avaient rejoint leur compagnon.

— Emmenons-le, dit Picot, et posant sa main sur l'é-
paule de Friquet, il l'entraîna vers le bord de la mer.

D'un côté Bizot, de l'autre Picot, derrière Cervenon tenant en main deux pistolets tout armés, il n'y
avait plus d'espoir de fuite.

Friquet avait reconnu Picot, et il avait compris ;
il avait reconnu Bizot, il comprenait encore... Mais
quel était ce troisième individu qui le suivait et qui
semblait avoir contre lui une haine égale aux deux
premiers. Il n'osait se retourner pour regarder
l'homme, craignant que son mouvement, mal inter-
prété, n'amenât immédiatement de mortelles repré-
sailles. En quelques minutes, les trois Vendéens et
leur prisonnier arrivèrent à Roscoff.

Roscoff était un tout petit port de pêcheurs, une
ruelle qui longeait le mur était toute la ville. Les
quatre hommes prirent la droite de cette rue, c'est
Picot qui les guidait, disant :

— Nous allons à Sainte-Barbe. Là nous serons seuls.

Friquet était inquiet, quel but secret le chef chouan
se proposait-il d'atteindre ? Il croyait Bizot ignorant de
sa complicité dans le crime de la place Saint-Michel,
il s'expliquait sa présence parmi les Chouans par la
vengeance qu'il voulait tirer d'un gouvernement qui
l'avait illégalement emprisonné. Donc il n'avait à
craindre de Bizot que des reproches sans valeur, des
injures peut-être ; mais il était habitué aux injures.

Picot, le Boucher des Bleus, le chef de tous les
chouans, était plus à craindre, si Picot, ce qui devait être, savait qu'il était la cause du guet-apens,
l'affaire était grave ; mais comme les blancs vaincus
étaient dispersés, que le village brûlé n'offrait plus
de retraite, qu'acculé à la mer, Picot devait être
pris, il ne pouvait s'embarquer ; que lui, Friquet,

avait seul la possibilité de les sauver en les conduisant, avec le bateau qui l'attendait, à bord du navire anglais mouillé en face l'île de Bazt; il espérait racheter sa vie en sauvant la leur; et il se rassurait.

Il était presque calme, lorsqu'après une demi-heure de marche, arrivés sur la roche de Sainte-Barbe, Picot dit : « Nous y sommes! »

Puis, faisant un signe à Bizot, il ajouta :

— Attachons-le.

Aussitôt, et par un mouvement rapide, Bizot culbuta Friquet et, rassemblant ses mains, il lui lia les poignets. Puis, aidé de Picot, il descendit le misérable jusqu'au bord de la mer; là, le couchant sur la roche, les deux hommes rejoignirent Cervenon.

— Qu'allons-nous faire? demanda Picot.

— Le juger, dit Cervenon.

— Le condamner, fit Bizot.

— Allons !

Les trois hommes descendirent retrouver leur prisonnier. Picot et Bizot aidèrent Friquet à se redresser, car ses mains garrotées gênaient ses mouvements.

Friquet regarda autour de lui, ennuyé de ne pas voir quel était son troisième adversaire. Cervenon était resté sur une roche plus haute et il regardait si les Bleus ne venaient pas du côté de la mer. La route était libre... on ne voyait au plus loin que la fumée du village de Gœlon qui brûlait.

— Eh bien ! demanda Picot, sommes-nous suivis?

— Non, répondit Cervenon, les Bleus cuisent.

— Descendez, alors, que nous en finissions.

Cervenon, obéissant, descendit les roches et fut bientôt près de ses compagnons. Friquet leva la tête.

Cervenon, les bras croisés, marcha droit à lui; Friquet épouvanté, le visage décomposé, reculait comme devant la tête de Méduse, Cervenon lui dit enfin :

— Tu m'as reconnu, Jacques ?

Troublé, tremblant, titubant, Friquet dit d'une
voix rauque :

— Que me voulez-vous ?

— Jacques Friquet, nous voulons te juger ! nous
voulons te demander compte de ta vie criminelle, nous
voulons venger ceux qui sont devenus tes victimes.

— Vous êtes des lâches, hurla Friquet, cherchant
à dégager ses mains des cordes qui le garottaient,
vous êtes trois contre un, contre un dont vous brisez
la force... lâches.

— Traître ! fit Picot avec mépris, en tirant un
couteau de sa ceinture.

En voyant l'acier luire au soleil du matin, Friquet se crut perdu, il allait tomber. C'est Picot qui
le soutint et qui lui dit haussant les épaules :

— Je ne veux pas te tuer... Je veux couper tes
cordes.

Les cordes coupées, il se plaça devant lui et lui dit:

— Il n'y a maintenant qu'un homme devant un
homme, répète donc que je suis un lâche.

En disant ces mots Picot jetait son couteau. Friquet baissa la tête et ne répondit pas.

Picot se plaça devant lui et dit :

— Jacques Friquet, après avoir reçu depuis trois
ans l'argent de nos princes, après avoir juré fidélité au
roi, vous avez été chargé de diriger vers nous, pour
servir au mouvement, un convoi d'armes expédié d'Angleterre... Lorsque confiants en vous nos gars se prépa-
raient, en s'échelonnant sur les routes, à vous protéger... vous, comme Judas, vous alliez nous vendre aux
Bleus. Friquet ne répondit pas, Picot continua :

— C'est par toi, lâche et traître, que cinquante de
nos compagnons sont couchés dans les plaines de
Gœlon... Jacques Friquet as-tu quelque chose à dire
pour te défendre ?

— J'ai à te dire que je ne vous reconnais pas pour
mes juges. Picot haussa les épaules

Bizot s'avança à son tour et lui dit :

— Tu me reconnais, moi maître Friquet ; je t'accuse d'avoir séduit et déshonoré Marie-Reine, je t'accuse de l'avoir entraînée au crime, je t'accuse d'avoir, de complicité avec elle, empoisonné ma fiancée Rosalie Trumeau... je t'accuse, lâche et infâme, d'avoir laissé arrêter, juger, condamner, exécuter le père de cette enfant, comme coupable de cet horrible crime, pour ce fait je t'accuse et je demande justice ; pour l'autre fait de m'avoir fait emprisonner, je te pardonne...

— Jacques Friquet. reprit Picot, as-tu quelque chose à dire pour ta défense ?

— J'ai à dire, que si vous n'êtes pas des misérables sans foi et sans honneur, vous devez me laisser libre afin de confier à un tribunal régulier le soin de me juger de vos ridicules accusations.

— Tu nies donc ? demanda Bizot. — Mais oui, je nie... Je n'étais pas à Paris lors de la mort de cette fille. — Et Marie-Reine ? — Marie-Reine était peut-être coupable. — Marie-Reine assassinée par toi, croyant en mon costume de prêtre, s'est confessée à moi quelques minutes avant de mourir. — Ah ! c'était vous, ce prêtre, fit malgré lui Friquet. — C'est toi qui, de complicité avec elle, as lâchement empoisonné la malheureuse enfant ; c'est toi qui avais tout préparé pour faire soupçonner et Trumeau et Marie-Reine... Qu'as-tu à dire ?

Friquet se tut. Cervenon s'avança alors, et croisant les bras devant Friquet, il lui dit :

— Jacques, mon ancien ami ; lorsque je partis, je te confiai ma fille Marie Cervenon... Jacques Friquet qu'as-tu fait de mon enfant ? — Votre fille est morte... Je ne pouvais la défendre contre la mort. — Misérable, aies donc au moins le cynique courage de tes crimes. Tu as voulu déshonorer ma Marie, et lorsque la digne enfant a résisté à tes desseins lorsqu'elle a voulu tout dire à la famille dans laquelle on te recevait, tu n'as trouvé que la mort pour triompher d'elle, et tu l'as empoisonnée. — C'est faux...

— J'atteste, moi, dit Bizot, que Marie Cervenon est morte empoisonnée par Friquet. — C'est faux...

— Jacques Friquet, qu'avez-vous à dire pour vous défendre ?

—Pour me défendre ! Puisque vous refusez de croire à mes paroles, il vous est facile de me condamner. Vous me jetez à la face tous les crimes qu'il vous plaît de m'imputer. Vous êtes trois, je suis seul ; vous êtes armés, et je suis sans armes.

— Les femmes que tu as tuées étaient aussi sans force et sans armes.

— Vous êtes des lâches.

— Ah ! à la fin cria Picot en avançant, s'il ne se tait, je vais l'étrangler.

Le mouvement de Picot, le ton avec lequel il dit ces paroles, firent reculer le misérable qui se tut. Cervenon arrêta Picot et lui dit :

— Il ne faut pas qu'il meure assassiné, il faut qu'il meure condamné.

— C'est vrai, puisque cet homme n'a rien à dire pour se justifier, moi, Louis Picot, je déclare que Jacques Friquet a trahi les Vendéens, je déclare qu'il a vendu ses compagnons, que par sa faute cinquante chouans au moins sont morts en se défendant. Sur mon âme et ma conscience, devant Dieu et les hommes, Jacques Friquet a mérité la mort.

Jacques baissa la tête, une sueur froide mouillait son front, Bizot dit :

— Moi, Eustache Bizot, je jure que Jacques Friquet a fait empoisonner ma fiancée Rosalie Trumeau ; je jure que Trumeau, par lui est mort innocent... je jure que Jacques Friquet, pour se sauver de toutes accusations nouvelles, a assassiné sa complice, Marie-Reine!.. Sur mon âme et ma conscience, devant Dieu qui m'entend, Jacques Friquet est un assassin ; il a mérité la mort. L'accusé, la tête penchée écoutait, non ce que disait Bizot, mais les bruits lointains, espérant toujours voir arriver les Bleus, et voir se transposer les rôles. Cervenon se levant à son tour dit :

— Jacques Friquet a assassiné ma fille Marie Cervenon.. Sur mon âme et mon honneur, Jacques a mérité la mort.

Bizot allait saisir Friquet, lorsque celui-ci sautant en avant, courut à l'extrémité des rochers et se jeta à la mer. Il nageait vers le large... Picot dit à ses compagnons :

— Vite suivez-moi.

Les trois hommes s'élancèrent à la poursuite de Friquet. Bizot s'était laissé glisser le long des rochers, c'était un chemin périlleux, mais c'était aussi pour le brave garçon une occasion de plus de dépenser son courage et son énergie. Dès qu'il fut en bas, il courut sur la grève. Un homme assis sur la levée d'une barque, attendait en maugréant.

— Vite cria-t-il, à tes avirons.

— Qu'est-ce que c'est, fit l'homme, quoi qu'il y a ?

— Un homme à la mer ! dit Bizot, vite !

Il avait sauté dans ce bateau, et il bousculait Baptiste Coulard, car c'était lui.

— Quéqu'ça me fait, dit celui-ci, j'attends quelqu'un. — Veux-tu m'obéir ! — Oh ! mais, faut pas me parler comme ça, à moi.

Cervenon et Picot rejoignirent Bizot. Sans dire un mot, ce dernier sauta dans la barque où étaient déjà ses compagnons, et d'un coup de pied la poussa au large.

— Rame, où je t'étrangle, fit-il.

Coulard n'avait pas besoin de cette menace, les deux nouveaux venus l'avaient décidé.

— Où allons-nous, demanda-t-il.

— Là-bas, au-dessous de Sainte-Barbe, à cet homme qui nage.

— Fallait donc le dire, l'humanité avant tout, pardi !

Cervenon avait pris la barre du gouvernail, Coulard tirait sur ses avirons, et Picot appuyait dessus pour l'aider. Bizot, placé à l'avant, faisait un auvent de ses mains pour mieux voir le point vers lequel ils se dirigeaient.

Friquet s'était jeté à la mer ; bon nageur, il gagnait le large, pour appuyer après sur l'île de Bazt. En cet endroit-là la mer forme comme un goulet ; s'il pouvait gagner l'île, il la traversait en courant et se jetait à l'eau de l'autre côté pour monter à bord du navire anglais.

— Mais il ne se noie pas, ce gars-là, fit Coulard, il flotte comme un poisson.

— Va toujours, cria Picot.

— Il sera avant nous à l'île.

— Il ne faut pas qu'il l'atteigne, hurla Bizot.

— Ah ça, qu'est-ce que vous me faites faire alors, demanda le saltin en s'arrêtant.

— Veux-tu ramer ? cria encore Picot.

— C'est bon... c'est bon, ne vous fâchez pas, nous allons le couper dans les courants... visez à droite !

Cervenon, qui connaissait la manœuvre, obéit ; la barque alla droit sur le nageur. Dix minutes après, elle était près de lui. Celui-ci au contraire, retournait sur Sainte-Barbe. Comme les trois hommes rageaient, Coulard dit :

— Espère, espère... virez à babord, et, nous le tenons, Cervenon appuya sur la barre ; la barque vira d'un coup. Friquet était à deux brassées du bateau...

— Prenez la gaffe commanda Picot à Bizot qui était à l'avant : et brisez-lui le crâne.

Bizot saisit la gaffe, c'est-à-dire la longue perche au bout de laquelle est un crochet de fer ; il se leva ; mais prêt à la laisser retomber sur le crâne du malheureux, il s'arrêta.

— Que faites-vous ? cria Cervenon, voyant que Friquet plongeant venait de disparaître.

Bizot se retourna tout pâle et dit :

— J'en ai pas le courage !

— Ah ça ! êtes-vous fou ? fit Picot.

Friquet venait de reparaître de l'autre côté du bateau. Le chef chouan, n'aidait plus Coulard, qui disait tout étourdi :

— Mais qu'est-ce que vous voulez donc y faire au dessalé ?

Picot avait pris un aviron... lorsque Friquet fut à sa portée, l'aviron s'abattit, le misérable s'enfonça... Les trois hommes anxieux attendirent les yeux fixés sur le flot. Friquet reparut, le front sanglant, les yeux presque sortis de la tête... il nageait vers la barque, et d'une voix hocquetante, il criait :

— Au secours ! grâce...

Picot debout, l'aviron levé, attendait ; Cervenon regardait. Bizot se mit à genoux et supplia.

— Ne le frappez pas... grâce pour lui.

Picot haussa les épaules...

— Allons, viens, fit-il...

Friquet, par un effort désespéré, se rapprocha de la barque.

Dès qu'il fut à portée de l'aviron, le long sequet de frênes retomba et lui défonça le crâne... Le flot sous lequel il s'enfonça, devint rouge. Puis rien ne reparut. La lame s'étendit longue et verte...

— Mon Dieu ! priait Bizot... Mon Dieu ! pardonnez-nous.

— Au large ! cria Picot à Coulard épouvanté, en lui rendant son aviron.

Celui-ci, muet et tremblant, obéit. Quand ils eurent tourné l'île de Bazt, Picot dit : — Cervenon, gouvernez sur le navire anglais, là-bas.

. . . .

Une demi-heure après, les trois hommes étaient à bord du bâtiment, et Coulard, glissant dans sa poche le louis qu'il venait de recevoir de Cervenon, disait :

— C'est des coquins, mais ça paye mieux que des honnêtes gens.

FIN.

SAINT-OMER, IMP. H. D'HOMONT.